D1678497

Otmar Hitzelberger

Schritt für Schritt ins Paradies

Otmar Hitzelberger

Schritt für Schritt ins Paradies

Edition Büchergilde

Für meine starken Jungs
Jimmy und Lino

Prolog

Du hörst mich singen, aber du kennst mich nicht.
Du weißt nicht, für wen ich singe, aber ich sing für dich.
Wer wird die neue Welt bauen, wenn nicht du und ich?
Und wenn du mich jetzt verstehen willst, dann verstehst
du mich.

Ich bin aufgewacht und hab gesehen,
woher wir kommen, wohin wir gehen.
Und der lange Weg, der vor uns liegt,
führt Schritt für Schritt ins Paradies.

Ich hab lang gewartet und nachgedacht.
Hatte viele Träume und jetzt bin ich wach.
Wenn wir suchen, finden wir das neue Land.
Uns trennt nichts vom Paradies außer unserer Angst.

Ich bin aufgewacht und hab gesehen,
woher wir kommen, wohin wir gehen.
Und der lange Weg, der vor uns liegt,
führt Schritt für Schritt ins Paradies.

Ich bin aufgewacht und hab gesehen,
woher wir kommen, wohin wir gehen.
Und der lange Weg, der vor uns liegt,
führt Schritt für Schritt ins Paradies.

Rio Reiser und *Ton Steine Scherben*

1

1970: Rosenmontag in Bornheim, dem eigentlichen Herz von Frankfurt am Main. Wir gingen in die konspirative Wohnung von Bärbel. Ihr Freund Manfred fing an, ein bisschen von Hegel zu plaudern, so wie er als Schulungsleiter immer anfängt, was mich fürchterlich nervte, weil überhaupt keiner von den zehn Genossen bemerkte, dass ich mir – für teure 4 Mark 50 – die »Einheits-Genossen-Frisur« zugelegt hatte. Na ja, der Hauptanlass war natürlich meine Rede zur Jugendvertreterwahl in zwei Wochen in der Lehrlingsausbildungswerkstätte der Stadt Frankfurt mit immerhin 152 Lehrlingen der »Metallverarbeitenden Berufe«. Ganz gelassen, als hätte ich den Sieg schon in der Tasche, bestand ich darauf, eine eigene Gruppe zu leiten, nämlich die Gruppe Ost mit Lehrlingen, die ich dann, ganz klar, zum proletarischen Endsieg führen würde. Manfred musste erst noch mit den Schulungsleitern bei der nächsten Sitzung über meine Kandidatur reden. Bärbel mischte sich kühl mit der Bemerkung ein, da ja die meisten der Lehrlinge Jungs seien, sei vom Schulungsleitervorsitzenden entschieden worden, dass sie als Frau die Gruppe Ost führen werde. Außerdem solle ich mein Hauptaugenmerk auf die spartakistischen Splittergruppen werfen, die, so hatte ihr die Zentrale mitgeteilt, sich in stärkerem Maße im Bereich Ausbildung engagierten.
»Wir, die Rote Garde des Proletariats, fordern euch alle auf, endlich Schluss zu machen mit der kapitalistischen Willkür, mit der diese Ausbildungswerkstätte geleitet wird. Am 15.3. findet die Jugendvertreterwahl statt. Beteiligt euch alle, teilt euren Unmut über diese Sklaverei und Unterdrückung mit! Vorwärts im Sieg des Proletariats!«

Und so weiter und so fort. Bärbel bestand darauf, das Flugblatt sofort zu verteilen und später mit mir einen Politisierungsplan aufzustellen. Das bedeutete, dass jeder, der es gelesen hatte, von mir angesprochen und namentlich aufgelistet werden musste. Zusammen mit einer kurzen Einschätzung der kontaktierten Person gab ich diese Namensliste dann an Bärbel weiter. Die Schulungsleiterchefs analysierten und übermittelten eine Politisierungsstrategie an Bärbel. So ging das. Mich fragte natürlich kein Mensch oder Genosse, wie ich mir das so vorstellte. Ich war ja auch nur ein Autoschlosserlehrling. Hinzu kam, dass mich Bärbel in keinster Weise anmachte. Die Genossin war sowieso für mich tabu. Mit ihrem Politologiestudium hatte sie in Manfred, dem Schulungsleiter, genau den richtigen Nachdenker gefunden. Im benachbarten Jugendzentrum tobte »Satisfaction« von den Rolling Stones und ich sang hier Arbeiterlieder von Thälman: »Vorwärts im Kampf«.
Dass ich nach dem Treffen noch einen Blick dorthin warf, musste sein. Denn wo konnte ich den »Proletarischen Puls« besser fühlen als im Jugendzentrum.

Zu Hause hing der Haussegen schief. Mein Bruder Wolfram war gerade dabei auszuziehen. Mit 18 spricht eigentlich nichts dagegen, aber meiner Mutter passte nicht, dass Wolfram ausgerechnet in eine Wohngemeinschaft nach Offenbach ziehen wollte. Mein Vater sprach nur drei bis vier mahnende Worte: »Mein lieber Bub, denk an deinen Job bei der Post! Sei immer höflich und pünktlich!«, und so weiter.
Wolfram dachte an Rock'n'Roll und ließ alles ganz ungerührt über sich ergehen, während meine Mutter weinend die Quittenmarmeladengläser einpackte. Er verließ unsere nassauische Heimstädtenwohnung für Werksangehörige der Cassella-Aktiengesellschaft. Mein Bruder stand ganz oben auf meiner Lis-

te der Kandidaten, die politisiert werden mussten, rekrutiert für die Sache der Arbeiterklasse. Doch zuvor gab es erst einmal eine Höllenparty bei Steffen zu Hause.

Steffen, der kapitalistische Zögling einer bourgeoisen Familie, rief zur Anarchie auf. Steffens Eltern waren Angehörige einer Lederwarendynastie und gerade in Urlaub. Also Party im Haus bei Steffen und da wollten wir doch mal sehen, ob wir die Hütte nicht auf den Kopf stellen konnten. Steffen besorgte reichlich Lambrusco. Schlafsäcke brachte jeder selbst mit. Für das Wochenende war Belagerungszustand angesagt. Für Schilus, unseren Finanzbuchhalter und Schriftführer, war ganz klar, dass zuerst die Akten der Firma studiert werden mussten. Er interessierte sich ganz besonders für die '68er Bilanz. So hing er den ganzen Abend über den Ordnern und fand, dass das Konsortium komplett umstrukturiert werden sollte. Er fing an, die Bilanz von '65 in den '68er Ordner zu packen, die '66er gegen die '64er auszutauschen. Irgendwann kam er völlig durcheinander und packte die '62er noch oben drauf zur '68er. Wie sollte da noch einer durchblicken?
Im Wohnzimmer wurde der »Gelsenkirchener Barock«-Schrank abgehängt, denn keiner konnte dieses verstaubte Stück Vorkapitalismus ertragen. Steffen zeigte sich dann doch etwas besorgt. »Dass auch hoffentlich nichts kaputt gehe?« Seine Erziehung und das viele Geld, das ihm hinten und vorne reingesteckt worden war, blinzelten nun durch, als das Kapitalistensöhnchen feststellen musste, dass er diese Party nicht mehr rückgängig machen konnte. Sie entglitt Steffen, und er ließ die Dinge geschehen, die geschehen mussten.
Die »Ton Steine Scherben« klirrten aus der Anlage: »Keine Macht für niemand! Macht kaputt, was euch kaputt macht!« Das war unsere Botschaft, genau nach diesem Motto lebten

wir. Aus tiefster Überzeugung brüllten wir es in die heilige Villa dieses Kapitalisten: »Die letzte Schlacht gewinnen wir!« Besiegelt mit reichlich Lambrusco, wurde dann in der Küche angeregt darüber diskutiert, wie der Feind wirklich getroffen werden konnte.

Kurt hielt den Autoschlüssel des hauseigenen Mercedes in der Hand; das Erkennungszeichen, das wir normalerweise als abgerissenen Stern in der Hand hielten. Aber der Schlüssel für einen richtig fetten Daimler, das war schon ein »Juhu« wert, so ähnlich wie »Lasst es uns tun!« und »Koste es, was es wolle«. Dieses Fahrzeug brauchte jetzt eine Sonderbehandlung. Darüber waren wir uns, ohne große Worte zu verlieren, einig. Als richtiger Anarchist blieb Steffen nichts anderes übrig, auch wenn ihm zwischendurch der kalte Schweiß auf der Stirn perlte, dem Daimler zu zeigen, was eigentlich »anarcho-technisch« in ihm steckt. Das Auto stand in der Garage. Aber wer von uns war nun in der Lage, einen 280er mit Automatikgetriebe, voller Lederausstattung und Kickdown zu steuern? Das Aggregat besaß acht Zylinder, hatte 245 PS, der Traum eines jeden Autoschlosserlehrlings. Wolfram? Nein, zu besoffen. Steffen setzte sich lieber hinten rein, war wie versteinert und grinste lautlos über seinen Brillenrand. Wolfram legte seinen Arm um ihn, als Freund und gleichzeitig, um ihm zu vermitteln, dass das mit dem Daimler von ihm ein wirklich sagenhaft anarchistischer Zug sei. Kurt, als exzellenter Kartenleser, der genau wusste, in welchem Gang mit wie viel Geschwindigkeit zu fahren war, entschied sich, auf dem Beifahrersitz Platz zu nehmen. Also gut, Schlüssel rum und den Automatikschalthebel auf »rückwärts«. Wolfram, Steffen und René hatten sich sicherheitshalber mit der Zwei-Liter-Flasche Lambrusco und mit je einem Sturzhelm bewaffnet. Wir rauschten durch den

kleinen Vorort von Offenbach, drei Verrückte mit Sturzhelm auf dem Rücksitz und einem Copiloten, der nur brüllte: »Volle Pulle Kickdown, von 80 beschleunigen auf 120. Gib's ihm! Den schaffst du! Dieser Idiot! Weg da!«
Und vorbei, nächste Linkskurve mit 90 km/h Richtung Acker. Dass der Feldweg genauso breit war wie der Mercedes und mit Matschklumpen von den Treckern übersät war, interessierte mich überhaupt nicht. Ich hielt den Elfenbeinknauf des Automatikschalthebels in der Hand und hatte die Macht in den Füßen, die acht Zylinder herauszufordern. Erst in einer leichten Linkskurve rutschte die Kiste weg und ich schoss mit dem 280er ins Maisfeld. Jetzt war die wirkliche Power des Wagens gefragt. Ich pflügte unter Ansporn meiner Mitfahrer noch ein bisschen den Mais um, bis der Wagen feststeckte. Da standen wir nun zu fünft im Maisfeld, lachten, bis uns die Tränen in die Augen schossen, und tranken den roten Stoff aus der Flasche leer. Wolfram, Steffen und René hatten noch immer ihren Helm auf. Es dauerte eine Zeit lang, bis wir uns von den Lachsalven erholt hatten. Wir ließen den Daimler da, wo er hingehörte, und begaben uns zurück zur Party.

Das Chaos auf der Party war perfekt. Der Lambrusco zeigte seine verheerende Wirkung. Die Toilette war zugekotzt, überall rote Brühe angereichert mit Nudelsalat. In der Küche wurde die Vorratskammer geplündert, die Bohnen direkt aus der Büchse verschlungen und mit den ungekochten Spagetti gefochten. Gegen 1 Uhr rückten die Bullen wegen der lauten Musik an. Kurt und ich nutzten die Gelegenheit, die rote Fahne aus dem oberen Fenster zu hängen und zu grölen: »Die letzte Schlacht gewinnen wir!« Steffen lallte die Ordnungshüter an, die ihm offenbar nicht die Story von der Hochzeitsfeier abnehmen wollten. Steffen forderte volltrunken die Polizei auf, endlich zu verschwinden oder mit einer Hundertschaft anzurücken, um das Haus zu räumen. Er ging zurück und drehte unter tosendem Beifall der grölenden Menge die Anlage bis zum Anschlag auf: »Macht kaputt, was euch kaputt macht!« Zwischendurch flogen die Fäuste, es wurde heiß getanzt und die robuste Cordcouch war schwer gezeichnet von den überschwappenden Getränken. Okay, es war keine Hundertschaft, die uns aus dem Koma holte, sondern es waren die kapitalistischen Eltern von Steffen, die am nächsten Morgen, sonnengebräunt, mit ihren Koffern plötzlich mitten im Schlachtfeld des Wohnzimmers standen. Steffen hatte sich irgendwie mit der Ankunftszeit vertan. Entschuldigungen zu diesem Zeitpunkt waren zwecklos, und die Frage nach dem Mercedes unglaubwürdig beantwortet: »Vermutlich geklaut, keine Ahnung.« Was jetzt passierte, war, dass Steffen mit sofortiger Wirkung enterbt wurde und das Haus in den nächsten zehn Minuten verlassen musste. So hart wollte der kapitalistische Patriarch ihn bestrafen. Und tatsächlich, Steffen brauchte auch nur fünf Minuten, um die Familiendynastie zu verlassen.

2

Eine Woche später gründeten Wolfram und Steffen als Erste von uns eine Wohngemeinschaft in Offenbach. Es war nur eine einfache Zwei-Zimmerwohnung, aber zehn bis 15 Leute bevölkerten sie regelmäßig. Die beiden Hausherren lebten nach dem Motto: »Jeder macht, was er will!«, mit dem Ergebnis, dass manchmal ziemlich harte Typen hereinspazierten. Mario machte keinen Hehl daraus, dass er aus dem Mariot-Viertel in Offenbach kam, das zu 70 Prozent von Gesetzlosen bewohnt wurde. Jeder aus Offenbach wusste, dass man dort günstig gebrauchte Autoteile kaufen konnte, sich dann aber besser wie-

der schnell aus dem Staub machte. Wolfram fand sie klasse, diese Jungs, die ganz ihr Ding lebten; fast anarchisch, ohne Gesetze. Die hatten's drauf: Einzelgänger, obwohl das ja Verrat am Proletariat war, Typen ohne Führung.
Und ich fand es ganz und gar nicht in Ordnung, als Mario eines Nachts mit Waffen ankam, um sie nach einem Einbruch erst mal zwischenzulagern. Ich schaute in seinen Rucksack und dachte, ich erlebe den nächsten Tag nicht mehr. Der Tag, an dem ich meine Rede zur Jugendvertreterwahl halten sollte. Das ging zu weit und wir besprachen diesen kleinen Zwischenfall. Bewaffneter Kampf, klar, aber doch nicht gleich …

Mein Schulungsleiter Manfred wollte mit mir vor der Rede noch mal alles durchgehen, um zu überprüfen, ob meine Hegelsche Dialektik das Proletariat denn auch überzeuge. Es wurden noch ein paar Anheizer und die korrekten marxistisch-leninistischen Zitate von Manfred eingefügt. Dann war alles okay. Ich war nervös. Immerhin 120 Lehrlinge! Eine große Klappe hatte ich ja, doch ich musste sie um jeden Preis auf meine Seite ziehen. Es standen acht Jungs zur Wahl, aber nur drei konnten das Rennen machen.
Jugendvertreter zu sein bedeutete schließlich Macht. Meine Hauptschullehrerin war in der Deutschen Kommunistischen Partei (DKP) gewesen und hatte mich mit zwölf Jahren politisiert. Wir diskutierten schon damals ziemlich viel. In den letzten beiden Schuljahren war ich erst Klassensprecher und dann Schulsprecher gewesen. Ich hatte also schon ein bisschen Übung darin, wie ich mich vor Leuten durchzusetzen hatte.
Meine erste Forderung, die ich in meiner Bewerbungsrede aufstellte, war, ein Tag in der Woche politischen Unterricht für alle; das war die Botschaft und die kam an. Ein Tag in der Woche keine Feilen, Lötkolben oder blöde Schmiedehämmer in die

Hand nehmen, sondern sich theoretisch über die politischen Verhältnisse informieren. Nach meiner Rede an das Proletariat wurde ich zum Chef-Jugendvertreter gewählt. Diesen Tag »Politischen Unterricht« hatten wir später tatsächlich durchgesetzt und besetzten ihn mit legendären Politgrößen, wie z. B. Gunther Ahmend, dem Verfasser der skandalträchtigen »Sexfront«. Daniel Cohn-Bendit, der führende Kopf der Spontiszene, ließ sich ab und zu mal sehen, um nur zwei von den etwa 15 Lehrern zu nennen, die auf die Arbeiterklasse losgelassen wurden. Wir waren einfach gefragt! 120 Proletarier auf seiner Seite zu haben, bedeutete ein Stück näher am Klassenkampf gegen die Kapitalistenschweine von Ausbeutern zu sein.
Die Wahl war eine Party, die sowohl den Meistern als auch mindestens 30 jetzt volltrunkenen Lehrlingen, die nebenan im Spirituosen-Bunker mächtig eingekauft hatten, einen freien Tag bescherte. Zu den Privilegien eines Jugendvertreters gehörten nicht nur spontan einberufene Jugendversammlungen, sondern es gab auch Sonderurlaub für Wochenlehrgänge, auf denen der Chef-Jugendvertreter nicht fehlen durfte. Aber zunächst trafen wir uns in Offenbach mit Kadern aus allen politischen Richtungen: Spontis, Spartakisten und die Anhänger der DKP.

Irgendwann starteten wir die erste Aktion, die wir »Rote-Punkt-Aktion« nannten. Wieder einmal hatten die städtischen Verkehrsbetriebe in Offenbach die Fahrpreise für Bus und Bahn in Schwindel erregende Höhen heraufgesetzt. Wer sollte das noch bezahlen? Wir forderten einen Null-Tarif für alle, denn das musste sein, solange die arbeitende Klasse für die Kapitalisten schuftete. Es begann mit einzelnen Blockaden. Um aber die Allgemeinheit nicht zu verärgern, verteilten wir rote Punkte und jeder, der diesen roten Punkt am Auto hatte, signa-

lisierte damit, dass er bereit war, auf den Bus wartende Passagiere mitzunehmen. Zuerst waren es nur die paar Genossen-Autos, die schon sehr bald, weil sie den Sprit nicht mehr allein aus eigener Tasche bezahlen wollten, die Fahrgäste anpumpten. Ein bisschen verwirrend war das Ganze schon, aber die Bevölkerung schlug sich mehr und mehr auf unsere Seite und selbst Fahrräder sah man in Offenbach mit einem roten Punkt. Klar richtete sich die »Rote-Punkt-Aktion« gegen den Verkehrsterror und ganz allgemein gegen die Kapitalistenschweine. Das war ja unser Motto.
Die Aktionen verliefen nicht ganz ohne Randale. Kleinere Scharmützel mit der Polizei um den Offenbacher Marktplatz herum waren mit einkalkuliert, ebenso gegen Wasserwerfer ankämpfen und Steine werfen. Die »Rote-Punkt-Aktion« machte Sinn und war gerechtfertigt, denn warum sollten Autos, die von A nach B fuhren, nicht Passagiere mitnehmen, die auch nach B wollten. Drei Leute in einem Wagen halbierten gerade mal eben das irre Verkehrsaufkommen in der Stadt. Für uns eine ganz einfache und einleuchtende Rechnung. Dieser ersten Kampagne folgte dann sogleich eine zweite.

Wohnungsleerstand war das Schlagwort. Dieser Zustand war skandalös, ein Haus zum Besetzen musste gefunden werden. Die Vorbereitung für eine bevorstehende Hausbesetzung verlief immer nach dem gleichen Muster: fette Party und ab zur Belagerung. Wir dachten uns eine ganz besondere Strategie aus. Unser Kontakt nach Berlin zu den Jungs von »Ton Steine Scherben« war über frühere Aktionen hergestellt. Also organisierten wir in Offenbach, nachdem wir das geeignete Haus zum Besetzen gefunden hatten, auf einem Platz in der Nähe das offizielle Konzert mit der Band. Alle kamen. Die Frankfurter Genossen, mein Schulungsleiter Manfred und einige Konspirative, nicht namentlich Bekannte aus dem Politbüro. Klar, die DKPler hatten Angst, dass die Spontis uns unterwandern würden und damit lagen sie nicht ganz falsch. Bei den Spontis gab es einfach mehr ungeplante Aktionen, die unserem Lebensgefühl am nächsten kamen. Die Sponti-Gruppe in Offenbach war auch der Motor für die »Rote-Punkt-Aktion« gewesen, und sie unterstützten jetzt auch die Hausbesetzung in der Kaiserstraße in Offenbach.

Als die »Scherben« endlich mit drei Stunden Verspätung eintrafen, hatten wir den sieben- bis achthundert Leuten schon richtig eingeheizt. Die Boxen wurden aufgestellt und das erste Lied der Band war dann auch bereits das letzte, weil die mitgebrachte Anlage der »Scherben« im wahrsten Sinne des Wortes explodierte. Sie war hin. Kein Ton kam mehr aus den Lautsprechern. Die »Scherben« waren vorab informiert worden, dass eine Hausbesetzung anstand und ihr Bandleader, Rio Reiser, mit einer Stimme wie ein Reibeisen, führte die Gruppe zum Haus.

Das neue Domizil war innerhalb von wenigen Minuten aufgebrochen und die Transparente aus den oberen Fenstern gehängt. Danach wurden die unteren Fenster verbarrikadiert, die Türen aufgerissen, um alte Sofas, Matratzen und Kisten mit Bier reinzuschleifen. Kurze Zeit später rückten die ersten Streifenwagen an. Die Bullen sperrten die Straße ab und ließen keinen mehr raus oder rein. Wir waren im Haus gefangen und bereit, unsere Aktion unter allen Umständen durchzuziehen. Nach dem Motto: »Das ist unser Haus und wir gehen nicht mehr raus!« Es kamen immer mehr Bullen und erste Presseleute, die wir vorab in einem Verteiler informiert hatten, fanden sich ein.

Die Offenbacher – und das unterschätzten wir – hatten ein hohes Potenzial an gewaltbereiten Leuten. Unter ihnen waren

viele aus den sozial schwachen Bevölkerungskreisen und die Stadt verfügte zu dieser Zeit noch über den größten Ausländeranteil in Deutschland. Wir puschten uns gegenseitig hoch. Die Stimmung in dem voll gestopften Haus war explosiv und chaotisch. Keiner hatte mehr die Kontrolle. Wurfgeschosse aller Art wurden gesammelt, Latten aus dem Boden gerissen, Steine hatten wir bereits auf dem Weg zum Haus mitgenommen. In einer Ecke füllten ein paar ganz wild Entschlossene Flaschen mit Benzin ab. Das war nicht verabredet und viel zu gefährlich, denn keiner in dem Haus hatte Lust, »gegrillt« zu werden. Also weg mit dem Scheiß, ein Riesengebrüll, während draußen das Bullenaufgebot immer größer wurde. Einer der Oberbullen forderte uns über Megafon auf, das Haus sofort zu verlassen. Die Antwort war ein lautes Gegröle. Erste Steine flogen, Tränengas wurde gefeuert. Es ging los und im überfüllten Haus brach Panik aus. Damit hatte eigentlich keiner gerechnet. Schlachtrufe wie »Die Bullen wollen stürmen!« gingen durch die Menge. Keiner der verantwortlichen Bullen hatte überhaupt einen Schimmer, was es bedeutet hätte, wenn sie wirklich in diesem Moment das Haus gestürmt hätten. Zu unserer Überraschung zogen sie sich aber ganz plötzlich zurück, aus welchen Gründen auch immer.
Über das Besetzerhaus wurde dann offiziell verhandelt. Wir bekamen ein Ersatzhaus angeboten und zogen um. Ein Sieg, der einerseits unsere politische Haltung bestätigte, doch andererseits das große Problem der Kriminalisierung im Haus nicht löste. Jeden Tag gab es Schlägereien. Die Unterwelt hatte das Haus rasch im Griff. Wir konnten nichts dagegen tun, das kriminelle Potenzial war zu mächtig. Zwangsläufig mussten wir das Haus nach zwei Wochen aufgeben.

3

Inzwischen hatten wir die Wohngemeinschaft bei Wolfram und Steffen in etwas normalere Verhältnisse gelenkt. Es gab erste Überlegungen, mit einigen Lehrlingen nach Frankfurt zu ziehen, um eine eigene Wohngemeinschaft zu gründen. Doch bevor wir umzogen, stand der erste Lehrgang in der Jugendbildungsstätte in Dietzenbach an. Das gesamte Jugendvertreterteam, etwa sechs Lehrbeauftragte und 15 Lehrlinge, kamen für eine Woche zu dem Thema »Lehrlingstheater« in Dietzenbach zusammen.
Der Plan der Theaterpädagogen, Willi und Scotch, sah vor, mit uns ein Theaterstück zu inszenieren. Das Ganze sollte dann am Ende des einwöchigen Lehrgangs uraufgeführt werden. Ein Mammutprogramm und endlose Brainstormings standen uns bevor. Keiner der Pädagogen war sich darüber im Klaren, dass wir den Lehrgang nicht mit der Absicht angetreten hatten, das Arbeitertheater wieder auferstehen zu lassen, sondern um die neu gewonnene Freiheit dort zu genießen.
Am ersten Tag hatten wir auf riesigen Rollen Papier unsere inhaltlichen Vorstellungen, die wir in einem Theaterstück zum Ausdruck bringen wollten, aufgezeichnet. Wir teilten uns in zwei Gruppen, probten auf der Bühne, verbesserten, diskutierten und kritisierten. Dabei tasteten wir uns nur ganz langsam an die nicht ganz einfache Theaterarbeit heran. Zuerst zogen wir mit roten Fahnen auf der Bühne herum und animierten das noch nicht anwesende Publikum, sich einzureihen. Wir stellten Szenen nach, die wir Tag für Tag in der Ausbildung erlebten, z.B. Konflikte mit dem Meister oder das stupide Ausbildungsprogramm. Wir brachten zusammenhanglose Ausschnitte aus Freizeit, Arbeit oder der Schule und versuchten, die Monotonie während unserer Ausbildung darzustellen. Das Ganze blieb aber banal und oberflächlich.
Frust machte sich breit. Was sollte dieser von den intellektuel-

len Theatermachern an den Haaren herbeigezogene Versuch, uns wie Blödmänner auf der Bühne in Szene zu setzen? Wir drehten den Spieß um. Sie sollten jetzt mal selber spielen. Willy und Scotch sollten ihr Leben aufarbeiten und es szenisch darstellen. Sie winkten ab, redeten auf uns ein und argumentierten, dass die proletarische Theaterarbeit Erkenntnisarbeit sei und anfänglicher Frust einfach dazugehöre.

In der ersten Nacht gab es einige wenige Schlafwillige, die nur wach blieben, wenn man ihnen alle Viertelstunde einen Eimer Wasser ins Bett schüttete. Versuche, durch Verbarrikadieren der Zimmertür den Wassermassen zu entgehen, lösten wir ganz einfach mit dem Wurf des schweren Feuerlöschers gegen die Tür. Als sich einer der Feuerlöscher dabei entleerte, verbreitete sich in dem Zimmer eine weihnachtliche Stimmung. Natürlich hatten wir nach dieser körperlichen Anstrengung einen Riesenhunger, stellten aber leider fest, dass die Küche um 2 Uhr morgens verschlossen war. Deshalb mussten die Feinmechaniker-Lehrlinge das Schloss zur Vorratskammer der Küche knacken.
Am nächsten Morgen folgte dann prompt das erwartete ernsthafte Gespräch mit dem Hausmeister. Vor ihm lag die unausgefüllte Schadensmeldung an die Versicherung. Wir schlugen ihm folgende Formulierung vor:
»Der Lehrling Günter S. beteiligte sich in der Zeit von ______ bis ______ an einem weiterführenden Kurs der Metallverarbeitenden Berufe in der Jugendbildungsstätte in Dietzenbach. Günter S., der zum ersten Mal von seinem Elternhaus getrennt war, leidet unter extremen Schlafstörungen. Um diese zu beheben, nahm er leichte Schlafmittel ein. Vermutlich, um beim Schlafen nicht gestört zu werden, verschloss er von innen seine Zimmertür. Ob Günter S. schlafwandelte und dabei mög-

licherweise eine glimmende Zigarette nicht ordentlich ausmachte, ist nicht mehr zu rekonstruieren.
Gegen 2 Uhr nachts kam es zu einer starken Rauchentwicklung. Einige aufmerksame Lehrlinge, die noch fleißig bis spät in die Nacht ihre schwierigen Texte lernten, bemerkten den Qualm und handelten umgehend. Sie mussten, um Günter S. aus dem lebensbedrohenden Zustand zu retten, die Tür gewaltsam öffnen. Sicherheitshalber entleerten zwei aufmerksame Lehrlinge mehrere Eimer mit Wasser, um den Brandherd zu löschen, da bereits eine starke Rauchentwicklung herrschte und keine Sicht mehr möglich war. Zwei der eiligst herbeigeholten Feuerlöscher wurden ebenfalls vorsichtshalber im Zimmer zum Einsatz gebracht. Günter S. konnte nur unter schwierigsten Bedingungen von den Jugendlichen aus dem Zimmer gebracht werden. Da er ansprechbar war, zwar völlig durchnässt und mit weißem Feuerlöscherschaum bedeckt, sahen wir von der Alarmierung des Rettungswagens ab (keine zu erwartenden Kosten).
Aufgeschreckt von dem Feueralarm, beschloss Bruno H., der in seinem Heimatort der freiwilligen Jugendfeuerwehr angehört, nach weiteren Feuerlöschern zu suchen (Brandherd sichern). Laut Feuerwehrvorschrift befanden sich im Lagerraum der Vorratskammer zwei voll funktionsfähige Feuerlöscher. Dass dort ebenfalls die Tür aufgebrochen werden musste, war leider unumgänglich.«
Den aus der Vorratskammer entwendeten Eimer Gurken, den wir im Bett von Günter S. ausleerten, nahmen wir auf unsere Kappe.

Die Leitung der Jugendbildungsstätte hatte aufgrund der in der Nacht vorgefallenen Ereignisse eine Dringlichkeitssitzung einberufen. Die drei Hauptverantwortlichen, so sickerte durch, sollten umgehend den Nachhauseweg antreten. Bittere Nachrichten, gegen die wir sofort protestierten. Sollte auch nur einer der Lehrlinge gezwungen werden, die Bildungsstätte zu verlassen, würden alle Lehrlinge der Stadt Frankfurt zu ihrem Arbeitsplatz zurückkehren und eine außerordentliche Jugendversammlung einberufen. Der Antrag dazu wurde der Leitung noch vor dem Ende dieser Sitzung übergeben. Eine halbe Stunde später setzten alle Lehrlinge die Theaterarbeit fort.

Die Stimmung war außerordentlich gut, Frust und Depression waren verflogen. Der Theatersaal regte die Kreativität aller Beteiligten an und es wurde beschlossen, dass wir am Ende des Lehrgangs, am folgenden Samstagabend, ein fertiges Stück mit dem Namen »Mensch Maier« auf die Bühne bringen. Dass wir mit diesem Stück richtig Erfolg haben sollten, in Frankfurt im Theater am Turm (TAT) spielten und 1974 zu den Weltjugendfestspielen nach Ost-Berlin eingeladen wurden, ahnte zu diesem Zeitpunkt noch nicht einmal der Hausmeister.
Das Stück bekam am zweiten Tag erste Konturen. Wir dachten uns einen Betrieb aus, in dem es zu einem Konflikt kommt, der später zum Streik führen sollte. Jede neue Idee wurde sofort auf die Bühne gebracht, angespielt, korrigiert und hinzugefügt. Das Stück spielte in einem Zulieferbetrieb, der für Volkswagen (VW) Kupplungsdruckplatten am Fließband herstellte. Wer spielt was? Welche Figuren werden gebraucht? Wie konstruieren wir den Konflikt? Na klar, die Schweine von der Betriebsleitung hatten das Fließband im Betrieb heimlich schneller gestellt, um durch eine erhöhte Produktion größere Gewinne zu erzielen. Schilus spielte den aufmerksamen Arbeiter, der die Schweinerei herausfindet. Jo dagegen agierte als ängstlicher Familienvater, der sich aufgrund seiner Ernährerfunktion keinen Streik erlauben kann. Ich erklärte mich bereit,

die Rolle des bösen Meisters zu übernehmen, der die Manipulation zu vertuschen versucht und die Arbeiter aufgrund der gestiegenen Fehlerquote bei der Produktion zusammenscheißt. Durch das Schnellerstellen des Fließbandes kam es zur Aussonderung von zahlreichen fehlerhaften Kupplungsdruckplatten, was die Betriebsleitung natürlich nicht akzeptierte.
Wir spielten mit einer unglaublichen Begeisterung. Der Premierenabend, für den sich schon einige wichtige Persönlichkeiten angekündigt hatten, rückte immer näher.

Im Keller der Jugendbildungsstätte befand sich der Diskoraum und dort herrschte nachts Hochkonjunktur. Alle drückten sich am späteren Abend im Untergeschoss rum. Und wie das Leben so spielt, hatte die Technische Leiterin ein Auge auf mich geworfen. Wir flirteten miteinander, quatschten über alles Mögliche und mir wurde klar: »Bloß nicht. Die will was von dir. Um Gottes willen, die macht ernst.« Sie knutschte mich ab und wollte ohne viel Aufhebens mit mir auf ihre Bude. Ich befand mich in einer Zwickmühle. Die Jungs, die das mitbekamen, feuerten mich nun erst richtig an. Ich hatte noch nie mit einer Frau geschlafen und konnte doch jetzt nicht kneifen. Also ging ich mit und grinsende Gesichter mit ausgestreckten Zungen geiferten mir nach.
Ich versuchte »das erste Mal« verbal anzugehen, über unsere politischen Ziele und Beweggründe zu plaudern. Als das nichts nützte, weil sie mich unablässig befummelte und nun auch anfing, meine Hose zu öffnen, spielte ich ihr eine Szene aus dem Theaterstück vor. Das müsse sie unbedingt sehen. Es waren nur wenige Sekunden, in denen ich die Sache hinauszögern konnte, denn sie zog sich aus und beim Anblick ihrer Riesenbrüste vergaß ich meinen Text. Als sie dann noch meinen versteckten Schwanz packte, kam ich auf der Stelle in meiner Un-

terhose. Peinlich! Sie zog mich in ihr Bett, wo ich mich unter der Bettdecke auszog. Natürlich merkte sie, dass ich schon gekommen war, und redete mir gut zu, während sie mein schlaffes Glied massierte.
Das kleine Zimmer war zum Albtraum geworden. Um mich abzulenken, versuchte ich mich auf die wenigen Gegenstände in dem Zimmer zu konzentrieren. Es war Schwerstarbeit. Mir lief der kalte Schweiß von der Stirn und sie tat alles, meinen sexuellen Trieb wieder zu aktivieren. Sie stieg über mich und schaukelte ihre großen Brüste durch mein Gesicht. Ich versuchte ihr vorzutäuschen, dass ich jetzt gleich, in wenigen Augenblicken … Keine Chance! Ich hasste meinen Körper, der keinerlei Reaktion zeigte, sosehr ich ihn auch, tief im Inneren, darum bat. Ich musste auf die Toilette und überlegte, ob jetzt der Moment gekommen war, um zu gehen. Erledigt die Sache und einfach so rausspazieren. Oder zurück in die Kellerdisko? Dort müsste ich Rede und Antwort stehen. Die Braut hab ich fertig gemacht. Die hat es gebraucht! Jungs, was soll ich euch erzählen? Sie hat gebrüllt und ich hab's ihr besorgt, mehrmals. Ich saß auf der Toilette, starrte auf den knallblauen Plastikvorleger und beschloss, zurück zu ihr ins Bett zu steigen. Am liebsten hätte ich geheult. Als sie bemerkte, in welch auswegloser Situation ich mich befand, ließ sie zu, dass ich mich an ihre Brüste schmiegte, wie ein neugeborenes Baby, das nicht genau weiß, wohin es den schwankenden Kopf legen soll.

Der Samstag war einer der aufregendsten Tage, den ich bis dahin erlebt hatte. Wir hatten sehr konzentriert gearbeitet und ertappten uns dabei, wie verbissen wir probten. Wir entwickelten eine ungeahnte Energie und schliefen nur zwei bis drei Stunden, um uns dann wieder an das Stück zu machen. Das Theaterfieber hatte uns ergriffen.

Freddy hatte die zündende Idee. Der Grund für die Erhöhung der Fließbandgeschwindigkeit lag darin, dass die Lagerhallen leer waren und die Betriebsleitung heftig unter Druck stand, nicht pünktlich die Kupplungsdruckplatten an VW liefern zu können. Würden die Arbeiter jetzt für mehr Lohn eintreten und mit Streik drohen, hätte die Betriebsleitung ein gewaltiges Problem. Das überzeugte sogar den ängstlichen Familienvater Jo.

Wir hatten richtig Spaß daran, uns gegenseitig hoch zu puschen und Höchstleistung zu bringen. Nun musste es zum Streik kommen. Der Meister, das fiese Schwein, zog noch eine letzte Karte, indem er versuchte, den Wortführer mit einem lukrativen Job zu ködern. Jetzt überschlugen sich die Ereignisse. Klar, dass unser Wortführer auf diesen Trick nicht reinfiel und diesen Versuch als letzte hilflose Unterwanderung des Betriebsfriedens empfinden musste. Der Streik war unausweichlich. Doch zuvor griff die Betriebsleitung noch einmal hart durch und schickte den Wortführer ins Personalbüro, seine Entlassungspapiere abzuholen. Die Belegschaft war schockiert, es wurde zum Widerstand aufgerufen und unmittelbar darauf gestreikt. Unsere Forderungen, wie die Rücknahme der Fließbandgeschwindigkeit, eine bessere soziale Absicherung und die Wiedereinstellung des Wortführers, wurden auf Transparente gemalt. Natürlich musste die Betriebsleitung handeln, um termingerecht die Kupplungsscheiben an VW zu liefern. So wurden die Forderungen erfüllt und damit die Solidarität unter den Arbeitern gestärkt.

Wir waren nach den vielen Proben übermüdet, doch keiner hätte sich hinlegen wollen, um zu schlafen. Das Foyer füllte sich. Die halbe Ausbildungswerkstatt, unsere Meister, alle politisch Engagierten, die ganze obere Riege der Frankfurter

Spontis, Freunde und Presseleute waren gekommen. Der Theaterraum der Jugendbildungsstätte war brechend voll und irgendwann ging das Licht aus. Die Bühne gehörte uns. Wir spulten »Mensch Maier« ab und die Leute klatschten sich die Hände wund. Wir hatten das Arbeitertheater wieder zum Leben erweckt. Die Lehrlinge der Stadt Frankfurt schrieben Geschichte. Unser Freifahrtschein! Jetzt konnten wir Gas geben. Wir waren wer. Sie lagen uns zu Füßen. Alles nur wegen dem bisschen Theater. Sonntagmittag verließen wir Dietzenbach und kehrten nach Offenbach zurück.

4

Die Kämpfe in unserer Lehrlingsausbildungswerkstätte (LAW) zwischen den Elektromechanikern, genannt die Strippenzieher, und uns Automechanikern waren in vollem Gange. Die Elektriker glaubten, die Besseren zu sein, nicht nur weil sie mit viel Fingerspitzengefühl dünne Kabel zusammenlöten mussten, sondern schon allein deshalb, weil sie im Parterre angesiedelt waren und wir im Keller. Unsere Automechanikerausbildung war auch etwas gröber. Wir schlugen mit schwerem Werkzeug auf glühendes Eisen, feilten an Metallblöcken und unsere Latzhosen waren meistens von oben bis unten verdreckt. Wasserangriffe mit Lufthochdruckschläuchen gehörten zu einer Taktik, die von den Elektrikern gerne angewandt wurde. Bei unserer Variante zogen wir es dagegen vor, unsere »Elektrikerfeinde« mit beiden Ärmeln in den Schraubstock einzuspannen. Bei größerem Widerstand quetschten wir auch noch die Latzhose an den Enden im gegenüberliegenden Schraubstock fest. Unsere Schraubstöcke lagen exakt so weit auseinander, dass unser Gefangener, alle viere von sich gestreckt, keine Chance zur Gegenwehr hatte. Reichte das im-

mer noch nicht aus, holten wir unsere Vernichtungswaffe, den Schweißbrenner. Einmal, und das war wirklich das einzige Mal, mussten wir notgedrungen dem am Schraubstock gefesselten Schreihals den Mund zukleben. Da es nach Feierabend in der Ausbildungsstätte für gewöhnlich ruhig war, vergaßen wir, den Elektriker vom Schraubstock zu befreien. Die blöden Elektrofuzis wussten eigentlich, was ihnen für Strafen drohten, wenn sie uns angriffen.
Link und feige wie sie waren, schwärzten sie uns meistens bei der Verwaltung an und holten einen Bürohengst, der dann als Schlichter auftrat.

Trotzdem kämpften wir Lehrlinge letztlich alle gemeinsam für die gleiche Sache, nämlich für die Befreiung des Proletariats. Deswegen rauchten wir im Anschluss an unsere Machtkämpfe im Bunker, unserem Getränkehandel direkt nebenan, eine Friedenspfeife. Dort wurde auch ein Großteil künftiger Pläne ausgedacht und beschlossen. Wenn wir richtig einen sitzen hatten, kamen uns meistens die besten Ideen.
Einmal sprachen wir darüber, dass in nächster Zeit einige Zwischenprüfungstermine anstanden, auf die wir überhaupt keinen Bock hatten. Also suchten wir eilig nach einem Thema für eine außerordentliche Jugendversammlung, die genau auf die Prüfungstermine fallen sollte, um sie platzen zu lassen. Die ein paar Tage später einberufene Jugendversammlung beschäftigte sich dann mit dem Thema: »Warum haben wir kein Jugendkulturzentrum?«. Ein Ort, an dem man soziale Kontakte pflegt, dort, wo unser Politischer Unterricht abgehalten werden könnte, Bands ein soziales Umfeld hätten und künstlerisch Begabte sich verwirklichen könnten. Ein Jugendkulturzentrum musste her! Und das war doch zu verstehen. Keiner war dagegen. Warum auch?

Wir fanden in Fechenheim, einem Stadtviertel von Frankfurt, ein leer stehendes altes Schulgebäude; genau das Richtige. Es sollte von uns selbst verwaltet werden. Die alte Schule gehörte der Stadt, unserem Arbeitgeber. Also, was sollte unser Boss, der Oberbürgermeister Rudi Arndt, dagegen haben? Unser taktisches Vorgehen besprachen wir streng geheim hinter verschlossenen Türen. Die Jugendvertretersitzung dauerte wegen des brisanten Themas zwei Tage. Danach riefen wir die außerordentliche Versammlung mit allen Lehrlingen ein. Unser Motto: »Rudi, wir kommen!«. Der Oberbürgermeister sollte in seinem dicken Buch unter freistehenden Liegenschaften mal nachschauen, ob nicht ein geeignetes Objekt für unser Jugendkulturzentrum zu finden wäre. Nichts war dringlicher! Unser einziges Argument bestand aus 120 Lehrlingen, die, jetzt aufgeheizt, mit Rudi einen Termin haben wollten. Während der Versammlung griff ich zum Telefonhörer und wollte den Oberbürgermeister sprechen. Natürlich wurden wir hundertmal von einer Stelle zur anderen verbunden und bei jedem neuen Versuch johlte die Menge um einige Dezibel lauter, bis uns irgendeine Vorzimmerdame zu erklären versuchte, dass Rudi nicht im Rathaus sei. Irgendeiner brüllte in die Menge: »Dann lasst uns doch im Rathaus den ›Dynamit-Rudi‹ suchen!« Der Name kam nicht von ungefähr. »Dynamit-Rudi« war sein Spitzname, weil er zu seiner Zeit die alte Opernruine in Frankfurt sprengen wollte. Schauen wir doch mal, ob wir den Oberbürgermeister nicht irgendwo in den unzähligen Amtsstuben des Rathauses auftreiben. Das musste nicht diskutiert werden. Diese Gaudi im Rathaus wollte sich keiner entgehen lassen. »Also los! Lasst uns gehen! ›Dynamit-Rudi‹, wir kommen.«

Die ohnehin gute Stimmung steigerten wir mit etwas Bier, stiegen in die 14er Straßenbahn, zeigten dem Schaffner, der uns abkassieren wollte, unsere städtischen Ausweise und erklärten ihm, dass wir einen wichtigen Termin bei Rudi hätten. Einer von der Verwaltung im Rathaus hätte uns gesagt, dass das mit der Straßenbahn schon klar ginge. Der Schaffner verstand natürlich, denn er war ja auch Städtischer Angestellter. Wir erzählten ihm von unserem Vorhaben, dem Jugendkulturzentrum, und hatten richtig Spaß bis zum Römer. Bier wollte der Schaffner keines trinken, wünschte uns aber viel Glück.

Dann standen wir vorm Römer. Der Haupteingang befand sich direkt neben einem kleineren Eingang, den ein roter Teppich schmückte. Wir wussten, dass darauf nur Brautpaare hoch oder runter schritten. Es war der Aufgang zum Standesamt. Und Schilus, unser Neunmalkluger, erkannte, dass man über das Standesamt direkt durch eine Zwischentür zum OB-Trakt gelangen konnte. Der Mann in Smoking und weißen Handschuhen, der immer den Eingang ziert, hob seine linke Hand korrekt zum Gruß und ließ uns passieren. Wir brüllten schon im Treppenhaus los: »Rudi, wo bist du? Wir kommen!« Und das mit voller Kraft aus 120 Kehlen. In letzter Sekunde musste irgendein nervös gewordener Angestellter genau die besagte Zwischentür zum OB-Trakt abgeschlossen haben. Wir ließen uns nicht beirren. Die verschlossene Tür ermunterte uns nun erst recht, direkt durch den Haupteingang, am Pförtner vorbei, zu Rudi zu marschieren. Der Pförtner wollte noch ein bisschen lamentieren, aber für lange Diskussionen hatten wir keine Zeit. Er griff zum Hörer und wählte auf der Scheibe die fett gedruckte Notruf-Nummer. Plötzlich kam Bewegung in dieses eher gemächlich arbeitende Bürovölkchen. Schon oben am Treppenende glaubte irgendein alarmierter

Beamtenvorsteher, uns abwimmeln zu können. »Herr Arndt ist leider auf Geschäftsreise.« Ob wir einen Termin hätten? Mit seinem abgewetzten speckigen Anzug und seiner viel zu breiten Krawatte gab er eine typische Beamtenwitzfigur ab. Wir gingen an ihm vorbei, als wäre er Luft. Hatte da irgendwer mit uns geredet?

Die imposant große Tür zum Kaisersaal stand offen. Die wunderschöne Atmosphäre innen lud uns geradezu ein. Tische waren gedeckt. Das Buffet für 30 Gäste stand bereit. Keiner dachte an einen Zufall. Aber woher sie so schnell das ganze Essen beschafft hatten? Irgendwer musste es im Voraus organisiert haben. Es war einfach überwältigend, wie sie uns im Rathaus empfingen. Damit hatte keiner gerechnet. Da unsere Forderung klar war, konnten wir erst mal in aller Ruhe etwas essen und trinken. Irgendjemand Wichtiges würde schon aufkreuzen. Wenn er nicht wichtig war, konnte er auch unsere Forderung nicht erfüllen. Ein kleiner untersetzter, ganz in Weiß gekleideter Besserwisser stürmte in den Saal. Er brüllte rum, fuchtelte mit irgendwelchen Kochgeräten in der Luft herum und versuchte, das nur halb vorhandene Buffet zu retten. Dem kleinen Stinker machten wir klar, dass er jetzt mal seinen Chef holen sollte, denn wir hätten den Saal besetzt und würden auch nicht eher gehen, bis unsere Forderung nach einem selbstverwalteten Jugendkulturzentrum erfüllt sei. Außerdem hätten noch einige Hunger. Er solle doch mal sehen, was sich in der Stadtküche noch so alles zusammenkratzen ließe. Wir ahnten, dass in den nächsten Minuten irgendeine Delegation in dem dekorierten Kaisersaal Platz nehmen wollte.

Aus den Fenstern dieses geweihten Raumes konnten wir genau auf den Platz vor dem Römer schauen und beobachteten mit Spannung, wie der erste Mannschaftswagen der Polizei mit riesigem Tatütata vorfuhr. Es ging los. Dass uns der »Dynamit-Rudi« die Bullen auf den Hals hetzte, damit hatten wir zwar nicht gerechnet, wir gerieten aber auch nicht in Panik. Für die anrückenden Polizisten war ein Einsatz dieser Art komplettes Neuland. Keiner von ihnen hatte irgendeinen Plan. Sie liefen wild durcheinander, brüllten herum und verbreiteten Hektik. Die restaurierte hohe Eichentür des Kaisersaals machten wir vorsichtshalber zu, klemmten einen dieser Barocksessel unter die Klinke und so war erst einmal Ruhe. Die ersten acht Bullen stürmten die Treppe hoch und standen vor der verschlossenen Tür. Unten auf dem Römer sammelten sich immer mehr Uniformierte. Der Einsatzleiter ergriff sein Megafon und grölte zu uns hoch. Es war eine bizarre Szene, die sich vor dem Römer abspielte. Unter die mittlerweile etwa 30 bis 40 Bullen mischten sich heiratswillige Paare, verkleidet für den großen Tag. Es kam zum so genannten »Gafferstau« vor dem Standesamt. Zu allem Überfluss standen noch mindestens 20 kleinwüchsige Japaner mit Fotoapparaten bewaffnet auf dem Platz und hielten das Geschehen gekonnt fest. Über das krächzende Megafon des Einsatzleiters kam die Forderung an uns: »Räumen Sie umgehend den Kaisersaal, sonst müssen wir Gewalt anwenden!«
Wie sollte das gehen? Der Saal war gerade komplett restauriert worden. Sie kamen da nicht rein, ohne irgendwas Wertvolles zu zerstören. In Öl gemalte Porträts aller gekrönten Kaiser und Könige dieses Landes hingen an den Wänden. Wir hatten die mitgebrachten Transparente entrollt und zeigten sie auf dem Balkon. Keiner der auf dem Römer versammelten Personen verstand, um was es eigentlich ging. Die gaffenden Ge-

sichter wurden erst dann nachdenklicher, als sie auf den Transparenten lasen: »Gegen Bullenterror! Für ein Jugendkulturzentrum in Selbstverwaltung!«

Plötzlich war Rudi Arndt doch bereit, eine Delegation von uns zu empfangen. Das Telefon im Kaisersaal klingelte. Wir hatten keine Lust, jetzt noch groß im Römer rumzulatschen und uns vielleicht noch zu verlaufen. Was sollte das? Und wer wusste, ob die Bullen uns nicht doch einfach abgreifen würden. Der Rudi hatte bei uns zu erscheinen und sonst nichts. Einige fingen an zu zählen: »Eins, ... zwei, ... drei, ...« Und das Zählen wurde lauter. Bei 30, spätestens bei 50, so standen die ersten Wetten, würde Rudi in der Tür stehen. Doch wir hatten uns verschätzt. Schon bei 25 wurde er angekündigt und bei 32 stand er vor der Tür. Bevor wir bereit waren, mit Rudi zu verhandeln, sollten die Bullen das Feld räumen. Mit der typischen Geste eines souveränen Chefs ließ er die Polizisten abziehen und vor den Römer auf weitere Anweisungen warten. Was für ein Triumphgefühl, als wir das Schauspiel vom Balkon aus beobachteten. Ein paar ganz wilde Bullen, und das konnte man ihnen ansehen, blickten hasserfüllt zu uns hoch. Sie kochten richtig vor Wut, als sie in ihre Einsatzwagen zurückkriechen mussten und wir ihnen noch nachschrien: »Bulle go home!«
Rudi hatte kein dickes Buch mitgebracht. Er hörte sich unsere Forderung an und versicherte, sich um das Jugendkulturzentrum zu kümmern. Doch das war uns zu wenig. Er versprach, sich ernsthaft mit dem Thema zu beschäftigen und den zuständigen Amtsleiter für die Lehrlingsangelegenheiten zu befragen, um danach Stellung zu beziehen. Hinhaltetaktik? Wir konnten gut und gerne bei dieser Verpflegung noch einige Stunden in diesem schönen Saal warten, bis Rudi

eine klare Zusage machen würde. Doch jetzt wollte er den autoritären Chef spielen. Andererseits konnte er sich aber auch nicht vor der mittlerweile herbeigeeilten Presse eine Blöße geben. Schließlich einigten wir uns auf einen Kompromiss. Bis zum nächsten Tag 14 Uhr wollten wir in unserer Lehrlingsausbildungswerkstätte (LAW) auf eine Nachricht von Rudi warten. Sollte bis dahin nichts passieren, müssten wir erneut anrücken.

In einer Reporterin von der *Frankfurter Rundschau* fanden wir eine Verbündete. Sie wollte einen ausführlichen Bericht über die LAWler machen, weil sie eine aufkommende Radikalität der arbeitenden Bevölkerung vorhersah und als gesellschaftspolitische Herausforderung betrachtete. Die herrschende Klasse ignoriere das Proletariat und orientiere sich ausschließlich an Gewinnmaximierung. Die historische Entwicklung hätte gezeigt, wie solche Aufstände immer zu einem Sturz der Mächte führen. Ja, Aufstände, das hörte sich gut an! Umringt von interessierten Zuhörern, nickten wir ihr zu. Tolle Sache, darüber hätten wir uns auch schon Gedanken gemacht. Unser stets forscher Freund Kurt war da eher etwas direkter. Ja, sie hätte einen Freund. Auch gut, das sei nicht so schlimm. Sie könnte ja flexibel sein in der heutigen Zeit. Jeder, der alte Zöpfe abschneiden will, hat mehrere freie Beziehungen und lebt in Kommunen.

Rudi war abgezischt und wir verabschiedeten uns aus dem Römer. Der Arbeitstag war gelaufen. »Mit vereinten Kräften dann bis morgen, so ab 10 Uhr Jugendversammlung!« Wir schlurften mit der Reporterin Richtung Ausgang. Sie hatte einen dieser sexy Faltenröcke an, die tausend Mal geknickt waren und ein Karomuster hatten. »Kommune, so wie Uschi Obermaier?

Mal ein Wochenende, um reinzuriechen, aber jeden Tag?«, sie zuckte halbherzig mit den Schultern. Es lag etwas Neugierde in ihren Äußerungen. Wir kannten ja einige dieser wild durcheinander lebenden WGs. Sie da einzuführen wäre nicht das Problem, doch sie müsse offen dafür sein, sich in die abendlichen spontanen, wild ausufernden Sexorgien zu integrieren. Als wir am Pförtner vorbeigingen, blieb ich kurz bei ihm stehen und kündigte uns für den nächsten Tag an. Er zog mich zur Seite, zwinkerte mir zu, deutete in Richtung Reporterin und meinte, das vorhin solle ich verstehen, auch er müsse seinen Job machen. Das mit morgen ginge dann schon in Ordnung. Logisch, wir sprachen die gleiche Sprache und wollten ihm ja nichts Böses. Die Reporterin hatte sich gegenüber auf dem Römerberg zusammen mit Kurt und Schilus auf einen Kaffee niedergelassen. Alle anderen Jungs hatten sich verdünnisiert. Der Römer war sozusagen wieder gesäubert und das normale Heiratsprogramm konnte fortgesetzt werden.

5

Die Reporterin, Kurt, Schilus und ich genossen die Ruhe nach dem Sturm in dem Café am Römer und redeten über freie Liebe. Kurt hatte einen leichten Vorsprung. Seine Hand fummelte schon an dem noch bedeckten Knie der Reporterin herum. Schilus hingegen interessierte sich nur für die Höhe der Provisionen, die Informanten erhielten, wenn sie der Presse die nötigen Hinweise lieferten. Sollte ein Artikel über den Lehrlingskampf zu Stande kommen, könne er der Reporterin selbstverständlich Unterlagen zur Verfügung stellen, an die sonst keiner heran käme. Die Braut war im Moment etwas überfordert und zu allem Überfluss erklärte ich ihr auch noch, dass in einer Kommune, mit der ich gerade telefoniert hatte, die Vor-

bereitungen für eine heiße Party am selben Abend auf Hochtouren liefen.
Kurt, der alte Schuft, hatte sich mit seiner Hand bis zum nackten Fleisch vorgearbeitet. Schilus schrieb bereits an einem Vertrag, laut dem die Reporterin 20 Prozent des Honorars, welches sie für ihre Berichterstattung über die LAW erhielt, an ihn abgeben musste.
Was für eine Party? Schilus war über jede Aktivität unterrichtet, doch von einer Party wusste er nichts. In Offenbach bei Wolfram und Steffen? Nein! Kurt winkte ab: »Das können wir der Reporterin nicht antun.« Er wusste genau, dass in Offenbach für nichts garantiert werden konnte. Doch die Reporterin war von der Partyidee ganz angetan. Wer denn dort lebe und wie viel Kommunarden bei einer solchen Feier mitmachen würden? Plötzlich zog Kurt seine Hand zurück, sprang auf und brüllte uns an: »Sofort abhauen!« Keiner kapierte etwas. Wir wollten gerade anfangen zu lachen, als wir in die grinsenden Fressen von Zivilbullen glotzten. Zu zweit hielten sie Kurt fest. Er wehrte sich, schrie laut um Hilfe und als wir aufsprangen, um ihm zu helfen, rissen uns vier zivile Beamte die Arme nach hinten und legten uns Handschellen an. Die brutalen Schweine zerrten uns über den Römer zu ihren Zivilfahrzeugen. Der Reporterin schrien wir noch die Telefonnummer unseres Anwalts zu. Wir waren so schnell verhaftet worden, dass der verdutzten Frau an unserem Tisch der Mund offen stehen blieb und ihr nichts anderes übrig blieb, als zähneknirschend die Rechnung zu bezahlen.

Ich war äußerlich ruhig, dachte an »Children of the Revolution« und an »Krieg den Palästen und Friede den Hütten«. Links und rechts von mir im Wagen saßen zwei Zivile. Es wurde kein Wort gesprochen. Die Bullen heizten mit Blaulicht durch die Stadt, als wären wir die Staatsfeinde Nummer eins. Ich sah im Wagen vor mir, dass Kurt nicht so still dasaß. Ihn bearbeiteten sie mit ihren Fäusten. Dieses Pack! Wir hatten sie gereizt und irgendein Oberbulle musste ihnen den Befehl gegeben haben, uns einzufangen. Schilus saß im Wagen hinter mir. Ich hoffte, dass sie wenigstens ihn in Ruhe ließen. Als wir am Rathenauplatz ins Hauptquartier einfuhren, wurde das große Tor automatisch geöffnet und die Wagen bremsten vor der Eingangstür, wo uns einige uniformierte Polizisten in Empfang nahmen. Da war er wieder: der Bulle mit dem Megafon. Genau uns wollte er haben und er ließ es sich nicht nehmen, uns persönlich zu filzen. Breitbeinig stellte ich mich vor ihn hin. Dabei griff er mir an die Eier und drohte, dass er die Dinger abreißen würde, wenn ich ihn noch einmal auslache. Die Bullen zogen alle Register, die ihnen zur Verfügung standen, es war eine Demonstration der Staatsmacht mit aller Härte.

Getrennt voneinander sperrten sie uns in die Arrestzellen. Eine nackte Zwei-Mann-Zelle mit einbetonierten Holzpritschen. Große Stahlösen am mittleren Teil der Liege dienten dazu, Randalierende zu fesseln und ruhig zu stellen. Lautes Rufen oder eine Verständigung unter uns war nicht mehr möglich. Es war ein Verlies ohne Fenster. Die weißen Kacheln waren über und über mit Namen und Sprüchen bekritzelt, in der Mitte der Zelle ein Abfluss. Sie ließen uns in diesem Loch Stunden schmoren. Irgendwie hatte diese Maßnahme ihre Wirkung nicht verfehlt, so ohne Vorwarnung, einfach weggeschlossen zu werden, ohne Chance auf Widerstand.

Plötzlich, inmitten dieser Gedanken, drehte sich der Schlüssel in der Stahltür. Ich wurde erkennungsdienstlich behandelt. Das hieß, alle Finger auf einer schwarzen Stempelmatrize abzurollen. Auf einem Stuhl, der sich wie beim Friseur drehte, wurde ich von links, von rechts und frontal fotografiert. Die Nummer, die sie vor mich hielten, dokumentierte ab jetzt, dass ich kein unbeschriebenes Blatt mehr war. Es wurde eine Akte angelegt, auf die jeder, der mit dem Staatsapparat in Verbindung stand, Zugriff hatte. Was sie darin alles schrieben und behaupteten, entzog sich meiner Vorstellung. Dass mit dieser Aktenkennung auch mein späteres Leben immer wieder beeinträchtigt werden sollte, registrierte ich in diesem Moment nicht. Diese Demonstration der Staatsmacht zeigte uns überdeutlich, auf welcher Seite wir in Zukunft zu kämpfen hatten. Der Staatsapparat hatte uns wie Mitglieder einer kriminellen Vereinigung behandelt.

Als ich die erkennungsdienstliche Prozedur hinter mich gebracht hatte, führten sie mich in ein Zimmer, in dem die Verhöre stattfanden. Vermutlich erwarteten mich dort Vernehmungen, wie man sie nur aus brutalen Filmen kannte, in welchen die Bullen ihre Psycho-Tricks anwendeten. So ein Scheiß-Verhörzimmer musste ich nun betreten! Doch die Person, die in diesem Zimmer auf mich wartete, war niemand Geringeres als mein Anwalt.

Mein Anwalt aus dem Anwaltskollektiv war zur Stelle und das Erste, was er zu mir sagte, war, dass ich ab jetzt gegenüber den Bullen nichts mehr zu sagen bräuchte. Ich war erleichtert. Er startete mit seiner Befreiungsaktion ganz sanft. Es war wie die Ruhe vor einem großen Sturm, den er bereit war, in diesem Verhörzimmer zu entfachen. Das konnte ich ihm jetzt ansehen.
»Ohne Haftbefehl unbescholtene Bürger von der Straße wegzuzerren und sie unter Lebensgefahr von irgendwelchen Beamten in Zivil, wie in einem schlechten Mafiafilm, zu verhaf-

ten, das ist nicht im Sinne unserer demokratischen Gesetzgebung.« Noch heute werde er die acht Beamten zur Rechenschaft ziehen. Diese seien bei dieser Aktion die eigentlich Schuldigen, denn sie hätten die Gewalt ausgelöst. »Stellen Sie sich mal vor«, und mein Anwalt wurde lauter und ging einen Schritt näher an den Beamten heran, »einer dieser durchgeknallten, frisch von der Polizeischule kommenden James-Bond-Typen hätte einen folgenschweren Unfall verursacht. Können Sie das billigen, dass wegen einer Bagatelle das Leben dieser Jugendlichen leichtsinnig aufs Spiel gesetzt wird?« Ich überlegte kurz, einzugreifen, denn eine Bagatelle war unsere Aktion ja eigentlich nicht gewesen. Dann ging er wieder zwei Schritte zurück und setzte sich auf den Verhörstuhl. »Wissen Sie, was ich machen werde?«, fragte er den Beamten, der überhaupt nicht dazu kam, irgendetwas zu sagen. »Ich werde diese Cowboys wegen schwerer Nötigung aus dem Verkehr ziehen lassen und den Verantwortlichen, der diese Aktion befohlen hat, morgen früh wegen Amtsmissbrauch verklagen. Denn dieser Verantwortliche hat eigenmächtig in ein politisch schwebendes Verfahren eingegriffen, das dadurch in ein falsches politisches Licht gerückt wurde. Also«, und dabei stand er wieder auf, um den Kern seines Auftritts zu unterstreichen, »ich erwarte, dass Sie meinen Mandanten auf der Stelle wieder freilassen.«
Mein Anwalt packte seine Sachen zusammen, so wie man das halt macht, wenn alles gesagt ist. Er gab dem Beamten noch einen kurzen Augenblick, um zu reagieren. Ich stand ebenfalls auf. Beeindruckt von dem filmreifen Auftritt, stellte ich mich an die Tür und wollte wissen, wo Kurt und Schilus waren, denn alleine zu gehen kam für mich überhaupt nicht in Frage; wenn, dann nur zusammen. Ich könne abzischen, das war das Einzige, was der Mann herausbrachte. Es würde aber eine Anzeige wegen schweren Hausfriedensbruchs folgen und wir

sollten nicht glauben, dass diese Aktion mit jugendlichem Übermut zu entschuldigen sei. Es war mir scheißegal. Kurt hatten sie übel zugesetzt. Mit welchem Recht konnten sie ihn schlagen, ohne dafür zur Verantwortung gezogen zu werden? Ein anderer Anwalt aus dem Kollektiv kümmerte sich um Kurt und Schilus. Sie waren eine Stunde nach mir auf freiem Fuß.

In dieser Nacht konnte ich nicht nach Hause gehen. Meine Eltern würden sich zwar Sorgen machen, doch ich ließ besser Wolfram zu Hause Bescheid sagen. Sie schluckten es, dass ihr Sorgenkind mal wieder beim großen Bruder »eingeschlafen« sei. Die Bullen waren also zum Glück nicht bei meinen Eltern aufgekreuzt. Im Wohnkollektiv meines Anwalts, am langen Tisch, berichtete ich über meine Erfahrungen im Knast. Ich wartete, bis alle bereit waren, meinen Bericht zu hören, was ich Schlimmes über den Terror im Knast zu erzählen hatte.
»Ja, war schon nicht schön. Einer war bei mir in der Zelle, der muss ein politisch Verfolgter gewesen sein, denn er war angekettet und hatte Redeverbot. So ein bisschen haben wir uns dann doch verständigt; leise, aber er sprach wohl türkisch oder arabisch. Auch wenn er flüsterte, habe ich doch ganz genau verstanden, dass er von Folter, von politischer Folter sprach. Diese Zellen waren ohne irgendwelche hygienischen Einrichtungen, äußerst menschenunwürdig. Zu allem Überfluss hatte man noch diesen ätzenden Geruch von getrockneter Männerpisse zu ertragen. Welche Erniedrigung, angekettet in seinem eigenen Saft zu liegen. Wie viel Tage genau er schon politischer Gefangener dieses Terrorregimes war, konnte ich nicht heraushören.
Die kleine Schwarzhaarige, die mir genau gegenüber saß, hörte die ganze Zeit intensiv zu. Sie hatte ihr linkes Bein fest umschlungen auf den Stuhl gestellt und ihr Kinn auf ihrem

Knie abgestützt. Dabei rutschte ihre Nickelbrille alle zwei Minuten von der Nase herunter, die sie aber immer wieder graziös, fast schon wie eine Diva, mit dem Zeigefinger zurückschob. Sie konnte eine Adlige sein, eine »von« oder »zu« oder sowieso. Sie blickte mich mit ihren schwarzen Augen durchdringend an. Ihr Mund war leicht geöffnet und ihre Lippen bewegten sich bei jeder Grausamkeit meiner Schilderungen. Ich bemerkte, dass ich noch ein bisschen Drauflegen musste, denn unter den acht Zuhörern machte sich vereinzelt Müdigkeit breit, und ich wollte, was für mich viel wichtiger war, herausfinden, ob die Nickelbrille einen Freund hatte.
Johnny Langhaar, ein blasses Gesicht direkt neben ihr, schlürfte nervös seinen Kaffee und drehte »Schwarzer Krauser Tabak«. Ein Hämpfling! Er würde vermutlich bei einem lauten »Huh!« seine Hose verlieren und die Sache auch noch ausdiskutieren wollen. »Na klar hatte ich hin und wieder etwas Schiss, so ein bedrückendes Gefühl machte sich schon breit, bei der Enge dieser Zelle und ich sah das gleiche Schicksal wie das meines Mitgefangenen auf mich zukommen.« Keiner am Tisch, und das merkte ich sehr schnell, war schon einmal im Knast gewesen. Niemand sagte ein Wort, niemand schaute mir ins Gesicht, außer der Nickelbrille.
Ich beobachtete aus dem Augenwinkel, wie sie, fast in Zeitlupe, ihr Bein nach unten gleiten ließ, ihre Schultern noch breiter machte, aufstand und mit einer unvergleichlichen Janis-Joplin-Stimme loslegte. Die kleine Adlige wollte mich Macho in der Luft zerreißen, das hatte ich nicht erwartet. Sie war eine durchgestylte Feministin, hasste alle Typen und entlarvte mein schizophrenes Geschwätz als frauenfeindliche Anmache. Ich, und das war der Gipfel, hätte sie die ganze Zeit angeglotzt und sie förmlich mit meinen Blicken ausgezogen. Sie ging sogar so weit, dass sie kurz davor war, den Teller mit türkischen Essens-

resten an meinem Kopf zerschmettern zu lassen. Mein Anwalt konnte die Telleraktion gerade noch stoppen. Vermutlich hatte er blitzartig erfasst, dass ich ihm sonst wegen unterlassener Hilfeleistung das Mandat entzogen hätte. Diese blöde Kuh. Hatte wohl öfters solche Aussetzer. Die sollte mir bloß nicht zu nahe kommen. Sie ging lässig an mir vorbei und verschwand aus der Küche.

Mein Anwalt zeigte mir den Raum in der Acht-Zimmer-WG, wo ich schlafen konnte. Es gab nichts mehr zu bereden, und meinem Anwalt fiel nur noch ein: »Pass auf die Bilder vom Meister auf«, und verließ das Zimmer, um mich mit diesem Meister alleine zu lassen. Wer um alles in der Welt war der »Meister«? Dieser vollbärtige, ganz in Weiß gekleidete Inder hing in allen Formaten an den Wänden herum, bis hin zum kleinen Foto neben dem Bett. So ein Typ wohnte also auch hier. Ich beschloss, von der Reporterin zu träumen, konnte jedoch diesen, unter die Haut gehenden, unberechenbar wilden Blick von der Nickelbrille nicht vergessen. Sie hatte mir zwar zugesetzt, dieses Weib, aber im selben Moment beeindruckte sie mich auch.
Ein süßlicher Geruch verteilte sich im Zimmer und eines der »Weiß-Bart-Guru«-Bilder schimmerte im Dunkeln. Obwohl es stockdunkel schien, konnte ich die Umrisse erkennen. Eine außerordentliche Erscheinung. Ich beobachtete, dass der Mund des Inders sich zu einem Lächeln verzog. War ich noch wach? Wie aus dem Nichts vernahm ich rhythmische Entspannungsmusik, die sich im Kosmos des kleinen Zimmers ausbreitete. Um mein Bett herum bewegte sich eine in orange gekleidete, jungfräuliche Elfe. Keine Sinnestäuschung, eine echte Frau, die, je lauter die Musik wurde, ihren Körper immer heftiger bewegte. Sie hatte kleine Brüste und die überaus dunklen Brust-

warzen schimmerten durch das Tuch, mit dem sie sich bedeckt hatte. Der süßliche Geruch wurde immer intensiver, der Frauenkörper bewegte sich auf mich zu und reichte mir eine überdimensionale Zigarette, an der ich tief zog. Im selben Moment spürte ich, wie ich einige Zentimeter emporschwebte. Die Musik waberte unter mir durch, an der Schulter vorbei, direkt an meinen Kopf, rüber zum Ohr und ab ins zentrale Nervensystem. Dreihundertdreiunddreißig unsichtbare Hände berührten mich gleichzeitig. Erst vermutete ich, dass ich durch die körperliche Anstrengung ins Schwitzen gekommen war, doch es war eine Welle weiches Öl, das vom Himmel fiel und meinen Körper bedeckte. Meine Haare und alles an mir roch nach den wilden Gerüchen des hinteren Orients. Jetzt fehlten mir nur noch die großen Schatztruhen, gefüllt mit Edelsteinen, aus denen ich mich mit vollen Händen bedienen konnte. Zum Glück sah mich niemand von den Lehrlingen aus der LAW, denn was hier gerade passierte, war fernab des real existierenden Arbeiterlebens. Ich konnte mich also beruhigt dem hingeben, was da noch alles kommen würde.

In das absolut harmonische Glücksgefühl brach vehement, wie aus heiterem Himmel, ein lautes Rauschen und Kratzen ein. In meinem Kopf explodierte ein Gewitter und ich musste befürchten, dass es im Zimmer gleich furchtbar anfing zu hageln und zu stürmen. Die Elfe sprang zum Plattenspieler, um den wildtänzelnden Tonarm von der Platte zu nehmen. Die A-Seite von »Black Sabbath« musste, den Geräuschen nach zu urteilen, von der Nadel mit tiefen Kratzern beschädigt worden sein. Sie drehte die Scheibe um und alles fing wieder von vorne an. Als ich mich von meiner liegenden Position erheben wollte, um die Lage zu überprüfen, drückte mich dieser weiche Körper mit den schönen Brustwarzen, der genauso wie mein Körper über und über mit Öl getränkt war, zurück auf das Bett.

Diese Frau auf mir durchbrach die sehr harmonische Musik mit Geräuschen, die nichts mit der unwirklichen Stimmung zu tun hatte. Ich hörte mich selber, konnte aber nicht richtig verstehen, was ich von mir gab. Es waren mehr eine Art Sprechblasen, die aus meinem Mund blubberten. In diesem Bild des Wahnsinns stand ich neben mir und beobachtete, wie ich mit weit aufgerissenen Augen auf ihre Brustwarzen starrte, die sich manchmal in Zeitlupe, manchmal rasend schnell meinem Gesicht näherten. Meine ölige Hand rutschte über den pfirsichglatten Po, der so wunderschön fest war. Meine andere Hand landete auf der freien Pohälfte. Beim Aufschlag spritzte ein kleiner Öltropfen auf das Bild des lächelnden Inders.

Der Morgen danach war gewöhnlich wie immer. Die WG-Bewohner, die ich in der Wohnung vereinzelt vorfand, schliefen noch oder waren mit sich selbst beschäftigt. Meinen Anwalt konnte ich überhaupt nicht finden, also beschloss ich, mich langsam abzuseilen. Allem Anschein nach interessierte es keinen, was sich heute Nacht Verrücktes in dem Inder-Zimmer abgespielt hatte. Es könnte aber auch gut sein, schoss es mir plötzlich durch mein nur halb funktionstüchtiges Gehirn, dass dieser ganze Zauber wohl inszeniert gewesen war. Hinter den Sinn und Zweck einer solchen Inszenierung kam ich aber auch nach längerem Nachdenken nicht. Ich hakte es als »Fantasiefilm der Extraklasse« ab und dachte noch mal kurz an den Inder, der das alles ermöglicht hatte.

Ich ging noch mal zurück in die Küche, um herauszufinden, wer das zauberhafte Wesen der letzten Nacht gewesen war. War sie vielleicht doch echt? Hatte ich das alles nur geträumt? Wohnte sie wirklich hier? Meine Vermutung, dass die Nickelbrille hinter allem steckte, konnte sich nur bestätigen, wenn

ich mich noch ein bisschen länger in dieser WG umsah. Ich erwartete eigentlich, dass sie sich gleich zu erkennen gäbe, sie nackt aus irgendeinem der Zimmer käme, mich umarmte und für den Abend zur zweiten Runde einlud.
Die Küche war leer und im Kühlschrank befand sich nichts Nennenswertes, überall abgenagte Hammelknochen, die Reste vom türkischen Essen.
Die Nickelbrille stand schon einige Zeit im Türrahmen und beobachtete, wie ich versuchte, den Abwasch zu organisieren. Laut Plan sei sie dran mit Abwasch und ich könnte ihr ja helfen, falls ich noch Zeit hätte. Was war das denn für eine Idee? Ich sollte spülen? Womöglich noch die Teller, die sie mir am Abend zuvor fast an den Kopf geschleudert hätte? Was dachte sie sich eigentlich dabei? Als ich sie von der Seite verstohlen musterte, traute ich meinen Augen nicht. Sie steckte in einem Männerbademantel, bis oben hin zugeschnürt, ganz unerotisch. Ich hatte noch ein bisschen Zeit bis zur Jugendvertreterversammlung und war bereit, ihr zu helfen.
Während dem Aufräumen und Säubern der Küche plauderten wir über belangloses Zeug. Ich wurde unsicher. Ihr Verhalten und ihre Aufmachung ließen nicht für eine Sekunde darauf schließen, dass gerade sie die traumhafte Person der letzten Nacht war. Sie quatschte unaufhörlich über die Frauenbewegung und über die geschlagenen Frauen im Frauenhaus. Sie hätte ja schon einiges von uns Lehrlingen gehört. Wie denn meine Einstellung zur Frauenemanzipation sei?
Klar, dachte ich da fortschrittlich, doch um ehrlich zu sein, wir hatten bei den Lehrlingen keine Frau und so unmittelbar war ich ja nicht betroffen. Unsere Forderungen drehten sich eher um die Arbeitersache und das Jugendkulturzentrum.
Ob ich glaubte, dass eine Frau kein Autoschlosser sein könnte? Nein, so hatte ich das nicht gemeint. Es wären halt körperlich

schwere Arbeiten und außerdem, wenn eine dicke Schraube an einem LKW mal so richtig festsäße und verrostet sei, müsste man schon mit großen Hämmern und Schweißgeräten an die Schraube heran. Eine Frau, na ja, hätte ich bei dieser Arbeit noch nicht beobachtet.
Ich war vorsichtig, denn bei so einem heiklen Thema würde ein falsches Wort die Nickelbrille zum Ausrasten bringen. Das kannte ich ja schon.
Die Genossen aus ihrer Gruppe würden politische Arbeit in den Fabriken leisten und sie überlege schon lange, als emanzipierte Frau in die Domäne eines Männerberufs vorzustoßen. Das leuchtete mir zwar nicht ganz ein, aber ich hatte schon davon gehört, dass einige der intellektuellen Sponti-Führer bei Opel in Rüsselsheim am Band standen, um von der Basis aus zu agieren.
Da wir ja politisch so aktiv wären, sollten wir doch die Forderung nach Ausbildungsplätzen für Frauen in den Metallverarbeitenden Berufen in unserer nächsten Versammlung auf die Tagesordnung setzen.
Schön und gut, an einem Tagesordnungspunkt sollte es nicht liegen, aber wir hatten keine sanitären Anlagen für Frauen in unserer Lehrlingsausbildungswerkstatt.
Könnte sie sich vorstellen, mit lauter nass geschwitzten Männern unter ein und derselben Dusche zu stehen? Allein an so Kleinigkeiten, und da war das Ordnungsamt ja streng, konnten solche Forderungen scheitern.
Je mehr ich dagegen argumentierte, umso mehr wollte sie über die Aufnahmebedingungen und die Verantwortlichen in der Personalabteilung wissen. Auch das kleine Ablenkungsmanöver, dass ich ihr unbedingt von meinem Traum letzte Nacht erzählen müsse, brachte keine Wende in die Unterhaltung. Sie ging nicht einmal darauf ein. Sie war wie vernarrt in die Vor-

stellung, eine Autoschlosserlehre zu absolvieren. Sie ließ mich mit dem halb fertigen Abwasch stehen, ging in ihr Zimmer, zog sich an und wollte mit mir auf der Stelle zur LAW aufbrechen.

6

Alles war im Umbruch. Jeder Tag bescherte uns Neues, das Leben war schön und spannend.

Die letzte Nacht, auch wenn ich sie vielleicht nur geträumt hatte, brachte doch etwas Leichtes in meine Grundstimmung. Warum also nicht mit der Nickelbrille mitfahren – sie hatte einen R 4. Mit dem Auto vor der LAW vorzufahren, hatte ja auch seinen Reiz.

In unserem Jugendvertreterzimmer waren die Helden des letzten Tages versammelt. Kurt und Schilus waren gerade dabei, mit überschwänglichem Eifer den anderen zu berichten, wie es für sie im Knast gewesen war. Die Brutalität, mit der sie uns festgenommen hatten, bekam zwar jetzt ein neues Gesicht, was aber unter rein taktischen Gesichtspunkten bestens in unseren Plan passte. Wegen meines verspäteten Eintreffens hatten sich schon einige Sorgen gemacht. Ich unterbrach die Fragerei mit der Vorstellung der Nickelbrille. Sie wolle sich mal alles anschauen, um einen Eindruck von unserer »Maloche« zu bekommen. Heute passte es natürlich schlecht, weil wir so lange nicht arbeiten würden, bis unsere Forderung nach einem selbst verwalteten Jugendkulturzentrum von »Dynamit-Rudi« erfüllt sei. Als sich der Aufenthaltsraum langsam füllte und jeder, der neu reinkam, wissen wollte, was eigentlich passiert war, ging ich ans Mikro. Der Zeitpunkt hätte gar nicht günstiger sein können. Die Menge war schon von den wilden Gerüchten aufgeheizt und bereit, heute alles zu unternehmen. Sogar einige der Meister, die schon wieder nichts zu tun hatten, lümmelten sich neugierig im Aufenthaltsraum. Wir ließen sie ausnahmsweise zuhören, aber sonst hatten sie keinen Zutritt zu unseren Versammlungen. Ich eröffnete die außerordentliche Jugendversammlung mit den Worten:

»Wie ihr alle schon mitbekommen habt, gab es, nachdem wir uns gestern aus dem Rathaus zurückgezogen hatten, einen schweren Übergriff der Polizei. Kurt, Schilus und ich wurden ohne Begründung verhaftet. Der Staatsapparat demonstrierte seine Macht und wollte uns mundtot machen. Doch glauben die da oben wirklich, dass wir uns von solchen Terrormaßnahmen einschüchtern lassen?« Ein lautes »Niemals!« schmetterte mir aus ungefähr 80 Kehlen entgegen und ich setzte meine Rede fort. Als ich gerade wieder Luft holen wollte, erkannte ich die Reporterin im Türrahmen unseres Versammlungsraums. Ich begrüßte die Presse, die sich für das Anliegen der Lehrlinge und alles, was mit unserer Forderung zusammenhing, engagierte. Die Reporterin versprach uns, einen Artikel über die Opfer des brutalen Überfalls zu verfassen.

»Also, Jungs, ich sage euch, das waren Killer, eine abgerichtete Sondereinheit. Die sind mit acht Leuten, wie im Dschungelkrieg in Vietnam, über den Römer gerobbt, um uns dann zu stellen. Ihr hättet das sehen müssen! Es hat nur noch gefehlt, dass sie angemalt waren und diese Tarnklamotten trugen. Jungs, ich erzähle euch keine Märchen! Kurt hat sich gewehrt und gebrüllt wie ein echter Kämpfer, der nicht aufgibt, obwohl er wusste, dass er verlieren würde. Sie haben ihn zu viert über den Römer gezerrt. Er hat sich mit Händen und Füßen der illegalen Verhaftung widersetzt. Und jetzt, Jungs, will ich tosenden Beifall von euch – für Kurt, den Helden! Er hat es verdient! Zeigt es ihm!«

Die Menge kam so richtig in Fahrt. Sie stellten sich auf die Tische und Stühle, um frenetisch zu applaudieren. Kurt genoss den tosenden, lange anhaltenden Beifall und als er merkte, dass die Begeisterungsstürme nachließen, stellte er sich auf den Tisch und hob die Faust zum Siegeszeichen. Es wurde immer lauter, sogar die Nickelbrille hatte sich zu einem überaus emotionalen »diese Schweine!« hinreißen lassen. Alle standen noch auf den Tischen, als ich mit ruhiger Stimme fortfuhr: »Ich sage euch, und das ist jetzt nicht übertrieben, als sie uns ins Auto zerrten – übrigens jeden einzeln in einen Wagen –, sah ich noch, wie sie Kurt im Auto mit den Fäusten bearbeiteten. Vor ohnmächtiger Wut liefen mir Tränen die Backe runter. Ich konnte sie nicht wegwischen, weil sie mir die Hände auf dem Rücken gefesselt hatten. Du hast keine Chance gegen dieses Pack!«

So ruhig und so betroffen, von einer Sekunde zur anderen, hatte ich die Jungs noch nie erlebt. Vergessen alle Rivalität zwischen den Elektrikern und Autoschlossern, es war schon fast unheimlich. Ich sah, wie der Kugelschreiber der Reporterin das Notizheft vollschrieb und ihr der Schweiß auf der Stirn stand. Nach einer Minute des Schweigens griff ich mit der linken Hand erneut zum Mikro und beschloss, die Menge weiter aufzuheizen.

»Ich will euch jetzt nicht mit Details langweilen und euch erzählen, wie sie uns im Knast abtasteten und uns an den Eiern herumfummelten. Wir mussten uns nackt vor diese Wichser stellen, und sie haben uns in den Arsch geschaut. Und das alles nur, weil wir ein popliges Buffet geplündert haben? Weil wir ungefragt die Mittagsruhe unseres Oberbürgermeisters gestört haben? Weil wir ein Jugendkulturzentrum in Selbstverwaltung wollen? Jungs, jetzt frage ich euch: Wer hat das zu verantworten, sagt es mir?«

Die Menge hatte sich längst entschieden und alle stimmten in unseren Schlachtruf ein: »Eins, zwei, drei marschieren wir im

schnellen Lauf zum Rudi rauf. Oben dann, alle Mann, stimmen wir ein Liedchen an: Rudi, wir kommen.«
Mit diesem Schlachtgesang drängten wir nach draußen, um dorthin zu marschieren, wo wir gestern schon einmal waren. Eigentlich wollte ich noch weitermachen, aber so war es auch in Ordnung. Ich zwinkerte der Nickelbrille zu, forderte mit dem Kopf zum Gehen auf und drängte mit ihr zum Ausgang. Vermutlich hatte einer aus unserer Verwaltung eine Standleitung zum Römer und kündigte schon das Kommen einer wild gewordenen Horde Lehrlinge an. Unser Oberverwaltungsboss, Herr Möbel, mit seinem gut gepflegten 230er Mercedes, fuhr plötzlich wild gestikulierend neben uns die Straße entlang und brüllte: »Alles genehmigt!« Wir sollten sofort umkehren, nicht zum Römer ziehen. Es war ein kurioses Bild, wie er völlig aufgebracht seinen Kopf aus dem Schiebedach streckte. »Was bitte, Herr Möbel, ist genehmigt?« Wir umringten sein Auto, ließen an den hinteren Reifen ein bisschen Luft raus und wackelten am Dach. Aber, was uns Möbel mitten auf der Straße gerade verkündet hatte, war nichts anderes als das Okay für unser Jugendkulturzentrum in Fechenheim. Wir bedankten uns bei ihm und da wir ihm leider nicht auf die Schulter klopfen konnten, schlugen wir stattdessen mit der flachen Hand auf das Dach seines Mercedes.

Wir schlenderten zurück zur LAW. Die Reporterin stellte immer noch Fragen über die Verhaftung, weil sie zum ersten Mal so nah und live miterlebt hatte, wie es in unserem Polizeistaat läuft. Ihr stand der Schock noch immer ins Gesicht geschrieben. Sie hatte schon mit ihrem Redaktionsleiter gesprochen und der hatte ihr grünes Licht gegeben für eine Serie über die Lehrlinge der Stadt Frankfurt. Schilus wich nicht mehr von der Seite der Reporterin. Er wollte sich am Abend mit ihr zurück-

ziehen, um ihr brandheiße Infos zu geben. Natürlich hatte Schilus die Rechnung ohne Kurt gemacht, der sich sofort einmischte, als er mitbekam, dass für den Abend Treffen verabredet wurden.
Die Nickelbrille hatte sich jetzt endgültig für die Ausbildung zur Kfz-Mechanikerin entschlossen und wich nicht mehr von meiner Seite, was mir offen gestanden ein bisschen auf die Nerven ging. Ich versprach ihr, dass ich mich noch heute mit der Angelegenheit beschäftigen würde. Es gab aber jetzt Wichtigeres, um das ich mich zu kümmern hatte und das war wohl Grund genug für sie, mein verloren gegangenes Interesse an ihr wachzurütteln. Sie flüsterte mir ins Ohr, dass ich heute Nacht wieder ihr Guru sein sollte. Ich glotzte sie an. Mit einem Mal wurde die Welt um mich herum ausgeblendet. Meine Knie schlotterten, die Spucke blieb mir weg und mein Gesicht lief rot an. Sie lächelte das schönste Lächeln der Welt, es ging mir direkt unter die Haut, über einige Adern mitten ins Herz. Sie hielt verlegen die Hand vor den Mund, rannte zu ihrem R 4 und brauste davon. Es hätte noch ein bisschen weiter gehen können, doch Kurt brachte mich, mit einem Schlag auf den Hinterkopf, wieder zurück auf den Boden der Realität. Sosehr ich dem R4 auch hinterher glotzte, er war weg und wir mussten nun unbedingt hören, was uns Möbel zu berichten hatte. Er stellte sich ans Mikro und verkündete:
»Also, Kinder«, so nannte er uns immer, »dass ihr meinen Mercedes so schlecht behandelt habt, kann ich nicht einfach durchgehen lassen. Von einer Anzeige möchte ich absehen, aber ich möchte, dass mir heute noch irgendwer die platten Reifen aufpumpt; dann ist das Thema für mich vom Tisch!«
In der Runde wurde ein bisschen gegrummelt, aber dann erklärten sich einige von uns bereit, sich um die Reifen zu küm-

mern. Ich fand das in Ordnung und wir gaben Möbel einen kleinen verhaltenen Applaus.
Das hatten wir also auch hinter uns gebracht. Jetzt wollten wir aber zum Wesentlichen kommen. Was war mit unserem selbstverwalteten Jugendkulturzentrum in Fechenheim? Möbel verkündete: »In der eilig einberufenen Magistratssitzung wurde heute Morgen beschlossen, dass die Liegenschaft Fechenheim-/Schieshüttenstraße/Alte Schule für den Unterricht der Lehrlingsausbildungswerkstatt zur kurzfristigen Verfügung gestellt wird!«
Mehr wollten wir gar nicht hören. Jubel donnerte los. Ob das jetzt kurz- oder langfristig war, spielte keine Rolle. Wir hatten unser Haus und da würden wir so schnell nicht mehr rausgehen. Superklasse! Auch dieser Tag war eine Eintragung in das persönliche »Guinness-Buch der Rekorde« wert. Wir fühlten uns permanent auf der Überholspur. Die Emotionen waren so geladen, dass uns nichts und niemand mehr bremsen konnte. Das Jugendkulturzentrum sollte für uns ein Platz werden, an dem wir Tag und Nacht unsere Vorstellung von einem solidarischen Zusammenleben umsetzen wollten. Unvorstellbar, was wir in kürzester Zeit erreicht hatten. Wir hatten einen Platz erstritten, wo uns niemand etwas vorschrieb, weder unsere Eltern noch irgendein Lehrer, einfach niemand. Nie hätte ich meinem Vater erklären können, dass ich gerade aus dem Knast gekommen war und mich in derselben Nacht den sexuellen Gelüsten einer Elfe hingegeben hatte. Vermutlich völlig zur Verzweiflung gebracht hätte ihn, dass wir unserem Oberbürgermeister Rudi Arndt gedroht hatten, sein Büro zu besetzen und alle seine Zigarren zu rauchen.
Nein, in seinen Augen war sein Sohn gut untergebracht, denn die Stadt hatte immer Arbeit. Das war was fürs Leben. Der Junge würde Autoschlosser und das bis zur Rente. Bei der Stadt

gab es Rasenmäher, Straßenkehrmaschinen, Transporter, Müllfahrzeuge und Busse der städtischen Verkehrsbetriebe. Und dann war da noch die Polizei mit ihren Einsatzfahrzeugen, den kleinen schnellen Opels und der ersten Generation Wasserwerfer. Das war so ungefähr der Fuhrpark, der uns Automechanikern zugeteilt wurde. Abteilungen, die wir durchlaufen mussten und bei denen wir, da hatte mein Vater Recht, alt werden konnten. Hauptsache, wir benahmen uns ordentlich und wurden übernommen. Doch neben der Disziplin und dem Gehorsam, beides Tugenden, die sie uns noch immer als ihre Prinzipien zu verkaufen suchten, gab es eine Menge Gelegenheiten, bei denen mein Vater wirklich »Bärenstärke« gezeigt hatte. Vor allem bei seinem Auftritt bei der Polizei: »Das ist mein Sohn und den nehme ich jetzt auf der Stelle mit nach Hause, den sperren Sie nicht ein!« Da war ich mächtig stolz auf ihn.

7

Meine Eltern hatten es nicht leicht. Meine Mutter ging bei Neckermann abends putzen, mein Vater reparierte nachts Uhren an seiner Feinmechanikerwerkbank und arbeitete tagsüber bei der Cassella-Höchst-AG in Fechenheim. Unser erstes Auto 1964 war ein Prinz 4, ein kultiges Fahrzeug, mit Platz für maximal vier Personen und einen Koffer. Aber mein Vater schaffte es jedes Jahr, uns zu fünft samt Campingausrüstung auf dem Dachgepäckträger an den Chiemsee zu transportieren. Manchmal glaubte ich, dass er gewusst hat, was wir angestellt haben. Auch wenn wir nie darüber sprachen, es ließ sich immer ein bisschen Stolz in seinem Gesicht erkennen.
Später kamen meine Mutter und mein Vater jeden Samstag ins besetzte Haus Bockenheimer Landstraße 93 und brachten Blechkuchen für die Kommune. »Damit ihr mir nicht ver-

hungert!«, pflegte meine Mutter zu sagen. Sie stiegen dann meistens, fast schon peinlich berührt, über die herumliegenden Berge ungewaschener Kleider und manchmal auch über noch schlafende »Kurzbewohner«, bis sie sich zur 50-Quadratmeter-Küche in der Acht-Zimmer-350-Quadratmeter-Wohnung durchgearbeitet hatten. Dabei musste meine Mutter aufpassen, dass ihr der Blechkuchen nicht runterfiel, aber geschickt, wie mein Vater war, dirigierte er sie an den Hindernissen vorbei sicher in die Küche. Wir freuten uns jede Woche auf die beiden mit ihrem Blechkuchen.
Meine Eltern nahmen die Zeit wie sie war; so war der Lauf der Dinge. Wegen der leer stehenden Häuser vertrat mein Vater als Sozialdemokrat die Ansicht, das müsste nicht sein und die jungen Leute hätten Recht. Unsere '68er war die erste Generation, die sich nach dem Krieg gegen die herrschenden Verhältnisse aufbäumte und lautstark ihre Meinungen und Vorstellungen kundtat. Das Auflehnen und »sich nicht alles gefallen lassen« musste von der Generation meines Vaters akzeptiert werden, denn keiner wollte die »Ja-Sager- und Schweigezeit« jemals wieder erleben. Wir wollten aktiv Widerstand leisten und uns nichts, aber auch gar nichts, diktieren lassen.

Doch nun standen wir an der Endstation der 14er Straßenbahn in Fechenheim, nur wenige Meter von dem wunderschönen leer stehenden Schulgebäude, unserem Jugendkulturzentrum – kurz genannt JUKUZ –, entfernt. Für mich war es wie ein Nostalgieschock, den ich in dieser Heftigkeit nicht erwartet hatte. Die Schule, auf deren Hof ich mich gerade mit etwa 90 Lehrlingen befand, war meine Grundschule, in der ich fünf Jahre meines Lebens verbracht hatte. Das Ganze war erst sechs Jahre her, denn 1966 zogen wir von dieser Schule in ein modernes, frisch erbautes, Asbest verseuchtes Gebäude um.

Das 1915 erbaute Schulhaus war auf drei Stockwerken mit insgesamt acht Klassenräumen ausgestattet. Die gut erhaltene Doppeleingangstür war abgesperrt, die Fenster rund um das Haus ebenfalls verschlossen. Die Ungeduldigen unter uns fingen schon an, die Gitter vor den Kellerfenstern auszuhebeln. Die Verwaltung hatte uns versprochen, dass gegen vier Uhr der verantwortliche Lehrlingsbeauftragte erscheinen würde, die Schlüssel bei sich hätte und wir damit ganz offiziell Einlass bekämen. Bis dahin war noch eine Stunde Zeit. Also, was sollte diese übereilte »Hauruck«-Aktion? Ich versuchte, die Übereifrigen von uns zu stoppen. Die Zeit könnten wir wirklich noch abwarten, es musste ja nicht gleich wieder randaliert werden. Als ich diesen Satz wie ein sanfter Prediger in die Menge warf, schnellte Peter von seiner knienden Kratzposition vor dem Kellerfenster hoch und schrie: »Halt endlich das Maul, du Prediger!« Seine Faust landete in meinem Gesicht, direkt auf meinem linken Auge.

Rivalisierende Machtkämpfe könnte man das in der Gangsprache nennen, doch es war schlicht die eifersüchtige Wut eines Arbeiterlehrlings aus meinem Lehrjahr, mit dem ich immer Stress hatte. Er wollte einfach nicht kapieren, dass in unserem »Politbusiness« auch geredet und nicht gleich losgeprügelt wurde. Trotzdem wollte ich diesen Überraschungsangriff nicht so einfach ungesühnt lassen. Sofort sprangen die anderen zwischen uns, um meinen Gegenschlag noch rechtzeitig zu verhindern. Obwohl mir Peter in seiner Brutalität weit überlegen war und ich von zwei Leuten festgehalten wurde, wollte ich auf ihn losgehen. Er lachte mich aus, riss sich los, konnte aber seinen erneuten Schlag gegen mich glücklicherweise nicht landen, weil ich rechtzeitig auswich. Mit massiver Gewalt wurde er zurückgehalten und mit vier Knien im Kreuz schließlich überwältigt.

Ich brüllte sie an, dass sie ihn loslassen sollten. Denn jetzt galt es, ein für alle Mal zu klären, dass wir eine Gemeinschaft waren. Nur das wollten die doch da oben: Spaltung. Schon wieder ein Vortrag! Dabei hielt ich meine Fäuste bereit und rechnete damit, dass Peter, den die anderen jetzt losgelassen hatten, jeden Augenblick aufspringen würde, um über mich herzufallen. Doch nichts passierte. Die Menge stand wie versteinert um uns herum. Alle waren gespannt, bis Peter plötzlich, noch immer auf dem Boden liegend, zu zucken anfing. Die Arme verrenkten sich, seine Beine fingen immer schneller an zu zittern, der ganze Körper bewegte sich asynchron zu den Gliedmaßen und aus seinem Mund floss weißer Schaum. Ein Epileptiker! Was tun, ihn anfassen, anbrüllen, dass er mit dieser Scheiße aufhören solle? Tipps aus allen Ecken, doch keiner wagte ihn anzufassen. Er war nicht ansprechbar, in seinen Augen war, wie bei einem Zombie, nur noch das Weiße zu sehen.

Irgendjemand rannte zum Telefonhäuschen und alarmierte dummerweise die Polizei, die mit einem Riesengetöse Minuten später um die Ecke quietschte. Kaum zwei Minuten auf diesem Schulhof und schon hatten wir sie wieder: die grünen Uniformierten. Es dauerte eine Weile, bis die Bullen kapierten, was los war, und einen Krankenwagen holten. Zu allem Überfluss stieß auch noch unser städtischer Lehrlingsbeauftragter auf den wild umherlaufenden Haufen und sah die jetzt langsam abklingenden Zuckungen von Peter. Sicherheitshalber hatten die Polizisten mal schnell noch das restliche Revier herbeigeordert und ruck, zuck waren acht neugierige Beamte der Polizeistation aus Fechenheim vor Ort. Die Kollegen vom Roten Kreuz, zwei Zivis und eine Hals-Nasen-Ohren-Ärztin packten den zuckenden Peter auf die Liege, schnürten ihn fest und fuhren mit Blaulicht davon.

»Was ist hier eigentlich los?«, wollte der inzwischen eingetroffene Rathaus-Mensch wissen. Wir waren noch zu sehr geschockt von dem Anblick des entstellten Peters, um antworten zu können. So plötzlich war er, von einer auf die andere Sekunde, aus dem normalen Leben gerissen worden. Wahrscheinlich würde er sich nie mehr an den folgenden Aktionen beteiligen können. Wir hatten gerade einen Freund und Kämpfer für die Sache der Jugendlichen verloren und beobachtet, wie sein Körper außer Kontrolle geriet. Ein Mensch, der einen Schicksalsschlag erlitten hatte, mitten aus dem noch jungen Leben heraus. Möglicherweise würde er für immer in einer Anstalt für Epileptiker landen.
In diese Gedanken hinein traf uns diese Frage des Verwalters. Er schluckte kurz und zog an seinem Schlips, als er merkte, wie betroffen und erschüttert wir waren und wie deplatziert seine Frage auf uns wirkte. Er solle den Schlüssel herausrücken und in die 14er Straßenbahn Richtung Rathaus abdüsen. Was gab es denn noch zu besprechen? Warum wohl, glaubte er, waren wir auf diesem Schulhof? Unter normalen Umständen hätte er uns ohne große Worte zu verlieren den Schlüssel übergeben müssen, vielleicht noch mit einem kleinen: »Passt ein bisschen auf!«, aber das wär's dann schon gewesen. Doch was passierte? Er behielt den Schlüssel und schüttelte seinen Kopf wie Louis de Funés, der nicht machen wollte, was man von ihm verlangte. Warum? Wir fragten ihn barsch und etwas bedrohlich, bis er sich umdrehte und Richtung Baracken deutete, die genau gegenüber unserer schönen Schule standen. Wir glaubten, es sei ein schlechter Scherz. Unser Rathaus-Mensch solle uns sagen, was er damit meine? Plötzlich registrierte ich, dass der Verwalter immer mehr vor mir verschwamm, er wurde immer undeutlicher, nur seinen entsetzten Gesichtsausdruck konnte ich gerade noch erkennen. Mein linkes Auge hatte den

Schlag von Peter mit einem blauen Bluterguss quittiert, der sich rasend schnell ausbreitete.
Was war jetzt mit diesen Baracken, auf die unser städtischer Lehrlingsbeauftragter zuging und dem Schlüssel, den er im Schloss herumdrehte? Er sei stolz, uns mitzuteilen, dass diese beiden Holzverschläge, in denen der provisorische Schulunterricht der Fechenheimer Grundschüler fast drei Jahre lang stattgefunden hatte, unser neuer Unterrichtsraum werden sollte. Wir schüttelten ohne Kommentar unsere Köpfe, drehten uns um und deuteten auf das Schulgebäude gegenüber. Darüber hätten wir gesprochen und nicht über einen Hühnerstall. Dort gingen wir jetzt auch wieder hin. Die Baracken könne er offen stehen lassen, die würden wir schon mitbenutzen, als Getränkelager oder sonst was. Es hing sicher mit dem Ausdruck unserer nicht verhandelbaren, konsequenten Haltung zusammen, dass er hinter uns her trottete, den Schlüssel in das Schloss der Schultür steckte und uns, wie er meinte, nur kurz zum Anschauen die Tür öffnete.

Wir waren drinnen und es war alles noch genau so, wie ich es als kleiner Steppke in Erinnerung hatte. Die großen Treppen waren nicht mehr ganz so bombastisch, aber in meinem Klassenzimmer hingen noch die gleichen grau, braun und gelb gestreiften Vorhänge. Die Tische waren ordentlich in die Reihe gestellt, als würden wir gleich nach der großen Pause den Unterricht wieder beginnen. Mit dem rechten Auge registrierte ich den Moment der Jetzt-Zeit und mein inneres Auge, sah den kleinen Junge auf der Treppe stehen. Zusammen mit noch ein paar Kindern sangen wir unter der Chor-Leitung meiner Lehrerin: »Gaudeamus igitur«. Was waren wir für brave Kinder gewesen!

8

1971: Die Welt drehte sich unaufhaltsam, aber immer noch nicht schnell genug. In der ersten Woche hatten wir schon so viel Aufsehen erregt, dass jeder, der sich irgendwie politisch engagierte, bei uns im JUKUZ vorbeischaute. Lehrer und Lehrerinnen, Genossen und Genossinnen spendeten Material und Geld für die Renovierung unseres neuen Domizils. Wir brauchten Tonnen von Farbe, Baumaterial, Kleingeld für Getränke.
Mit der ersten Kohle wurden Besorgungstrupps zusammengestellt, die alles anschaffen sollten, was vorher im Plenum beschlossen worden war. Eine Theke musste her, natürlich aus Holz gezimmert, denn eine Theke war ein klassischer Kommunikationsplatz, an dem man strategische Pläne entwarf. Weil zu viele an der Konzeption herumredeten, wurde schnell ein Planungsstab »Theke« ins Leben gerufen. Die Wände wurden bunt angemalt. Dabei entwarfen wir richtige Muster, grüne Lianen schlängelten sich durch das dichte Dschungelgebilde um die Fenster herum. Teilweise übertackerten wir wieder die Objekte an den Wänden mit Silberfolie, weil diese irre reflektierten, wenn die Diskostrahler ihr Licht darauf ergossen. Unsere Künstler waren im Gestaltungsrausch. Jeden Abend kamen neue Leute hinzu, die den Pinsel in die Hand nahmen und Farbe verteilten.

Wir waren glücklich, blutjung, 15, 16 und die Ältesten unter uns 17 Jahre alt. Unser Modell der Selbstverwaltung zog seine Kreise. Fernsehteams produzierten Reportagen, das Zweite Deutsche Fernsehen (ZDF) einen langen Beitrag für sein Jugendmagazin *DIREKT*. Wir berichteten über unsere politischen Vorstellungen, die wir, während wir mit den Leuten diskutierten, meistens aus dem Bauch heraus entwickelten. Natürlich philosophierten wir auch über das Alltagsleben auf

der Straße und über die Sorgen, die der »kleine Mann an der Ecke« hatte. Unsere Devise war, ein offenes Ohr zu haben für alles und gerade für Kritik an der herrschenden Klasse und jederzeit Widerstand leisten, wo uns Ungerechtigkeit begegnet. Was uns noch fehlte, war eine funktionierende, etwas lautere Musikanlage. Sie zu besorgen war aber nicht das größte Problem. Der ansässige Getränkelieferant machte uns da mehr Schwierigkeiten. Einer unserer studierten Köpfe verdeutlichte ihm mit einer kleinen Hochrechnung, welchen Umsatz er mit uns im Schnitt pro Wochenende, bei immerhin 120 bis 200 Leuten, unter ihnen starke Trinker, machen könnte, wenn er uns exklusiv beliefern würde. Die Studis waren einfach sensationell im Verhandeln.
Mit solchen Hilfsdiensten machten sie sich unentbehrlich. Unsere politische Richtung war noch nicht genau definiert. Wir waren spontan. »Okay, das klingt gut! Genau so machen wir das!« oder »Geh doch rüber, wenn's dir hier nicht passt! Spring doch!«. Gemeint war der Osten, drüben halt! Keiner wollte irgendjemanden aufhalten. Alle waren alt genug, um letztendlich selber zu entscheiden, ob sie dorthin gehen wollten oder nicht. Die verklemmten marxistischen Kaderführer wollten dagegen unseren politischen Weg diktieren. »So und so muss das sein«, aber aufgezwungene Regeln waren ja genau das, was wir nicht wollten. Unser Motto hieß: »Keine Macht für niemanden«. Sie blitzten bei uns zunehmend ab. Ich sympathisierte mehr und mehr mit unserer Lehrlingsgruppe und meiner neuen Flamme, der Nickelbrille oder liebevoll Fee von mir genannt, die mich so verzauberte, wie es bisher niemand mehr getan hatte.
Ganz so feministisch verkappt wie auf den ersten Eindruck war Fee dann doch nicht. Ein bisschen Show-Programm beim Werben um sie gehörte auch bei ihr dazu. Auftritte, die

man im Nachhinein für absolut überflüssig erklärt. Aber sie machten Eindruck. Sie waren ein Teil der Befreiung und der Hingabe zugleich. Das Absurde dabei war jedoch, dass Tugenden wie Treue und Sichaufeinanderverlassen eigentlich überhaupt nicht in die Zeit passten. Spießig! Man durfte nicht mal darüber nachdenken, schon war man ein Bourgeois!

Wenn ich mit Fee »Guru« spielte, brüllte sie die ganze Kommune zusammen. Mir war das peinlich. Ihr Orgasmus schien wie der Befreiungsschlag von Tausenden von Jahren Unterdrückung der Frau. Nachdem wir permanent die Kommune wechseln mussten, erzählte sie mir, dass sie überhaupt keinen festen Wohnsitz hatte. Sie tingelte so durch die Betten, hatte wohl ein paar festere Adressen, aber ein Kleiderschrank oder Bett stand nirgends. Aber ein Bett fand sich immer und bekannt waren wir, wenn wir zu den Genossen in die Wohngemeinschaften gingen. Eine kurze Begrüßung genügte: »Okay, alles klar! Ach, ihr schon wieder. Glotzt mal rum, wo was frei ist.«

Unser Hunger war immer sehr groß und die Kühlschränke meistens ganz gut sortiert, je nach studentischem Zuschuss oder Einkommen der Eltern. Vorzugsweise wurden die vollen Kühlschränke einiger Betuchter in Anspruch genommen. Fee suchte auch immer die Plätze aus, wo mindestens ein Verflossener wohnte. Der sollte schließlich auch da sein und ihr Gebrüll miterleben. Dann legte Fee richtig los. Die Genossen hatten Verständnis, obwohl ich sicher war, dass einige nicht so gut auf uns Lehrlinge zu sprechen waren, weil wir so manchen Beziehungskrieg ausgelöst hatten.

Ich stellte mir immer wieder die Frage, was machte eine Studierte wie Fee in einer Autowerkstatt, in der sie mit ölverschmierten Fingern an irgendwelchen Hinterachsen herumschrauben und Sicherheitssplinte mit der Zange aus der Kronenmutter ziehen musste. War es das, was Fee wirklich wollte?

Ihren Wunsch, eine Ausbildung als Automechaniker zu absolvieren, hatten wir beiläufig bei der Verwaltung angesprochen. Unser Verwaltungsguru Möbel hatte ein so genanntes »Wenn ihr ein Problem habt, kommt doch zu mir«-Syndrom. Dieses versuchten wir zu nutzen. Ein bisschen Small-Talk, ein bisschen vom JUKUZ erzählen und dann die Hauptfrage langsam, gezielt durch die Hintertür einführen: »Wir hatten das ja mal mehr so anphilosophiert ...« Darauf sprang er an und wir gaben ihm das Gefühl, dass nur er mit uns darüber diskutieren konnte. Unserer Einschätzung nach müsse die Stadt eine Vorreiterrolle einnehmen, auch im Hinblick auf die internationalen Beziehungen der Stadt sei es die Pflicht der Kommune, für die Emanzipation der Frauen einzustehen. Er als Mann käme dabei auch gut weg, wenn er diesen wirklich notwendigen Schritt, Frauen in Männerberufen, fördern würde. Nur ein kleiner Anschub bei den richtigen Leuten im Römer und das wäre schon alles. Ein paar junge, freundliche Frauen würden das Bild in unserer tristen Lehrwerkstatt doch wie Sonnenstrahlen erhellen. Außerdem hätte ich gehört, dass es Frauenzirkel gab, die das Thema schon in ihren internen Pamphleten diskutiert hatten.
Von der Radikalität dieser Frauenbewegung wollte ich ihm dann doch nicht erzählen. Er brauchte immer einige Zeit, bis er verstanden hatte, was wir ihm eigentlich gerade mitgeteilt hatten oder was wir von ihm wollten. Aber sein Hirn arbeitete schon seine Verbindungen durch. Er studierte in seinem Kopf das wabbelige, schon etwas vom Alzheimer angekratzte Telefonbuch, stellte sich Gesichter vor, versuchte ihre Telefon-

nummer darunter zu erkennen und griff, ohne viele Worte zu verlieren, zum Hörer. Da es in dieser Zeit bei der Stadt noch üblich war, dass ein Amt für eine Verbindung außerhalb von Frankfurt am Main angerufen werden musste, plauderte er erst mal mit der städtischen Telefonzentrale. Wir rauchten Selbstgedrehte, pafften ihm die Bude voll und lauschten, was er jetzt vorhatte. »Eine Verbindung mit der Außenstelle Dreieich zur Frau … Moment, die sitzt direkt bei der Verwaltung neben der Sozialstation am Rathaus … Die Verbindung bitte oder stellen Sie mich direkt zur Zentrale durch in …« Nach einigen Versuchen hatte er die gewünschte Dame endlich an der Strippe. Es war eine Amtssekretärin, die wiederum eine Frau kannte, die im Frankfurter Römer auch Amtssekretärin war und sich bestens auskannte. Es war zumindest ein erster Schritt. Möbel hatte uns damit signalisiert, dass er bereit war, sich dem Frauenthema anzunehmen.

Leider endete sein erster Versuch in einer Sackgasse, doch den entscheidenden Tipp gab er uns beim Rausgehen. Wir sollten nicht schon wieder ins Rathaus gehen. Unsere Gewerkschaft aber, die GEW, könnte für unseren Vorschlag ein offenes Ohr haben. Es ging also nur über den diplomatischen Weg. Wir beruhigten ihn mit unseren Erklärungen, dass wir ja nicht jeden Tag zum Römer ziehen könnten und uns freuen würden, wenn er am Samstag im JUKUZ vorbeischaute. Wir würden einen Flohmarkt mit einer tollen Versteigerung veranstalten. Wenn ihm was Geeignetes einfiele, könne er das ja für die Auktion mitbringen und, was sicherlich ein unvergessenes Erlebnis sein würde, sei das Wahrsager-Zelt einer international renommierten Kartenleserin. Dass es sich dabei um Fee handelte, verschwieg ich ihm.

9

Für uns im JUKUZ liefen die Vorbereitungen zum Tag der offenen Tür auf vollen Touren. Wir verteilten in Fechenheim Handzettel mit der Einladung zu unserem Fest. Die Reporterin hatte sich mittlerweile sehr gut integriert. Sie zog mal mit Schilus, Kurt oder sonst wem rum, aber ihre wirkliche Begabung entdeckte sie als Wandmalerin. Ihre Objekte an den Türen, Wänden und überall da, wo im Haus noch keine Farbe war, bestanden in der Mehrzahl aus Fäusten, in allen Größen und aus allen Perspektiven, wunderschöne weiße, schwarze, gelbe Fäuste.

»Zum Ersten, zum Zweiten und …«, Kurt haute mit seinem Hammer auf das Versteigerungspult und peitschte das Volk zu Höchstgeboten für den vielen Krempel, den wir zum Verscheuern geschenkt bekamen oder irgendwo beim Sperrmüll gefunden hatten. Die Theke war noch in der letzten Nacht von unseren Designern fertig gestellt worden.

Es war ein Riesengetümmel, unzählige Leute waren gekommen. Es sprach sich blitzartig in Fechenheim herum, dass an diesem Wochenende im selbstverwalteten JUKUZ eine Performance der Extraklasse stattfinden würde. Die Hippies vom städtischen Jugendzentrum waren mit 30 Neugierigen vertreten. Gruppierungen aus allen politischen Richtungen gaben sich ein »Stelldichein«. Auch Eltern, die wissen wollten, wo ihre Töchter und Söhne sich nächtelang herumtrieben.
Vor dem Wahrsager-Zelt bildete sich langsam eine erwartungsvolle Schlange. Keiner konnte ins Innere sehen, nur die Herauskommenden gaben einen ungefähren Eindruck von der Stimmung wieder, die im geheimen, mystischen Ambiente dieses Zeltes herrschte. Vereinzelt wurde gelacht, doch die meisten hatten eine nachdenkliche Miene. Ich schlenderte wie

zufällig an der Warteschlange vorbei und gab Fee durch einen Hintereingang kleine Zettel, auf denen ich kurz und prägnant Merkmale von denen mir bekannten Gesichtern aufschrieb und die Fee in Empfang nahm. War mal einer dazwischen, über den es keine Infos gab, improvisierte Fee, mixte einige Infos von den anderen zusammen und wartete auf eine Reaktion, um geschickt einzuhaken und mit wilden Schauergeschichten fortzufahren.

Unser Verwaltungschef stand brav in der Reihe. Fee war exzellent auf ihn vorbereitet. Das Kartenlegen verwarf sie kurzerhand. Irgendwoher hatte sie ein rundes Glas aufgetrieben, das sie mit Wasser füllte und einen Goldfisch reinsetzte. Von unten beleuchtet, verbreitete dieses Goldfischglas eine mystische Atmosphäre.

Herr Möbel übergab seine zwei Mark und Fee begann sich ganz auf den Goldfisch zu konzentrieren, der in dem viel zu engen Glas eher gelangweilt herumblubberte und erst dann richtig munter wurde, als Fee ihn in aller Seelenruhe fütterte. Dabei redete sie mit dem Fisch. Denn nur dann, wenn es dem Fisch gut ginge, könne sie alles über ihr Gegenüber erfahren. Fee fing an zu singen. Leise summte sie ein Lied und betrachtete dabei die Kugel mit dem Fisch. Das entspanne und mache die Seelen offen für den Zutritt, den sie brauche, um Kontakt zu Herrn Möbel aufzunehmen.

Fee hatte das von ihrer Mutter gelernt, die als Wahrsagerin über die Jahrmärkte gezogen war und sie als Kind im Schlepptau überall mit hingenommen hatte. Der Fisch war noch von ihrer Mutter und mindestens schon zwölf Jahre alt. Die notwendige Energie, um überhaupt erst die Vision der Zukunft vor sich sehen zu können, strahlte angeblich dieser simpel wirkende Goldfisch aus. Dieser kleine Hinweis verhalf Fee, sich Respekt zu verschaffen für ihre Vorhersage, die sie bedeu-

tungsschwer ihrem Gegenüber machte. Möbels Mutter war keine Wahrsagerin gewesen. So fing unser Verwaltungsfuzzi an, über sich zu erzählen. Beeindruckt von Fees überirdischen Fähigkeiten, spulte er sein Leben herunter. Er sprach über seine Frau, die vor einem Jahr an Leukämie gestorben war. Er, kinderlos, widmete sich nur noch seiner Arbeit und den Jugendlichen der LAW, seinen eigentlichen Kindern, für die er alles tun würde.
Fee lauschte seinen Schilderungen und summte leise zu dem Fisch, versetzte sich damit in eine leichte Trance-Stimmung. Sie schaukelte dabei den Fisch im Glas hin und her. Herr Möbel fixierte ihn mit den Augen und geriet mit seinem Körper in genau die gleiche Kreisbewegung wie das Wasser im Glas. Fees Stöhngesang wurde intensiver, und plötzlich sah sie eine große trauernde Menge, die an einem Grab stand, an dem der Sarg in die Tiefe eines Lochs gelassen wurde. Hildegard Möbel, so vermutete Herr Möbel. Seine ganze Trauer kam langsam in ihm hoch. Erst jetzt, nach einem Jahr, konnte er zum ersten Mal weinen, erst zaghaft, doch je mehr Fee von dieser Trauerfeier erzählte und Leute beschrieb, die weinten, umso weniger gelang es ihm, seine Tränen zurückzuhalten. Ich hatte vorsichtshalber ein Schild vor das Zelt gehängt »Wegen Überfüllung geschlossen«. Fee übertrieb. Durch einen Schlitz sah ich mit Entsetzen, was sie mit dem armen Herrn Möbel anstellte und sie war noch nicht am Ende. Sie ließ ihn weinen, hielt das Glas mit dem Fisch fest in der Hand und unterbrach ihn leise mit einem summenden »Nein, nein!«. Es sei nicht seine Frau gewesen, denn Fee hätte Herrn Möbel nicht unter den Trauernden ausmachen können. Als hätte er umsonst geweint, wollte er natürlich wissen, wer da jetzt beerdigt worden war. Doch Fee, sosehr sie sich auch anstrengte, gelang es nicht, durch das Mahagoniholz des Sarges zu schauen. Herr

Möbel war froh, denn dann hätte es auch ganz sicher nichts mit ihm zu tun. Fee erklärte ihm, dass es immer Zusammenhänge mit ihren Visionen gäbe und sie deutete die Erscheinung der Beerdigung als Signal für Herrn Möbel, über sein Leben nachzudenken, etwas zu bewegen, den Sinn bzw. die Botschaft für sein Engagement zu erkennen. Herr Möbel putzte seine noch immer nasse Brille mit einem Schnäuztuch, das seine Initialen trug. Er verstand nicht, worauf Fee anspielte. Sie stellte das Goldfischglas unsanft auf den Tisch und holte Herrn Möbel mit dieser Geste zurück in die Wirklichkeit. Sie schaute ihm tief in die Augen und sagte ohne Umschweife, dass es seine eigene Beerdigung gewesen sei, die sie gesehen hätte. Ein Hinweis darauf, sein Leben radikal neu zu ordnen. Herr Möbel schien gefasst. Wie lange er denn noch Zeit hätte? Er fragte es spontan, ohne über die Tragweite dieser Feststellung nachgedacht zu haben. Klar findet jedes Leben irgendwann einmal sein Ende, versuchte Fee ihn in das normale »ist halt früher oder später mal so« zurückzuholen. Einen exakten Termin hätte sie aber nicht parat. Es sei auch mehr eine Deutung, die nicht gleich Realität werden müsse. Er solle das mehr psychosozial interpretieren. Herr Möbel jedoch wusste nicht, in welche Richtung sein soziales Engagement denn noch gehen müsse? Fee half ihm. Er solle sich der Dinge annehmen, die aussichtslos erschienen, um die Herzen der Lehrlinge zu gewinnen.
Vermutlich wegen des starken Aufschlags des Glases auf dem Tisch drehte sich der Goldfisch mehrmals um die eigene Achse. Herr Möbel sah es und vermutete, dass der Fisch eine Zirkuseinlage präsentierte. Als er plötzlich zur Oberfläche des Glases trieb, machte er Fee darauf aufmerksam. Fee schreckte hoch und schüttelte das Glas, doch der Fisch zuckte nicht mehr. Die Wellen im Glas spielten mit dem reglosen Körper.

Herr Möbel kramte hektisch in seiner Tasche und zog einen kleinen Strohhalm hervor, hielt ihn direkt in das Glas und blies hinein. Er vermutete Sauerstoffmangel. Fee rannte kreischend, völlig hysterisch aus dem Zelt, zwinkerte mir zu und verschwand in der Frauentoilette. Herr Möbel beatmete weiter. Er wollte diesen so wertvollen Goldfisch retten, unter allen Umständen. Ich musste ihn fast aus dem Zelt zerren. Doch für den Goldfisch kam jede Hilfe zu spät. Fee entschuldigte sich bei Herrn Möbel und sagte, sie müsse jetzt mit ihrer Trauer alleine sein. Herr Möbel zeigte Verständnis und ging nach Hause. Gleich am nächsten Montag wollten wir ihn noch mal auf die Autoschlosser-Frauen-Sache ansprechen. Fee kippte den toten Fisch in die Frauentoilette und wunderte sich, warum er nicht schon viel früher den Geist aufgegeben hatte. Das Futter, das sie ihm gegeben hatte, bestand aus zwei klein gestampften Antibabypillen.

Die Theke im Diskoraum, die noch stark nach Farbe roch, war der Haupttreffpunkt an diesem Wochenende. Kurt hatte seine Unikate versteigert und die Fechenheimer waren durchweg zufrieden mit der doch wirklich guten Nutzung des Hauses. Wir hatten auf großen Papierrollen, überall im Haus verteilt, unsere Vorstellungen von einem selbstverwalteten JUKUZ öffentlich gemacht, mit einem Plenum jede Woche, wo über alle Vorkommnisse diskutiert werden sollte. Im zweiten Stock sollte ein Sportzentrum eingerichtet werden, mit Spiegel- und Sprossenwand für die ganz fitten Judo- und Tanzbegeisterten unter uns. Die Fechenheimer Stadtverordneten der SPD luden wir ein, an den wöchentlichen Runden teilzunehmen, um mit uns über Sinn und Notwendigkeit der Selbstverwaltung im Stadtteil und die daraus resultierenden Maßnahmen zu diskutieren.

Die Party am Abend nach unserem Flohmarkt war geprägt von großen enthusiastischen Glücksgefühlen, denn unser Tag der offenen Tür hatte die gewünschte Resonanz gebracht und keiner konnte es sich jetzt noch leisten oder auch nur daran denken, uns das Haus wieder wegzunehmen. Wir feierten im überfüllten Haus, tanzten ausgelassen nach den Klängen der »Rolling Stones« und der »Ton Steine Scherben«, fielen uns bei jeder Gelegenheit um den Hals. Dass am nächsten Morgen einige besorgte Eltern über die schlafenden Leiber stolperten und nach ihren Töchtern suchten, war eigentlich nicht besonders tragisch.
Wir ahnten, dass es ungewöhnlich war, dass bisher alles so glatt lief. Wann genau das »Kurt-Drama« begann, ist im Nachhinein nicht mehr festzustellen. Es konnten mittags oder in der Nacht zuvor schon die Weichen gestellt worden sein. Der Getränkehändler trug keine Schuld. Die von Kurt durchgeführte Versteigerung wies extreme Höhepunkte auf, die ihn sehr belasteten und zum Schwitzen brachten. Sie machte ihn von einer auf die andere Sekunde euphorisch, dann war er wieder völlig niedergeschlagen, wenn er seine Preisvorstellung nicht durchsetzen konnte. Oder man bot ihm so viel Geld, dass er mit dem Hammerschlagen nicht nachkam. Es könnte auch ein innerer Ausreißversuch gewesen sein, sich aus seiner lockeren Beziehung mit der Reporterin zu befreien, wie ein Hilferuf sozusagen. Aber Kurt war eigentlich nicht der Typ dafür. Alles Überlegungen, die uns im Nachhinein durch den Kopf gingen. Langsam, als die vorvorletzte Kippe angezündet wurde, kündigte sich das Drama an. Wolfram, Steffen und die vielen Verrückten aus Offenbach waren auch dabei. Schilus war hinter der Theke verantwortlich für die ordnungsgemäße Abrechnung. Deckel zum Anschreiben wurden keine gebraucht, Schilus überschlug Einnahmen und Ausgaben. Wir hatten im

Plenum beschlossen, kostendeckend zu arbeiten, also keine kapitalistischen Ausbeuterpreise. Heute schob er schon mal ein Bierchen gratis rüber. Wir hatten ja auch geackert und genügend Einnahmen gemacht. Wie viel er dann wirklich umsonst ausgab, kontrollierte keiner. Warum auch? Mit diesem blöden Lenin-Zitat »Vertrauen ist gut, Kontrolle ist besser« wollten wir nichts zu tun haben.
Und dann stellte Kurt fest, dass er keine Kippen mehr hätte, wenn er Wolfram und Steffen seine beiden letzten geben würde. Wolfram reichte er gerne eine, denn mit der anderen Hand, die er ihm hinhielt, wollte er im Gegenzug den Vespa-Schlüssel von Wolframs Donnerstuhl und dazu noch die Hälfte des Geldes für neue Zigaretten. Ein Nicken von Steffen, dem alten Anarcho, zu Wolfram und: »Rück sie ihm schon raus!« Dem Befehl gehorchend, zog Wolfram den Schlüssel aus seiner Tasche, hatte aber kein Bargeld für Zigaretten mehr. Steffen, der mit Sicherheit seine Heimatquelle immer noch am Sprudeln hielt, schnippte lässig den Zweier für Kippen zu Kurt. Ohne große Worte drehte sich Kurt um und verschwand durch die Tür. Sein Abgang war völlig unspektakulär. Ich kannte Kurt eigentlich anders, denn jeder Abgang, der ein längeres Nichtsehen hinter sich zog, zelebrierte er wie ein großes Abschiedsfest. Irgendwas wollte ich ihm noch hinterherrufen, doch meine Reflexe ließen schon zu wünschen übrig und er war bereits um die Ecke verschwunden.
Was danach mit Kurt passierte, hat sich nach langen Recherchen folgendermaßen abgespielt: Er ging Richtung Mauer, an der die Vespa von Wolfram lehnte. Doch bevor er das Monstergerät bestieg, ließ er zusammen mit René lange Wasser. Die beiden standen nebeneinander und redeten über die Mondlandung. Sie schauten mit dem Kopf nach oben und hielten dabei ihre beiden Schniedel fest. Schweigend und gleichzeitig beein-

druckt von der unvorstellbaren Landungsaktion der Amerikaner, gingen die beiden auseinander. Kurt stieg auf die Vespa, kickte das Ding an und fuhr im selben Moment, als der Motor aufheulte, vom Ständer herunter aus dem Tor hinaus, rüber zur Straße durch Fechenheim, immer geradeaus am Main entlang zum Wasserhäuschen Mainkurstraße. Dort kaufte er die Blauen aus Frankreich, stieg wieder auf die immer noch laufende Maschine, kehrte um und fuhr zurück.
Im Gegensatz zu Kurt waren alle Anwohner von Fechenheim mit der örtlichen Verkehrsregelung vertraut. Die Straße vom JUKUZ kommend durch Fechenheim zur Mainkur war eine Einbahnstraße, genauso wie umgekehrt von der Mainkur durch Fechenheim zum JUKUZ. Der Unterschied zwischen den beiden Straßen bestand darin, dass sich die vom JUKUZ herausführende Straße geradeaus zog, aber – und das war vermutlich Kurts großer Denkfehler – die Straße, die von der Mainkur zurück zum JUKUZ führte, sich teilte und eine 90-Grad-Rechtsbiegung machte. Diese 90-Grad-Biegung fuhr Kurt mit der gleichen Geschwindigkeit, als würde er geradeaus fahren. Er steuerte zielsicher in die an der Ecke ansässige Tankstelle, was noch immer nicht so schlimm war. Das Hindernis, was jetzt unmittelbar vor Kurt auftauchte, war eine Mauer. Die Mauer an der Tankstelle, die er haargenau in der Mitte durchfuhr, wobei er ein Loch in die freistehende Wand sprengte, das so groß wie das Moped und Kurt im Querschnitt war.
Mehrere »Pech«- und zwei, drei »Glück-gehabt«-Situationen kamen jetzt zusammen. Pech, dass Kurt keinerlei Stunterfahrung in Sachen Mauerdurchfahren hatte. Denn jeder Stuntman fuhr in einer solchen brenzligen Aktion mit Helm. Glück, dass Kurt 2,4 Promille Alkohol im Blut hatte, denn Besoffene und kleine Kinder haben immer Glück. Ein bisschen Pech aber auch für Wolfram, denn das Moped war nach dieser spektakulären

Nummer nicht mehr fahrtüchtig. Glück für Kurt war, dass die Mauer nicht mit schweren Sandsteinen aufgeschichtet war. Sie war nur als Trennung zwischen der Tankstelle und dem anschließenden Garten gedacht, also mit billigen, dünnen Hohlblocksteinen errichtet. Als Kurt dahinter, sozusagen im Gemüsegarten des Tankstellenbesitzers, zum Stehen kam, fiel er mit der Vespa stumpf um, schüttelte sich, stand auf, brüllte laut »Scheiße!« und trat dabei wütend gegen die Mauer. Aller Wahrscheinlichkeit nach brach er sich erst dabei das Wadenbein. Er fiel erneut zu Boden und der eiligst herbeigeeilte Tankwart alarmierte die Feuerwehr.

Unsere Freunde vom Nachbarrevier fuhren mit ihrem Opel-Record-Polizeiauto auf unseren Schulhof. Da eigentlich nichts vorgefallen war, keine Konfrontationen oder sonstiges, gab es auch keine Panik, als die beiden Polizisten sich bis zur Theke durchgearbeitet hatten. Sie wollten Wolfram sprechen. Schilus stellte Steffen, Wolfram, mich und sich vor. Um was es denn ginge? »Die Vespa ... Unfall ... Kurt ... Tankstelle ... Markus-Krankenhaus ... Intensivstation.« Die Musik hörte schlagartig auf. Was war mit Kurt passiert? Es folgte eine kurze und kühle Beschreibung des Unfallhergangs.

Wir teilten uns, immer noch geschockt, in zwei beziehungsweise drei Gruppen auf. Wolfram und Steffen versuchten am Unfallort den Rest der Vespa einzusammeln. Es war kein schöner Anblick, der sich den beiden da bot. Der Tankstellenbesitzer schüttelte den Kopf und noch immer sprachlos murmelte er: »Wie der Junge das überlebt hat?« Wieder schüttelte er den Kopf. Er stand vor dem Loch seiner Mauer und konnte es nicht fassen. Wolfram musste leicht gebückt durch das Loch der Mauer kriechen, um das gesamte Ausmaß der Zerstörung seiner Vespa leibhaftig vor sich zu sehen. Die Vorderradgabel der Vespa hatte sich zum Hinterrad verzogen. Keine Chance. Die

Fahrgelegenheit hatte sich somit erledigt. Keine lange Trauer. Dem Tankstellenbesitzer noch schnell die Hand gegeben und ihm versprochen, dass unser Anwalt sich über seinen Anwalt mit ihm in Verbindung setzen würde. Doch von wegen Anwalt, die Sache war klar. Mutwillige Zerstörung von privatem Eigentum, das heißt der Mauer. Steffen hatte mit juristischen Angelegenheiten ein bisschen Erfahrung und zog den aufgebrachten Mann in seiner ölverschmierten Latzhose zur Seite. »Wissen Sie, den jungen Mann wird es ganz schön schlimm erwischt haben. Vielleicht bleibt er sein Leben lang ein Krüppel und diese Mauer, wenn ich das mal so sagen darf, steht einfach so ungesichert herum. Keine Warnlampen oder gut sichtbare Signale, die darauf hinweisen, dass hier mitten auf einem öffentlichen Tankplatz ein Hindernis aufgebaut ist. Komplizierte Sache!« Steffen riet dem Tankwart, doch besser seinen Hausjuristen einzuschalten, denn eine Klage mit diesen komplexen Umständen, da blicke nach mindestens drei Jahren Prozessdauer, die ein solcher Unfall in dieser Größenordnung mit Sicherheit mit sich zöge, bestimmt am Ende keiner mehr durch.
Wolfram und Steffen liefen durch die Einbahnstraße zurück zum JUKUZ. René, der zuletzt mit Kurt gepinkelt hatte, die Reporterin und Schilus machten sich auf den Weg ins Markus-Krankenhaus, um Genaueres zu erfahren. Die drei hatten auf dem Weg in die Klinik nur wenige Worte miteinander gewechselt. Nur: »Der schafft das schon!« oder einen Einwurf von der Reporterin: »So wie Kurt gebaut ist …« Schilus nickte bestätigend. Als sie den Empfang im Markus-Krankenhaus betraten und sich nach Kurts Gesundheitszustand erkundigten, hatten sie Probleme, überhaupt irgendetwas zu erfahren. Als die Reporterin aber dann anfing zu weinen und sich als seine Verlobte ausgab, wurde sie in ein Zimmer der Notaufnahme ge-

führt, wo sie auf den Arzt warten sollte. Dr. Stroh, ein langer, hagerer Typ, gab den ersten Bericht ab. Schürfwunden an der linken und rechten Schulter. Das linke und rechte Knie war nach ersten Erkenntnissen zwar stark geprellt, aber noch zu reparieren, kleinere Platzwunden am Kopf. Was den Arzt aber am meisten beunruhigte, waren die hohen Leberwerte. Er erkundigte sich bei der Reporterin nach dem Alkoholkonsum des Patienten beziehungsweise danach, was Kurt so täglich zu sich nehme? Na ja, so genau könne die Reporterin das nicht sagen und sie holte Schilus, als Kurts engsten Freund, für die Beantwortung dieser Frage dazu. Schilus antwortete, dass Kurt eine gute Kondition hätte. Über den Tag gesehen wären 10 bis 15 Biere nichts Ungewöhnliches, eher normal, halt Schnitt, und viel hinge auch davon ab, was für eine Stimmung in seiner unmittelbaren Umgebung herrsche, ein Kasten sei keine Seltenheit.

Fee und mir wurde die heikle Aufgabe zugeteilt, bei Kurts Eltern vorbeizuschauen und sie möglichst schonend darüber zu informieren, dass ihr Erstgeborener leider gerade eben im Koma läge. Uns würde auf dem Weg nach Preungesheim schon etwas einfallen, wo Kurts Eltern, direkt neben der Justizvollzugsanstalt, zusammen mit den restlichen drei Kindern im 4. Stock einer Drei-Zimmer-Arbeiter-Wohnung wohnten. Kurts Mutter, eine sehr große Frau, resolut und herzlich, erzog ihre Kinder nach bestem Wissen und nach den neuesten pädagogischen Erkenntnissen. Sie nahm es gelassen und wir spielten die Angelegenheit ein bisschen runter. Der Rollsplitt auf der Straße sei Schuld gewesen und Steffen, der das Moped steuerte, sei mit dem Schrecken davongekommen. Kurt, als Soziusfahrer, sei mit dem Bein hängen geblieben. Leichte Lackschäden an der Verkleidung, sonst sei alles heil geblieben.

Im Krankenhaus sei auch alles in Ordnung gegangen, bis zum nächsten Tag solle sie sich mal keine Sorgen machen. Das Teewasser hatte nicht mal gekocht, als wir schon wieder draußen waren.

10

Einige Tage später bezogen wir zu Acht eine Zweieinhalb-Zimmer-Wohnung mit Küche und Bad in der Bergerstraße 215. Kurt, mittlerweile aus dem Krankenhaus entlassen, den linken Fuß in Gips und den rechten Arm mit einer Schiene ruhig gestellt, übernahm die häuslichen Pflichten. Die anderen, Freddy, Jo, Schilus, HJ, Wolfgang S., Jürgen und ich, ausschließlich Lehrlinge, bildeten die Stammbesetzung dieser ersten WG. Das halbe Zimmer, so war es abgemacht, war als flexibler Zwei-Personen-Platz gedacht, gemütlich hergerichtet, mit nur einer Matratze und einem Lämpchen. Der andere Raum zur Bergerstraße hinaus wurde zum Schlafsaal mit acht nebeneinander liegenden Matratzen. Jeder hatte seine eigene Matratze. In das letzte Zimmer kam der große Tisch, an dem wir aßen, unsere Tagungen abhielten und mit den Frauen flirteten, die ja nur hin und wieder Gäste waren. Im Zwei-Personen-Zimmer waren wir, streng nach Plan, nur ab und zu. Zum Beispiel Fee mit mir oder die Reporterin mit Kurt oder Schilus. Das hielten die drei schon eine ganze Weile so, ganz ohne große Eifersuchtsszenen und Dramen, wie man sie aus dem Fernsehen kannte. Nein, das war nicht unser Ding. Unser Motto lautete: »Niemand gehört irgendjemanden«, »frei sein« und »Lasst uns alles diskutieren!«.

Morgens um sechs Uhr rappelte bei uns der Wecker. Die 30 Brötchen vom Bäcker wurden an den Zaun gehängt, gegen fünf vor sieben Uhr waren wir alle, außer Kurt, in unserer Ausbildungswerkstatt. Rumliegen bis zum Mittag gab es nicht. So etwas erlebten wir nur in den Wohngemeinschaften der Studis.

Unsere Wohnung wurde von Kurt den ganzen Tag über für das Abendessen hergerichtet und bei mindestens zehn bis zwölf Leuten hatten wir immer öfters Versorgungsengpässe. Berge von Essen, kaum im Kühlschrank gelandet, noch gar nicht richtig gekühlt, waren schnell verzehrt. Bei Freddy im Bett türmten sich leere Flaschen, die er abends regelmäßig trank. An Wegräumen dachte er dabei nicht und Kurt schob sie ihm, wenn er die Wohnung säuberte, regelmäßig wieder auf seine Matratze zurück. Wolfgang S., der links von Freddy schlief, bekam dann meistens den Müll ab, weil Freddy das ganze Zeug einfach zu ihm rüberschob. Logischerweise war das ein ständiges Streitthema. Freddy musste sich ändern. Sein großes Handicap war nicht unbedingt seine Faulheit, sondern sein immer viel zu großer Hunger. Er brachte stolze 125 Kilo auf die Waage und man sah es ihm auch an. Andererseits war er aber auch sensibel und feinfühlig. Er dachte viel nach und wälzte jedes Wort lange hin und her.

Unser Hauptproblem, die Verpflegung, suchte dringend nach einer Lösung. Es gab natürlich noch andere Probleme, die wir dringend lösen mussten. Kurt sah es auf Dauer nicht mehr ein, dass er mit immer weniger Geld immer mehr auf den Tisch bringen sollte. Zudem schlugen sich unsere Gäste den Bauch voll und der Abwasch blieb allein an Kurt hängen. Vor allem die Geldknappheit und der Lebensmittelkonsum konnten auf jeden Fall so nicht weitergehen. Die paar Päckchen Kaffee, die wir im »Kaisers-Kaffee«-Geschäft immer nebenher mitgehen

ließen, waren zwar hilfreich, aber das reichte bei weitem nicht aus. Die Unmengen Wurst, die verzehrt wurden, waren der größte finanzielle Posten. Aufschnitt, Schnitzel und ganze Braten mussten regelmäßig besorgt werden.
Zum »Einkauf« im Supermarkt teilten wir uns in zwei Gruppen auf. Die Schnelleren unter uns orderten an der Fleischtheke die gewünschte Ware, Unmengen von allem. Dann schleppten wir zwei prall gefüllte Tüten hemmungslos an der Kasse vorbei, rannten die Treppe hoch und raus auf die Leipziger Straße in Bockenheim. Dort war genug Menschengewimmel, um schnell wegzutauchen. Die »Aufhalter«, sprich die zweite Gruppe, kam dann an die Reihe, wenn ein aufgebrachter Metzger den Braten roch, einschritt und gegebenenfalls handgreiflich werden wollte. Es geschah jedoch nur einmal, dass ein aufgebrachter Metzger mit seinem Beil über die Leipziger Straße fegte, um uns abzuschlachten. Keiner der »Aufhalter« wollte diesen Irren stoppen, aber es gelang ihm Gott sei Dank nicht, uns zu erwischen. Die Fleischware wurde gerettet und abends mit großem Tamtam von Kurt serviert.
Um aber nicht immer den Stress mit dem Abhauen zu haben, dachten wir uns eine bessere Variante aus. Sie funktionierte folgendermaßen: Es wurden wieder zwei Gruppen gebildet. Die erste Gruppe belud zwei Einkaufswagen mit so leckeren Sachen wie gespickter Rehrücken mit Speckteilchen und das obligatorische Fleisch- und Wurstprogramm, Butter und Waschzeug. Diesen ganzen teuren Kram legten sie auf das Fließband an der Kasse. Einer fing an einzutüten, während die Kassiererin wie wild die Preise eintippte. Und jetzt kam der zweite Wagen ins Spiel, bis zum Rand voll mit Backpulver, Vanillepudding, Zucker, einfach Tausende von Tüten beladen mit diesem Kleinkram. Einer, wieder aus der ersten Gruppe, belud

das Förderband mit dem Inhalt des zweiten Wagens und die Kassiererin tippte sich die Finger blutig, weil sie glaubte, dass diese Sachen ebenfalls zum ersten Wagen gehörten. Doch nachdem die erste Gruppe den Wagen mit den teuren Sachen eingepackt hatte, gingen sie mit den Fleisch- und Wurstwaren zum Ausgang, während die Kassenfrau immer noch die Preise der kleinen Päckchen eintippte. Sie saß mit dem Rücken zu uns, konnte also nicht sehen, wie wir verschwanden. Die zweite Gruppe hatte wieder die Rückzugssicherungsfunktion. Sie hatten einen dritten Wagen direkt hinter den zweiten gestellt und mussten nichts anderes machen, als die Kassiererin beobachten, wie sie reagierte, wenn sie feststellte, dass keiner mehr zum Bezahlen da war. Die zweite Gruppe hatte weiterhin die Aufgabe, möglichst lange den Moment des Entdeckens und des Verschwindens mit kleinen Ablenkungsmanövern hinauszuzögern, der Kassiererin zuzuzwinkern oder mit ihr zu flirten, ihr dabei behilflich zu sein, die Sachen nach vorne zu schieben, und die hinter der zweiten Gruppe Wartenden davon abzuhalten, dass sie überhaupt irgendetwas von dem Manöver mitbekamen.
Dann kam der Moment der Entdeckung. Bis zu diesem Moment war die Spannung zum Zerreißen. Wenn die Kassiererin endlich auf den Knopf der Rechenmaschine drückte, um die Endsumme zu ermitteln, mit dem langen Zettel in der Hand sich auf dem Stuhl drehte, auf den Lippen den Betrag, der unter diesen vielen Zahlen stand, den Blick hin zu den vermeintlich zahlenden Kunden gerichtet, die nicht mehr da waren, überfiel sie ein lähmender Schock. Um sich herum sah sie nur hektisches Treiben, aber weit und breit keine Zahlungswilligen, die hinter dem Berg von nicht eingepackten Schokopulvertütchen standen.
Der gleichförmige Rhythmus des Kassierens war jetzt unter-

brochen. Die Mehrzahl der Kassiererinnen drehte sich in der Regel wieder zurück zu ihrer Kasse, entsetzt über das, was sie gerade nicht gesehen hatten. Sie wiederholten den Vorgang des Umdrehens mit dem Zettel in der Hand, um auch beim zweiten Mal festzustellen, dass kein zahlungswilliger Kunde mehr da stand. Jetzt wurden sie hektisch, es kam Bewegung in den weiteren Ablauf. Manche Kassiererinnen bewegten sich ruckartig aus dem Kassenhäuschen heraus, machten einige Schritte um die Kasse herum, schnappten nach Luft und brachten keinen Ton heraus. Meistens rannten sie ein Stück durch den Supermarkt, in der Hoffnung, den Marktleiter zu finden, erinnerten sich erschrocken, dass sie die Kasse noch offen zurückgelassen hatten, eilten zurück, um einen erneutem Trickdieb-Anschlag vorzubeugen.
Die zweite Gruppe wurde, weil sie das Geschehen ja unmittelbar mitbekommen hatte, von der Kassiererin gefragt: »Habt ihr die zwei jungen Männer gesehen?« Die Antwort bestand aus einem Schulterhochziehen und ein blödes Gesicht machen. Man beruhigte die Frau zunächst ein bisschen, verließ dann aber auch schnell den Supermarkt und ließ den Wagen mit dem ganzen kapitalistischen Müll einfach stehen.

11

Wir hatten ein ziemliches Tagespensum. In der LAW mussten wir unserer Arbeit nachgehen und dafür Sorge tragen, dass alles andere so lief, wie wir uns das vorstellten. Das Lehrlingstheater war natürlich nicht vergessen. Nein, ganz im Gegenteil, es war erfolgreich gewesen, und die Macher wollten unbedingt, dass wir noch einige Male auftraten. Tagsüber fand unser politischer Unterricht in den Baracken gegenüber vom JUKUZ statt und jeden Abend gab es irgendeine wichtige Versammlung. Unsere meist studentischen Lehrbeauftragten setzten sich sehr ernsthaft mit der LAW auseinander. Der politische Unterricht wurde Woche für Woche für alle LAWler an einem bestimmten Tag ganz offiziell durchgeführt. Es war wie ein zweiter Berufsschultag, der sich aber hauptsächlich mit politischen Inhalten beschäftigte. In der Abfassung von Thesenpapieren und politischen Diskursen hatten wir keinerlei Erfahrung. Es gab auch keine Orientierung oder Richtlinien, an die man sich hätte halten können. Uns war es außerdem ziemlich egal, wie viele Gedanken man sich über die einzelnen Bereiche des Arbeiterlebens machte. Wir kamen auch, wann wir wollten, was unseren Lehrern nur wenig gefiel. Sie schlugen Unmengen an Themen vor: kapitalistische Herrschaft im Betrieb, in der Ausbildung, in der Wirtschaft, in den Medien, dann Fragen zur politischen Ökonomie des Kapitalismus, zur Chancengleichheit, zu Interessenvertretungen, Probleme der Gewerkschaften, des Personalrats, der Tarifbewegung, der Streikbewegung, Studenten- und Schülerbewegung im historischen Vergleich zur Lehrlingsbewegung und so weiter und so fort. Anhand einiger didaktischer Lehrmethoden wurden die Diskussionspunkte in Form von Collagen, Wandzeitungen, Zeitungsschau, Filmen, Besichtigungen usw. verdeutlicht. Der Verschleiß an Lehrpersonal war relativ hoch. Wir wollten eigentlich keinen Stress, uns kam der freie Tag nur sehr gelegen.

Es gab lange, unendlich viele Nächte, in denen unsere Lehrer über unser Verhalten diskutierten. Es war der praktische Versuch, alles über marxistische Ideen begreifen und wissen zu wollen. Woher, warum und wieso wir gerade in diesem Moment so reagierten. Ein Originalzitat aus einem der unzähligen Einschätzungen lautete:
»Der Unterricht im 2. und 3. Lehrjahr schließt an den Unter-

richt des 1. Lehrjahres und an die Erfahrung in der praktischen Ausbildung an. Es kommt jetzt darauf an, tiefer in die Zusammenhänge von Betrieb und Gesellschaft vorzudringen. Der politische Unterricht soll das Selbstbewusstsein stärken, einen Einblick in die Produktionsverhältnisse geben und die kritische Distanz zum bestehenden Klassenbewusstsein schärfen.«
Die sprachliche Form, mit der wir unsere Lehrer anblafften, wurde wie folgt kommentiert: »Über Politik zu reflektieren und zu diskutieren heißt labern oder lallen. Dem steht alternativ gegenüber draufhauen, zuschlagen oder ›Maul halten‹.«
Diese Erkenntnis hatte zur Folge, dass ernsthaft darüber nachgedacht wurde, ob eine sprachliche Anpassung der Pädagogen an die Lehrlinge stattfinden müsse. Aber Tatsache war, und das zeigte die Geschichte der LAW, dass wir zu den wenigen Gruppierungen gehörten, die mit ihren politischen Aktionen Geschichte schrieben. Praktizierte Politik war die Sache der LAWler.
Die politischen Strömungen innerhalb der Lehrkräfte führten zu schweren internen Kämpfen, die sich in den wöchentlichen Unterrichtsstunden entluden. Volker zum Beispiel, ein verwirrter Politologiestudent, nahm sich immer sehr anspruchsvolle Themen vor, die er uns näher bringen wollte. Seine bevorzugten Themen drehten sich um Daten über Hungersnöte, Krieg, Überbevölkerung, Elend, Naturzerstörung und Folter. Einmal breitete er eine Weltkarte aus und wollte am Beispiel Griechenlands loslegen. Einige oder fast alle, die gerade erst reingekommen waren, hatten ihre Schwimmsachen mitgebracht und wollten bei dem schönen Wetter ein bisschen zur Kiesgrube gehen. Das Wetter war schön und Schwimmen war gut für die Gesundheit, lockerte auch den Kopf. Volker wollte mit seinem Themenkomplex Griechenland beginnen und merkte, dass er einen guten Ein-

stieg finden musste, um das Thema »Kiesgrube« mit »Griechenland« dialektisch zu verbinden.
Sein erster Versuch begann damit, dass er die Situation einfach ignorierte. Er packte seine mitgebrachte Literatur aus, verteilte einige Unterlagen und wollte, dass wir abwechselnd darin laut vorlasen. Doch die Bilder der schönen Strände verstärkten unseren Wunsch nur noch mehr, in das herrliche blaue Wasser der Kiesgrube zu springen. Volker wollte nicht einsehen, dass zum Thema »Griechenland« eine praktische Analyse am besten in der Kiesgrube stattfinden sollte, dort, wo jeder von uns Muße in geistige Kreativität umwandeln könnte. Außerdem wären wir dann nicht den hinderlichen Zwängen des engen Klassenraums ausgesetzt. Unsere antiautoritäre Sichtweise zerriss Volker das Herz, der seine Brötchen ja nicht in der Kiesgrube verdienen wollte, aber andererseits unsere Forderung verstand, endlich darauf einging und sich dieses Experiment nun auch vorstellen konnte. Doch wir seien, und jetzt fing er an moralisch zu argumentieren, metakommunikativ. Er entzündete ein Wortfeuerwerk. Seine Appelle richteten sich an unsere Vernunft. Nicht, dass wir ihn auslachen wollten, weil wir kein Wort verstanden. Wir versuchten mit ihm vernünftig zu reden: »Volker, wir machen jetzt Folgendes. Wir gehen mit dir oder ohne dich aus diesem Raum Richtung Kiesgrube, vergnügen uns, reden über Griechenland, schauen den griechischen Mädels nach und trinken, wenn du einen ausgibst, auch einen griechischen Wein. Um unsere Solidarität zu bekunden, werden wir dann ein Pamphlet zu Griechenland entwerfen, das anschließend von allen unterzeichnet wird.«
Volker griff verzweifelt zum letzten Mittel und setzte dabei alles auf eine Karte. Was Internationale Politik anginge, hätten wir nichts drauf, gar nichts, würden unser Leben lang dumme Proletarier bleiben. Die Richtung, die er jetzt einschlug, war

gefährlich. Also Volker, dachte ich bei mir, sieh zu, wie du jetzt noch die Kurve kriegst, denn schützend vor dich stellen wird sich keiner. Doch Volker, ohne die brenzlige Situation zu erkennen, kritisierte weiter: »Das muss euch doch interessieren, ich mache das doch nicht für mich!« Das solle doch mal in unsere Köpfe. Ende!

Mir wurde klar, dass wir jetzt ganz schnell aufstehen mussten, um die scharrenden Füße, die ich unter einigen Stühlen schon beobachtet hatte, zu besänftigen. Volker hatte seine Chance nicht genutzt. Er schaute jedem von uns noch nach, wie wir aus der Tür gingen. Wir alberten und taten so, als wäre unser regulärer Unterricht beendet. Der letzte große Rettungsversuch, zu dem er jetzt ausholte, als er als Letzter aus dem Raum stürmte, die anderen schnellen Schrittes überholte, sich vor ihnen aufbaute und zu einer großen Rede ansetzte, sollte uns nicht erspart bleiben. Einige von uns wollten schon an ihm vorbeigehen, doch als sie bemerkten, dass es Volker ernst meinte, blieben sie stehen. »Jungs«, sagte er laut, fasste sich in den Schritt und fragte: »Hey, Jungs, heute schon onaniert?« Keiner lachte. Aber er hatte sich mit diesem Einwurf zumindest für die nächsten Minuten Aufmerksamkeit verschafft. Als er dann auch noch im selben Moment seine Hose aufmachte und zu unserer Überraschung seinen Schwanz rausholte, gab es ein erwartungsvolles »Oh.«

Volker hatte uns gegenüber einen sexuell freizügigeren Lebensstil und konnte mit seinem Erfahrungsschatz aus diversen Kommunen und der tabulosen Literatur von Günther Ahmends »Sexfront« aus dem Vollen schöpfen. Sein Schwanz hatte sich mittlerweile aufgerichtet. Es gab verhaltene Lacher ringsherum. Volker wollte jetzt unsere schlaffen Schwänze sehen und das meinte er ernst. Er brüllte uns an, dass wir doch immer die Größten seien, mit der Schnauze

vorneweg. Jetzt sollten wir mal beweisen, was wir wirklich draufhatten, die Dinger auspacken, um ihm zu zeigen, dass wir echte Kerle seien. Dieser Schachzug war aus seiner Not heraus in Wirklichkeit ein Trick zur Spaltung der Gruppe. Die politisch Versierten unter uns verstanden den scheinbar ausgeflippten Volker, der laut lachend anfing zu onanieren und immer mehr spürte, auf welch sensible Taste er bei uns gedrückt hatte.
Dieser blöde steife Schwanz, den er da in der Hand hielt, musste schnellstens wieder in eine ruhige, entspannte Lage gebracht werden. Volker regte sich aber immer mehr auf, ließ seinen ganzen aufgestauten Frust über das öde Gelaber einzelner Lehrlinge los und hatte eigentlich Recht, denn viele hatten nicht im Geringsten etwas mit politischen Inhalten im Sinn. Sie nahmen mit, was sie als Freizeitspaß mitnehmen konnten, und fertig. Sie interessierte keine Lehrlingsbewegung in der BRD. Schilus, Jo und mir, die Einzigen unter den zwölf anwesenden Lehrlingen, denen das nicht egal war, versuchten Volker zu erklären, dass das nicht ganz so einfach wäre mit dem Auspacken der Schwänze. Freie ungehemmte Sexualität sei für unsere Eltern ein Tabuthema und wir müssten uns erst langsam an die Materie herantasten. Wir könnten ja anstatt über Griechenland zu reden etwas mehr über Onanie, Homosexualität, gegenseitige Ausbeutung in sexuellen Beziehungen und die daraus entstehenden Zwänge philosophieren. Ein ganz Verklemmter winkte ab mit der Bemerkung, dass er das Gelaber um das ganze Sex-Zeug satt hätte, denn Volker sei nicht der Messias, der ihm die Weiber besorgen könnte. Volker zog lächelnd seine Hose hoch, packte das noch immer steife Glied ein, ging zu dem Lehrling mit dem Weiber-Einwurf, flüsterte ihm was ins Ohr und war jetzt bereit für die Kiesgrube. Später in der Kiesgrube wollte ich von Volker unbedingt wissen, was

er dem vorlauten Lehrling ins Ohr gesäuselt hatte. Volker hatte ihm erklärt, dass er schwul sei und ausschließlich auf junge, knackige Lehrlingsärsche stehen würde.

12

Mit der Zeit stieß eine eigene Gruppe von Leuten aus Fechenheim, die sich bisher im städtischen Jugendzentrum in Offenbach getroffen hatte, zu uns ins JUKUZ. Darunter waren viele ehemalige Freunde, die ich noch aus der Schulzeit kannte. Von nun an gab es im JUKUZ nicht mehr nur Lehrlinge. Wir mischten uns neu und engagierten uns in den unterschiedlichsten Arbeitsgruppen.
Die Nachbarn unseres JUKUZ ärgerten sich immer öfters über die Lautstärke, die wir nicht so richtig unter Kontrolle bekamen. Nach 22 Uhr gab es regelmäßig heftige Debatten mit unseren Freunden vom Revier und nach einem Beschluss im Plenum mussten dann auch die Fenster geschlossen bleiben. Damit unsere Nachbarschaft überhaupt wusste, was wir in unseren Räumen veranstalteten, riefen wir das »Stadtteil-Zeitungsprojekt« ins Leben. Darin wollten wir über unsere Aktivitäten berichten und den Stadtteil regelmäßig informieren. Wir forderten alle Interessierten auf, an unseren wöchentlichen Treffen teilzunehmen. Wir hatten großen Zulauf. Unsere Töpfergruppe kam mit der Produktion von Aschenbechern, deren Bedarf enorm zugenommen hatte, kaum hinterher. Was uns von anderen Jugendzentren unterscheiden sollte, war unsere totale Unabhängigkeit. Wir ließen uns nicht kaufen, denn alles, was uns die kapitalistische Gesellschaft anzubieten hatte, war die Offerte einer herrschenden Klasse, die es verstand, mit Geld Einfluss zu nehmen, uns mundtot zu machen und uns ihre Regeln zu diktieren. Unsere Chefanalysten waren

aber wachsam. Keiner konnte uns hintergehen. Wir waren aufrichtig und was wir sagten, galt. Darauf konnte man sich verlassen. Was wir auch machten, wir waren immer hundertprozentig davon überzeugt. Das JUKUZ war das Zentrum für die Steuerung unserer Aktionen. Der Gruppenzusammenhalt wurde in dieser Phase durch die Wohngemeinschaft aus der Bergerstraße in Frankfurt zusätzlich unterstützt. Wir saßen Tag und Nacht zusammen, alles wurde bequatscht und unser Leben neu organisiert.

Die Pennerei im JUKUZ war nicht besonders komfortabel. So mussten wir oft abrupt aufbrechen, um die letzte Straßenbahn nach Offenbach zu erwischen. Um diese Uhrzeit dachte keiner mehr von uns daran, ein Ticket zu lösen. Mit der Zeit nervte es, den Kontrolleuren immer unsere Namen nennen zu müssen. Also erfanden wir Decknamen. Leider konnten wir nicht feststellen, in welchen Abständen oder wann sich die Zweiergruppe, bestehend aus einem alten Mann und einer etwas jüngeren Frau mit Täschchen, zu ihrem Kontrollgang aufmachten. Also lösten wir meistens einen Kinderfahrschein am Automaten und fuhren zu fünft.
Da uns diese »Automaten-Fahrkarten-Lös-Aktion« nicht so recht passte, warf Klaus das schwerverdiente Fünfmarkstück nur widerwillig in den Schlitz und wählte den Kindertarif. Doch dann, wie aus heiterem Himmel, überlegten wir es uns anders, weil Kurt im gleichen Moment ausgerechnet hatte, dass wir für fünf Mark mindestens fünf Flaschen Henninger Exportbier bekommen würden. Also wurde schnell die Rückgabetaste gedrückt, in der Hoffnung, dass der Automat das Fünfmarkstück wieder ausspucken würde. Vermutlich war die Münze in ihrer Fallgeschwindigkeit etwas träge, denn zwei Befehle gleichzeitig an die lahme Mechanik des Automaten ge-

richtet, musste sie überfordern. Wie reagierte nun der Automat auf die beiden unterschiedlichen Eingaben? Dieser blöde Kasten druckte den Kinderfahrschein, spuckte das Wechselgeld von vier Mark und sechzig Pfennigen aus und als wir glaubten, dass der Fünfer verloren war, machte es im selben Moment plumps, und das wunderschöne Fünfmarkstück kullerte in die Ausgabe.

Völlig überrascht von dieser unlogischen Lösung, die uns dieser Automat gerade angeboten hatte, rechneten wir nach. Wir hatten fünf Mark, einen Kinderfahrschein und vier Mark 60 Pfennige Wechselgeld. Wir überlegten: Vielleicht war das Fünfmarkstück eine Sonderprägung, die vom Gewicht her zu leicht oder zu schwer gewesen war. Im Inneren des Automaten befand sich ja eine Waage, die alles auswarf, was nicht dem Gewicht eines geeichten deutschen Fünfmarkstücks entsprach. Es konnte aber auch an der mangelhaften Absprache zwischen Waage und Rückgabegeldfunktion liegen, die sich missverstanden hatten und deshalb gleichzeitig jeder seine Funktion erfüllten. Das wiederum würde bedeuten, dass dieses phänomenale Fehlverhalten ein Ausnahmefall war.

Wolfgang S., der das Ergebnis dieser Kombination akrobatisch in den Händen hielt, schnipste das Fünfmarkstück in die Höhe, küsste es und beförderte es erneut in den Schlitz des Automaten. Er drückte nach anderthalb Sekunden die Taste für die Kinderkarte und jetzt war deutlich zu hören, wie das Fünfmarkstück auf die Waage fiel. Genau in diesem Moment betätigte Klaus die Rückgabetaste. Unsere Ohren klebten an der Außenwand des Automaten. Wir hörten, dass der Fahrkartendrucker anfing zu arbeiten. Jetzt rechnete er wohl die Differenz zwischen dem Kinderfahrschein und den fünf Mark aus und spuckte die vier Mark 60 Pfennige in das Rückgabefach. Dann passierte gar nichts. Im Inneren der Maschine wurde überlegt.

Klaus war sich unsicher, wie oft er beim ersten Mal die Rückgabetaste gedrückt hatte, dreimal oder viermal? Er trat mit dem Fuß gegen die Maschine, um zu erreichen, dass sie doch noch den Fünfer rausrückte, nachdem das Fünfmarkstück von der Waage freigegeben worden war. Unser Fünfmarkstück glänzte wunderbar silbrig in der Hand von Wolfgang S.
Wir hatten innerhalb von drei Minuten neun Mark 20 Pfennige verdient und zwei Kinderfahrscheine. Unfassbar! Wir glaubten, wir würden alle zu Millionären, wenn wir nur lang genug dieses »Kinderfahrschein-Rückgabespiel« spielten. Doch so ein Automat war auch irgendwann leer, weil er kein Wechselgeld mehr hatte. Und sicher würden die Angestellten der Verkehrsbetriebe den Fehler auch irgendwann bemerken und unverzüglich beheben.
Und da war noch die Frage, ob unser Fünfmarkstück das einzige war, womit das lustige Spiel funktionierte? Klaus zögerte nicht lange und eröffnete die dritte Runde. Unsere Spekulation konnte nur durch praktische Übungen geklärt werden. Der Automat ratterte. Der Fahrschein wurde gedruckt. Wir drückten dreimal die Rückgabetaste und im Inneren des Automaten klimperte es, als das Wechselgeld bereitgestellt wurde. Der dumpfe Plumps des Fünfmarkstücks erfolgte nach den üblichen drei Schrecksekunden. Unbeschreiblicher Jubel! Begeisterungsausbrüche und überall leuchtende Augen. Wir lachten fast hysterisch. Das war ein grandioser Schlag gegen die Preistreiberpolitik im öffentlichen Nahverkehr der Stadt Frankfurt. Diese Automaten waren das Neueste auf dem Markt, für eine Unmenge Geld eingekauft und an jeder Haltestelle in Frankfurt installiert worden. Das musste bedeuten, dass den Konstrukteuren der Automaten ein Montagefehler unterlaufen war und alle Maschinen den gleichen Irrwitz in sich beherbergten.

Das Fünfmarkstück fiel zum fünften Mal in den Schlitz und das Ritual wiederholte sich. Wir begleiteten das Münzstück auf seinem Weg durch den Automaten, indem wir das blaue Außenblech mit unseren Händen vorsichtig berührten und heruntenglitten bis zu der Stelle, an der wir die Waage vermuteten. Wir stoppten kurz, warteten ab, bis Klaus dreimal »Rückgabe« drückte und jeder zählte für sich bis drei, um dann den Fall des Fünfer von außen zu simulieren. Und er fiel tatsächlich wieder.
Wie viele Haltestellen hatte Frankfurt? Und wie viele Automaten befanden sich an den größeren Stationen? Ohne lange zu überlegen, rannten wir am Main entlang zur nächsten Straßenbahnhaltestelle. Da stand es, das nächste Opfer. Völlig unbefleckt, nicht wissend, dass es hoffentlich einen Fehler in sich trug. Kurt ergriff als Erster das Wort, indem er sich schützend mit ausgestreckten Armen vor den Fahrkartenautomat stellte und um Ruhe bat. Mit einer für ihn typischen Geste forderte er mit der offenen Hand Wolfgang S. auf, ihm den Heiermann (das Fünfmarkstück) zu geben, damit er auch mal sein Glück versuchen konnte. Kurt war – unter uns gesagt – der beste Flipperspieler, obwohl das Feingefühl, mit dem der Fahrkartenautomat behandelt werden musste, nichts mit dem Umgang eines Flippers zu tun hatte. Gefühlsmäßig traute ich Kurt schon zu, dass er das schaffen konnte. Freddy dagegen gab zu bedenken, dass es sich um einen neuen Automaten handle, der eventuell ganz anders reagieren würde. Deshalb sei es besser, wenn Wolfgang S. zurück zum alten Automaten ginge, diesen leer mache, um festzustellen, welches Kapital er in sich barg. Klaus widersprach. Das Fünfmarkstück sei von ihm und er hätte das Kombinationsspiel entdeckt, bei dem es um Schnelligkeit und Fingerspitzengefühl ginge. Daraufhin griff Kurt in seine Hosentasche und holte seinen eigenen letzten

Heiermann heraus. »So, mein Freund Klaus, jetzt zeig ich dir, wie richtig gespielt wird!« Mit beiden Händen packte er den Automaten an den Seiten wie einen Flipper, fixierte die Maschine und begann eine kurze, aber sehr bestimmte Rede: »Ich werde jetzt da oben in deinen Schlitz meinen letzten Fünfer einführen, das Letzte, was ich in dieser Woche noch zum Überleben habe. Sollte es wider Erwarten dazu kommen, dass mein Kapital auf vier Mark 60 Pfennige und eine Kinderfahrscheinkarte schrumpft, werde ich im selben Augenblick von diesem Restgeld eine Tube Patex kaufen und sie in deinen Schlitz drücken. Verstanden, lieber Automat?«
Einen schnelleren Tod konnte keinen Automaten der Welt ereilen. Klaus amüsierte diese Ansprache und er wollte sich gerade etwas lässig an den Automaten lehnen, als Kurt ihn anbrüllte, er solle sofort von dem Gerät wegtreten, da es leicht zu verwirren sei. Es hing jetzt alles an Kurt, ob wir das nette Spielchen weiter betreiben konnten oder nicht. Kurt spuckte auf den Nickel und warf ihn ein. Mit seinen Händen reagierte er blitzartig, drückte die Kinderkarte und Sekunden später dreimal kurz auf die Rückgabetaste. Klaus verharrte mucksmäuschenstill. Kurt nahm die linke Hand und beruhigte mit sanftem Streicheln das Karma der Waage, von der so viel abhing. »Vier Sekunden«, murmelte Jo. Kurt zuckte mit der rechten Augenbraue und trat nach wenigen Sekunden einen Schritt zurück. In das Ausgabefach fiel aus dem vollgepumpten Automaten außer dem Wechselgeld und der Kinderfahrkarte nichts heraus. Freddy, Klaus und ich wussten, was jetzt passieren würde. Kurt würde keine weitere Sekunde mehr warten, bis er irgendwoher Patex auftreiben konnte, um seine Drohung wahr zu machen. Er schätzte die viereckige Kiste ab und überlegte, wie er sie am besten aus der Verankerung reißen konnte, um sie im Main zu versenken. Ein geplanter Todesstoß war in

seinem Blick zu erkennen, als er einen Schritt zurücksetzte. Für Kurt stand fest, dass der Automat verloren hatte und er sich jetzt rächen würde. Da Klaus auch sofort verstand, handelte er blitzschnell. Er musste den Automaten als künftigen potenziellen Geldgeber schützen, denn er war davon überzeugt, dass sein eigenes Fünfmarkstück es schaffen würde, den Ausgang bis zum Ausgabefach zu finden. Kurt erklärte sich mit diesem letzten Versuch einverstanden.
Das Ritual verlief genau wie die anderen Male ab, nur mit dem Unterschied, dass es beim Fall des Geldstücks plötzlich zweimal klimperte. Klaus griff in den Schlitz und hielt zwei Fünfmarkstücke in der Hand. Wir staunten nicht schlecht. Sollte dieser Automat einen doppelten Schaden haben? Das hieße ja …! Eine Riesenmenge Hartgeld. Doch als Kurt die beiden Heiermänner genauer betrachtete, lachte er laut auf. Sein vollgespucktes, noch nasses Fünfmarkstück hatte zu ihm zurückgefunden.

Was danach geschah, ist äußerst schwierig zu beschreiben. Wir waren zu fünft; Kurt, Klaus, Wolfgang S., Freddy und ich. Die Gedanken jedes Einzelnen von uns überschlugen sich. Kurt zum Beispiel ritt zusammen mit einer kaffeebraunen, schwarzhaarigen, schönen Mulattin nackt auf zwei Schimmeln in die unendliche Weite des Amazonas. Klaus dagegen stand in der Sparkassenfiliale am Ostbahnhof vor dem Einzahlungsschalter. Hinter ihm vier Lehrlinge mit Schubkarren, die mit Kleingeld voll beladen waren, und alle Angestellten der Filiale, die Münzen zählen mussten. Wolfgang S. landete mit einem Lufthansa-Privatjet in Las Vegas, ging in einen Schuhladen und kaufte sich echte Cowboystiefel aus Krokodilsleder. Freddy befand sich auf Kuba hoch zu Ross, vollbärtig, mit mehreren Waffen ausgerüstet. Seine revolutionären Helfer, etwa

acht Landarbeiter, öffneten ihm eine Truhe, die gefüllt mit Fünfmarkstücken war, und warfen beim Anblick des Geldes ihre Sombrerohüte freudig in die Luft.
Ich selbst verstand nicht so genau, warum ich gerade in diesem Moment die verschissenen Windeln eines schreienden Babys wechselte.

Ich suchte hektisch in den Taschen meines Bundeswehrparkas nach einem Fünfer, während Klaus und Kurt unermüdlich, an den beiden Automaten weiterspielten. Es war unglaublich, dabei zuzusehen. Wieder und wieder rasselte und klimperte es. Wolfgang S. und Freddy waren inzwischen eine Station weiter gelaufen und ich ging alleine zur übernächsten Haltestelle »Mainkur«, um mein Glück zu versuchen. Ich suchte mein Kleingeld zusammen und kam auf stolze vier Mark 60 Pfennige. Mir fehlten erstens 40 Pfennige und zweitens überhaupt ein Fünfmarkstück.

Ein kleiner Junge neben mir brachte gerade vier leere Pfandflaschen Bier zum benachbarten Kiosk zurück. Mein Einstieg ins große Spielparadies schien nahe. Diese vier leeren Bierflaschen würden mir sicher zu meinem großen Glück verhelfen. Ich zog den Jungen zur Seite. »Her mit der Kohle!« Ich bot ihm eine Mark für seine Flaschen, für die er 40 Pfennige Pfand bekäme. Der etwa elfjährige Junge durchschaute mich sofort, überlegte nicht lange und hob, clever und geschäftstüchtig, wie er anscheinend war, zwei Finger. Er forderte zwei Mark. Ich schlug ein. Er grinste mich an, roch irgendwie den Braten und verlangte im gleichen Zug mit der Flaschenrückgabe am Kiosk von mir die zwei Mark. Ich erhöhte auf drei Mark, wenn er endlich die Flaschen eintauschen würde, nicht mehr groß rumfrage und mir die 40 Pfennige gäbe. Dann solle er schnell mit

mir rüber zur Haltestelle gehen, weil ich dort an dem Automaten eine Fahrkarte für die nächste Straßenbahn lösen müsste, die mich zu meiner kranken Schwester bringen würde. Es war gar nicht so einfach, dem Steppke das alles in zwei Sätzen beizubringen. Der Junge schüttelte nur gelangweilt den Kopf. Ob ich denn glauben würde, dass er blöd sei? Wie könne ich ihm drei Mark zurückzahlen, wenn er mir die 40 Pfennige geben würde, damit ich eine Fahrkarte löse? Der Junge ließ mich stehen, wechselte seine leeren Flaschen ein, kassierte die 40 Pfennige und ging weg, ohne mich noch einmal anzuschauen. Drei Schritte weiter griff ich ihn, packte ihn am Arm und versprach ihm, dass er steinreich werden würde, wenn er mir jetzt diese 40 Pfennige gäbe. »Wie steinreich?«, wollte der Knirps wissen. Ich beschloss, ihn ein letztes Mal zu überreden. »Hör mal, Junge, vor dir steht ein erfahrener, erwachsener Mensch. Mach jetzt keine Zicken, sonst platzt der Deal. Du verdienst zehn Mark in nur acht Minuten.« Das wäre ungefähr steinreich. Er willigte ein und gab mir die 40 Pfennige. Ich ging zum Kiosk, ließ das Kleingeld in ein Fünfmarkstück wechseln und marschierte rüber zum Automaten.
Plötzlich tauchte die 14er Tram auf. Jetzt musste ich erst warten, bis sie wieder losfuhr. Ich konnte mich ja nicht einfach an den Automaten stellen und losspielen. Der Junge schaute mich doof an, sagte aber nichts. Ein alter Mann mit einer etwas jüngeren Frau mit Täschchen stiegen aus der 14er aus. Sie kamen auf uns zu, setzten sich direkt neben den Automaten und warteten auf die 14er in die Gegenrichtung. Mist, die Kontrollettis! Ausgerechnet jetzt, wo ich anfangen wollte zu spielen. Der Junge zog mich am Ärmel und schaute mich fragend an. Ich zwinkerte ihm zu, beugte mich zu seinem Ohr und flüsterte, dass neben uns zwei Leute vom KGB-Geheimdienst aus Moskau säßen, vermutlich, um mich zu beschatten. Am besten, wir

würden uns jetzt ruhig und unauffällig verhalten. Der Junge beugte sich vor, um die beiden zu begutachten, lehnte sich wieder zurück und flüsterte mir ins Ohr, dass das stinknormale Kontrolleure seien.

Aus der Gegenrichtung rollte die 14er an. Das bedeutete, dass die älteren Herrschaften nun einstiegen, um in Richtung meiner Jungs zu fahren. Es schoss mir wie ein Blitz durchs Gehirn. Wolfgang S. und Freddy standen, bestimmt im Spielrausch, am nächsten Automaten und Kurt und Klaus an der Endstation, die Taschen prallvoll mit Münzgeld. Was tun? Sie warnen? Den Jungen neben mir sitzen lassen und meine Weggefährten vor dem drohenden Unheil retten? Die Straßenbahn hielt an, einige Fahrgäste stiegen aus, die beiden Kontrollettis ein. Ich hatte nicht mal einen Fahrschein und jetzt einzusteigen würde bedeuten ... Lange Geschichte! Die Türen schlossen sich. Nun stand ich, unsicher geworden, vor der wegfahrenden 14er, drehte mich jedoch zum Automaten um und fing an zu spielen. Es funktionierte. Das erste Mal, das zweite Mal. Der Junge starrte mich an und begriff das Spielchen. Seine 40 Pfennige waren bestens investiert.

Als die letzte Tram kurz vor Mitternacht an der Station »Mainkur« hielt, stieg ich ein und die Gesichter von Klaus, Kurt, Wolfgang S. und Freddy strahlten mir entgegen. Mein Gang war etwas schwerer als sonst. Kein Wunder bei etwa zehn Kilo Mehrgewicht. An der Station »Bergerstraße« testete ich noch schnell den Automaten und auch der zeigte sich bereit, mit uns zusammenzuarbeiten.

Am großen ovalen Tisch in unserer Zweieinhalb-Zimmer-WG leerte ich meine vollen Taschen aus. Ein wunderschöner Berg von Münzen. Klaus schüttete seine Tasche vorsichtig aus, damit sich sein Geld nicht mit meinem Münzenberg mischte.

Freddy ging zu seiner Matratze und kippte das erspielte Geld auf sein Kopfkissen. Kurt legte seinen Haufen separat zwischen meinen und dem von Wolfgang S. Klaus wollte noch mal weg, ein bisschen frische Luft schnappen, und eventuell in der Bornheimer WG vorbeischauen. Dort würde er vielleicht auch übernachten. Wir sollten nicht auf ihn warten. Er hatte seine Kohle irgendwo in der Wohnung abgeladen und vor uns versteckt. »Hey, Klaus, Kohle auf den Tisch des Hauses. Aber alles, bis auf den letzten Groschen!« Ich stimmte Kurt zu. Klaus lachte, zeigte uns einen Vogel und zündete sich eine Zigarette an. Kurt fuhr Freddy an, der beim Geldzählen schon bei 65 Mark und 80 Pfennigen angelangt war, dass auch er gefälligst das Geld auf den Tisch legen solle. Es öffnete sich die Tür und Jürgen taumelte schlaftrunken aus dem kleinen Zimmer. Er hatte alles verschlafen. Er setzte sich an den Tisch, vor ihm die Berge von Kleingeld, und versuchte ungläubig, was er vor sich sah, in Zusammenhang mit seinem Traum zu bringen, aus dem er gerade erwacht war.
Freddy zählte stolze 183 Mark 20 Pfennige, hatte alles fein säuberlich auf einem Tablett gestapelt und schob es vorsichtig in die Mitte des Tisches. Es befanden sich nun vier einzelne Geldhaufen auf dem Tisch. Klaus traute sich nicht zu gehen und zog verunsichert an seiner Kippe. Um sein Weggehen zu verhindern, schloss Wolfgang S. vorsorglich die Tür ab. Jetzt musste sich Klaus dem kollektiven Druck beugen. Von wegen noch ein bisschen in die Bornheimer WG abhauen, wo auf dem Weg noch mindestens vier Haltestellen zwischen Bergerstraße und Bornheimerstraße lagen, die alle mit den wunderschönen blauen Automaten ausgestattet waren. Klaus bewegte sich auf einem gefährlichen Pfad. Jemanden zu hintergehen zählte zu den widerlichsten Straftaten, die man seinen Kumpels und Kampfgenossen antun konnte. Die Kohle musste abgeliefert

werden, gezählt und ab in die Gemeinschaftskasse, ohne Diskussion. Keinem war es bisher gelungen, uns zu spalten. Und diese paar Häufchen Blech, lachhaft, undenkbar, nicht mit uns! Wir waren Freunde und lebten zusammen. Wenn wir was klauten, war es für die Gemeinschaft und nicht für den Einzelnen bestimmt.

Wolfgang S. fand die Anordnung der Geldstapel, wie Freddy sie aufgehäuft hatte, genau richtig. Er zählte nach diesem System weiter, machte Striche und hievte die fertig registrierten Stapel auf das Tablett. Wolfgang S., der ohne große Worte aus den Privathäufchen den Gemeinschaftstopf machte, vollzog dieses Ritual nur, weil er zählen durfte. Durch seine Finger lief das Geld süß wie Honig, immer mehr. Klaus klopfte mehrmals nervös seine Kippe ab, obwohl es dafür keinen Grund gab. Er war unsicher geworden und versuchte, sein Verhalten zu verteidigen:

»Ihr geht mir alle auf den Geist. Dieses Gelaber ... Mein Geld behalte ich ... Werde etwas davon in die Kasse geben, aber nicht alles.« Er kenne schließlich die Gesetze der Gruppe.

Jürgen interessierte, nachdem er seinen Traum beendet hatte, wo das viele Geld eigentlich herkam. Schließlich wollte er von solchen Aktionen nicht ausgeschlossen sein. Kurt stand auf, ging zu Klaus, packte ihn mit der linken Hand, hob ihn hoch und schüttelte ihn. Er versprach ihm Prügel, wenn er nicht sofort mit der Kohle rausrücken würde. Klaus befreite sich aus dem Griff und schaute ihn mit hasserfüllten Augen und leicht vorstehender Unterlippe an. Doch er unternahm keine Gegenwehr. Er ging zu seiner Matratze, zog den Beutel mit dem Geld hervor, warf die Kohle auf den Tisch und schloss pathetisch mit den Worten:

»Lasst uns die Mäuse verhundertfachen! Gebt die Kombination des Spiels preis. Zeigt sie allen Freaks und Gesetzlosen!

Macht es noch heute in der ganzen Stadt bekannt!« Wir sollten uns aufteilen und jeder ungefähr fünf Leuten, die er jetzt anrief, die Kombination zeigen.
Unsere Kohle wollten wir in einen Topf schmeißen. Jeder sollte sich aber nur so viel nehmen, wie er wirklich brauchte. Bei größeren Anschaffungen würde im Plenum abgestimmt werden. Klaus in unsere Kommune aufgenommen zu haben, war also doch richtig gewesen.
Wolfgang S. verwaltete die Kohle und führte das Einnahmen- und Ausgabenbuch. Auf seiner Habenseite verzeichnete er 722 Mark, 20 Pfennige und der Tausender, so sein Schlusssatz, würde ja heute noch locker zu schaffen sein. Jeder konnte nun unser Spiel weitergeben an diejenigen, die es verdienten, davon zu erfahren und die wiederum versprachen, nur denjenigen davon zu erzählen, von denen sie annahmen, sie seien verschwiegen.
Das sei aber nicht ungefährlich, war Freddys Einwurf. Er gab zu bedenken, je mehr Leute davon erfuhren, desto kürzer sei die Zeit, bis entdeckt würde, dass es nur noch Kinder in Frankfurt gäbe, die mit öffentlichen Verkehrsmitteln fuhren. Dies hätte zur Folge, dass wir damit rechnen mussten, dass die Monteure und Ingenieure der Stadt Frankfurt fieberhaft nach dem Fehler im System der neuen Fahrkartenautomaten suchten. Das konnte also eigentlich auch nicht der richtige Weg sein. Ganz so schnell sollte das Wunder dann auch wieder nicht beendet sein. Also beschloss unser WG-Rat, diese Information bis zum nächsten Abend geheim zu halten und dann erst die »Fahrkarten-Lös-Aktion« publik zu machen.

13

Fee traf ich in dieser Nacht in unserer Stammkneipe, dort, wo immer alle herumhingen. Wahrscheinlich wegen des kleinen Raumes im hinteren Bereich oder weil jeder wusste, dass man dort sowieso alle traf, oder weil der Wirt ein Italiener war und sagenhafte Pizza machte. Ein Neapolitaner durch und durch, einer von der linken Lota Kontinua. Warum er Rüdiger hieß, konnte keiner von uns so genau sagen.
Bei Pizza-Rüdiger konnte angerufen werden, wenn jemand gesucht wurde oder etwas ausgerichtet werden sollte. Es hatte sich eingebürgert, dass bei ihm viele Infos eingingen. Hatte jemand eine wichtige Info, kam er zu Pizza-Rüdiger, sprach kurz mit ihm und erkundigte sich nach den Leuten, die da waren. Es kam auch vor, dass jemand, wenn er etwas absolut Wichtiges mitzuteilen hatte, sofort durchs Lokal ins Separee eilte und es lautstark mitteilte. Diesen Brüllaktionen folgte in der Regel der plötzliche Aufbruch, um zur Tat zu schreiten.

Mit der »Fahrkarten-Lös-Aktion« hatte ich etwas ganz Heißes, eine Nachricht, die einschlagen würde wie eine Bombe. Ich ging in Rüdigers Pizzeria, um Fee dort zu treffen. Die anderen Jungs hatten sich in der Stadt verteilt und arbeiteten in Zweiergruppen an den Automaten. Rüdiger grüßte ich heute nur kurz, aber so, dass er merkte, ich hatte eine wichtige Nachricht. Er machte erst gar nicht den Versuch, mich aufzuhalten. Ich ging hastig ins Separee. Ich war auch nicht der Typ, der sich an die Theke stellte und plauderte. Das kam nur selten vor. Nur wenn ich die Pizza »Rüsselsheim« bestellen wollte, neapolitanisch mit extra viel Teig. »Rüdiger, du weißt schon, neapolitanisch.«
Fee hockte an einem Mediziner-, Anwalts-, Soziologen-Tisch, der sich in die Kategorie »Beste Nachrichtenquelle« einordnen

ließ. Ich schlängelte mich zu ihr durch und küsste sie leidenschaftlich. Dann beteiligte ich mich an der Diskussion über Fees neuen Ausbildungsplatz. Die anderen hatten bereits einige Biere Vorsprung und redeten laut und gescheit daher, was mich aber nicht störte. Der Personalrat hatte sich anscheinend dem Antrag von Möbel gegenüber offen gezeigt, was bedeutete, dass Fees Chancen, als erste Automechanikerin in die Geschichte der BRD einzugehen, außerordentlich gut standen. Trotzdem machte ich Möbel auch weiterhin Druck, damit die Geschichte nicht ins Stocken geriet. Ich wusste, dass Möbel sich seit dem Besuch bei der Wahrsagerin mächtig ins Zeug gelegt hatte. Daneben hatte ich Kontakt zum Tisch hinter uns, verwies auf anstehende Aktionen rund ums JUKUZ und der LAW. Einen am Nachbartisch kannte ich ganz gut. Er wohnte im besetzten Haus im Kettenhofweg. Ein langhaariger Medizinstudent, den es aber eigentlich mehr zur Musik zog. Er konnte alle Stücke von den Rolling Stones auf der Gitarre spielen und singen. Deshalb nannten ihn auch alle Michael Jagger. Ich zahlte mit einem Berg Kleingeld und lud Fee ein, denn ich wollte heute das kleine Zimmer in unserer WG buchen. Beim Hinausgehen verabschiedete ich mich von Pizza-Rüdiger und als sich unsere Blicke für einige Momente begegneten, dachte ich für mich, dein Umsatz wird sich in den nächsten Wochen bestimmt verdoppeln. Spätestens morgen Abend werden einige ganz besonders spendabel sein und ihr gewonnenes Hartgeld bei Rüdiger auf den Kopf hauen.
Als wir endlich an der frischen Luft waren, hatte ich noch immer nicht mein Geheimnis verraten. Fee konnte ich jetzt entweder rasch an einem in der Nähe liegenden Automaten in die hohe Kunst des schnell Reichwerdens einführen oder, wie im WG-Rat beschlossen, noch bis zum nächsten Abend warten. Sie umarmte mich, knutschte mich wie immer wild ab, so wie

ich es von ihr gewohnt war. Aber dieses Mal schien es mir zärtlicher und verlangender. Sie wirkte glücklich. Um sie noch glücklicher zu machen, käme jetzt der Einsatz am Automaten eigentlich gerade richtig und würde alles Bisherige übertreffen. Mir ging durch den Kopf, den Abend zu einem besonderen Erlebnis werden zu lassen und in diesem Hochgefühl dann auch sexuell abzufahren. Deshalb ging ich mit Fee an den Automaten. Ich flüsterte ihr ins Ohr, dass ich ihr einen Trick verraten würde und sie mir nur zuzuschauen bräuchte, um dann unbegrenzt Geld erspielen zu können. Ich hatte zwei Fünfmarkstücke und präsentierte ihr innerhalb von drei Minuten zwei Gewinnrunden. Fee staunte und wollte, angesteckt von meiner Vorführung, selber spielen. Das Fieber, das sie in den nächsten Minuten packte, war genau der Schub, mit dem ich insgeheim gerechnet hatte. Dass das Spiel noch nicht offiziell bekannt war, sagte ich ihr erst, als wir zu Hause in der Bergerstraße ankamen und die ordentlich gestapelten Geldhäufchen noch immer auf dem ovalen Tisch standen.
Keiner war da, alle unterwegs. Wir konnten uns nicht lange beherrschen, bis die wilde Fummelei losging. Wir liebten uns hemmungslos in der Küche, im Bad und unter der Decke im Bett. Was mir auffiel war, dass Fee in dieser Nacht nicht so laut wie sonst war. Anscheinend wollte sie nicht jedem in der Wohnung mitteilen, dass sie gerade ihren Höhepunkt erlebte. Dieses Liebesspiel war nicht vergleichbar mit dem lauten, ungestümen Sex, den wir sonst immer hatten. Alles war anders. Die Zärtlichkeit, mit der sie mich anfasste, und wie sie ihre Augen rollte. Ob die Aussicht auf die Lehre als Autoschlosserin oder das neu gewonnene Geld etwas mit ihrem veränderten Verhalten zu tun hatte, wusste ich nicht. Es mussten verschiedene Faktoren sein, die in dieser Nacht aufeinander trafen. Meiner Meinung nach war der gravierendste Einschnitt der letzten

Zeit bestimmt die Sache mit dem toten Goldfisch und Fees Hormonhaushalt, der durch die zwei fehlenden Antibabypillen außer Kontrolle geraten war. Aber deshalb schon über Kinder nachzudenken, wäre verfrüht. Wir hatten ja gerade erst Sex gehabt.

14

Irgendwann am frühen Morgen kreuzten die ermüdeten Spieler in der Wohnung auf. Ich vernahm aus der Ferne das klimpernde Geräusch von Münzen. Aber nur ganz weit weg, weil ich träumte, dass ich mich in einem Haus befand, das die Größe eines Mittelklassehotels oder einer Jugendherberge hatte. Ich schritt durch den Riesenspeisesaal. Es war kein Mensch zu sehen. Die rechte Front des Saals war verglast und durch das einfallende Sonnenlicht sehr hell, so hell, dass ich nichts erkannte. Am Ende des Saals befand sich die Essensausgabe. Dort wurde ich von einer kleinen Vietnamesin, die wie aus dem Nichts auftauchte, angesprochen. Sie schob mir einen leeren Teller zu und deutete mit der Hand, dass ich mich hinsetzen solle. Doch diese Hand war keine normale Hand, die wie jede andere am Arm ansetzte. Diese Hand schlängelte sich aus der Schulter. Die linke und die rechte Hand, beide direkt aus der Schulter. Als ich mich umdrehte, um zu gehen, weil es mir peinlich war, vor einer Verkrüppelten zu stehen, schloss ich für einen Moment die Augen und versuchte zu begreifen, welches Schicksal dieses Mädchen ereilt hatte. Als ich die Augen wieder öffnete, erblickte ich 80 Kinder, die an den Tischen des Saals saßen. Ich befand mich in einer Klinik für Contergangeschädigte Kinder und Jugendliche. Als wäre ich nicht da, aßen sie, unterhielten sich, lachten. Alles sah ganz normal aus, nur die Bewegungen, die sie machten, um den Löffel zum

Mund zu führen, waren ungewohnt. Ich sah Verrenkungen, über die ich im ersten Moment grinsen musste. Es bedurfte einer eigenen Technik mit einer Hand, die an der Schulter ansetzt, zu essen, etwas anzufassen, jemanden zu umarmen oder ihm die Hand zu geben. Die Menschen lebten in einem Haus, welches ihnen jener Pharmakonzern gespendet hatte, der mit seinen Medikamenten das Unheil der Ungeborenen im Mutterleib verursacht hatte.
Ich wusste keine Antwort auf die Frage, warum ich gerade jetzt in diesem Traum und in dieser Nacht, in der ich ein neues Leben gezeugt hatte, von Contergan-Kindern träumte. Wollte mir meine innere Stimme mit diesem Traum irgendetwas sagen oder mich auf etwas hinweisen? Führte sie mir vor Augen, welch erschreckende Stille in einem Kreißsaal herrscht, wenn ein Neugeborenes behindert ist? Sind es die traurigen Augen der Hebamme, die mit ihrer Routine sofort erkennt, dass es sich bei dem Säugling um ein behindertes Kind handelt? Ist es die erste Frage der Mutter, die wissen will, ob es dem Baby gut geht, und als Antwort in die Augen der Hebamme sieht und im selben Moment weiß, dass ihr Leben nicht den gewünschten Gang geht?
Fee trug ein Kind in sich. Die Schwangerschaft würde sie von nun an täglich sowohl körperlich als auch psychisch verändern. Ich wiederum würde in die Verantwortung genommen werden, in eine Verantwortung, vor der ich mich so fürchtete, die ich ablehnte, an die ich nicht dachte und die für mich noch so weit weg war.

Der Morgen heiterte uns mit Geldzählen auf und den Geschichten, die in der Nacht passiert waren. Die Vorgabe von Wolfgang S., den Tausender zu schaffen, wurde locker erfüllt. Freddy hatte zusammen mit Kurt einen Automaten erwischt, dem beim zweiten Spiel bereits die Markstücke ausgegangen waren und der sein Wechselgeld in Zehnpfennigstücken ausgeschüttet hatte. Anstatt den Automaten zu wechseln, spielten sie so lange, bis das Gerät seinen letzten Groschen ausspuckte.

Wir konnten schlecht zur Bank gehen und unser ordentlich gestapeltes Münzgeld gegen Scheine wechseln. Die Bankangestellten würden sich sofort an uns erinnern, sobald die Sache bekannt wurde. Also wohin mit dem Berg von Zehnpfennigstücken? Damit in der Kneipe bezahlen? Spätestens dann, wenn man eine Rechnung von 23,80 DM in Zehnpfennigstücken bezahlen wollte, würde Pizza-Rüdiger abwinken, weil bereits zehn Leute davor auch schon mit Münzen ihre Zeche beglichen hatten.

Gegen Mittag wusste etwa die Hälfte der Lehrlinge, wie man sich ein paar Mark dazuverdienen konnte. Fee hatte drei Wohngemeinschaften besucht und ihnen die frohe Botschaft des leicht zu erwerbenden Geldes übermittelt. Und auf dem Weg dorthin hatte sie immer wieder selbst gespielt. Es war davon auszugehen, dass am Ende des Tages etwa alle 152 Lehrlinge an den Automaten standen und sich die Zahl im Laufe der Nacht noch verdoppeln würde. Vier Tage später beschloss die Stadt Frankfurt, einige Automaten stillzulegen, um die Fehlerquelle zu ermitteln. Erste Streifenwagen fuhren im Schritttempo an den Haltestellen vorbei. Stand mal jemand länger als üblich, wurde er sofort überprüft. Das wiederum hatte zur Folge, dass es zu ständigen Ortswechseln kam. Es mussten immer größere Entfernungen zurückgelegt werden, um noch ein ruhiges Plätzchen zu finden.

Der beste Platz, ausgestattet mit sechs Automaten, war die Endhaltestelle am Stadion. Ruhig, mitten im Wald, alle 30 Minuten mal eine Straßenbahn. Wir spielten dort abwechselnd mit etwa zehn Personen. Dabei wiederholte sich der Ablauf. Die Straßenbahnen fuhren ein, wir versteckten uns, warteten ab, bis sie wieder verschwanden, spielten 30 Minuten und so weiter. Dass die Straßenbahnschaffner angewiesen waren, an die Verkehrsverbundzentrale jeden Missbrauch an den Automaten zu melden, dessen waren wir uns bewusst. Aber wir rechneten nicht damit, dass sich langsam, aber sicher ein Bullenaufgebot von etwa 20 Polizisten am Stadion um uns herum versammelt hatte.

Die ersten Automaten zeigten Ermüdungserscheinungen und galten als geplündert. Unser Rückzug war für die nächsten zehn Minuten geplant. Doch plötzlich ertönte mit einem krächzenden Geräusch das Megafon der Polizei mit der Aufforderung, sich langsam in ihre Richtung zu bewegen. Schon bei diesem ersten Krächzen aus dem Megafon rannten wir los. »Haut ab, ihr Bullen!« Doch da war der Zaun rund um die Haltestelle. Abhauen wäre nur nach vorne möglich gewesen, dorthin, wo die Polizei aufmarschiert war. Wir stürmten deshalb in Richtung Zaun und die Bullen uns hinterher. Als wir versuchten, über den hohen Zaun zu klettern, hinderte uns das Gewicht des Geldes daran. Einige befreiten sich von einem Teil der Münzen. Andere waren bereits auf die gegenüberliegende Seite des Zauns gelangt und halfen denen, die noch immer ihr Geld fest umklammerten. Überall klimperte und klirrte es. Um die anrückenden Bullen zu verwirren, schleuderten wir mit beiden Händen von der Gegenseite des Zauns das Münzgeld in ihre Richtung. Die ersten Polizisten ignorierten das, die nächsten bückten sich vereinzelt und riefen den anderen zu, dass überall Geld herumläge. Die ersten kamen zurück, wurden aber von den hinzukommenden am Aufsammeln gehindert. Sie sollten uns fangen, anstatt das Geld aufzusammeln.

Diese Sekunden der Verwirrung retteten uns. Uns gelang die Flucht über den Zaun. Einigen zwar nur mit herben Verlusten, aber wir rannten was das Zeug hielt ziellos durch den Stadtwald.
Hätten sie uns gegriffen, hätten wir vielleicht erfahren, wie hoch der Gesamtschaden war, den etwa 850 Leute in einer Woche an den Verkehrsverbund-Automaten angerichtet hatten. So gab die Stadt in den Medien nur zu, dass es einige Unregelmäßigkeiten in Form falscher Auszahlungsscheine an den neuen, aber dennoch zuverlässigen Automaten gegeben hatte. Dieser Fehler sei aber nun behoben.

15

Wie das so ist, wenn man schwanger ist, fing Fee an, Berge von Schokolade und sauren Gurken zu vertilgen und literweise Milch zu trinken. Wir beide dachten noch immer an nichts Besonderes, auch nicht, als sie mit ihrer Periode bereits drei Wochen überfällig war. Die emanzipierten Frauen dieser Zeit, und zu denen gehörte gerade Fee, ließen sich bei ihrer Entscheidung für oder gegen ein Kind von niemandem reinreden. Eine Großfamilie im herkömmlichen Sinne galt als spießig und verpönt und wurde fortan durch Kommunen ersetzt. Wenn überhaupt, wurde ein Kind in einer Frauen-WG zur Welt gebracht und erzogen. Genau dieses viel diskutierte Thema stand Fee und mir nun sieben Wochen nach unserem nächtlichen Ausrutscher bevor.
Fee kam von ihrem Frauenarzt und unterbreitete mir, dass sie schwanger sei. In diesem Schockzustand ordnete ich noch für denselben Abend eine Strategiesitzung mit ihr an. Wir stritten und liebten uns zwischendurch, schwiegen uns lange an, lachten und weinten. Waren wir in der Lage, ich als 17-jähriger und

Fee mit ihren 20 Jahren, eine Entscheidung zu fällen, die unser Leben möglicherweise unvorhersehbar beeinflussen würde?
»Abtreibung«, das Wort, um das wir lange herumredeten, stand noch immer unausgesprochen im Raum, bis ich es nicht länger aushielt und es offen aussprach. Was für eine Erleichterung. Fee hatte auch über nichts anderes nachgedacht. Es sei schließlich unverantwortlich, in diese beschissene Gesellschaft auch noch ein Kind zu setzen. Die Abtreibung könne ein Arzt aus Offenbach vornehmen und die Kosten würden geteilt. Das war der Stand am frühen Abend. Doch wollte ich wissen, nicht etwa um mich meiner finanziellen Verantwortung zu entziehen, ob das Kind denn auch tatsächlich von mir sei oder ob es in den letzten Wochen noch einen anderen Mann gegeben hätte. Fee schaute verärgert an die Decke. Nein, in der Zeit seit dem Tod des Goldfischs, das hieß die letzten sechs Wochen, wäre ich der einzige Typ gewesen. Da wäre sie sich absolut sicher und könne mir sogar die Nacht beschreiben, in der es passiert sein musste. Meine Bedenken waren nicht ganz unbegründet, denn Fee war hin und wieder mehrere Nächte hintereinander unterwegs gewesen. Nächte, von denen ich nicht wusste, was sie trieb.
Typisch Mann. Wäre ich ein richtiger Kerl gewesen, hätte ich ihr jetzt, ohne groß drumrum zu reden, angeboten, uneingeschränkt für alles in Zukunft aufzukommen und für sie und das Kind zu sorgen. Aber was ich wahrscheinlich zukünftig anzubieten hätte, wäre ein kleines Reihenhaus irgendwo am Bergerhang. Ich als Autoschlosser, sie als Fast-Akademikerin mit abgebrochenem Philosophiestudium.
Ich war erleichtert, dass wir uns so schnell einigten und nicht lange zu diskutieren brauchten. Mein Votum war von Anfang an für eine Abtreibung gewesen.

Ich fiel aus allen Wolken, als Fee mir am nächsten Tag mitteilte, dass sie es sich nun doch noch einmal mit dem Kind überlegen wolle. Mir wurde klar, sie hatte instinktiv ihre Meinung geändert. Wir sollten das Kind bekommen, in eine große WG ziehen und es zusammen mit vielen anderen Freunden großziehen. Für Kinder sei es schließlich wichtig, von verschiedenen Vätern erzogen zu werden, um die unterschiedlichsten Begabungen ausleben zu können. Es war unschwer zu verstehen, dass wir uns mitten in der Kinderplanung befanden. Natürlich hüpften eine Menge solcher Kinder in den WGs herum, wurden auf jedes Plenum mitgeschleppt und schliefen im VW-Käfer. Wir könnten ja noch mal verreisen, um in aller Ruhe eine Entscheidung zu treffen, meinte Fee. Nein, wir konnten nicht länger warten, entgegnete ich. Wir hatten alle Möglichkeiten bereits mehrmals durchdiskutiert. Einfach illusorisch, ein Leben mit einem Kind. Nicht mit mir.
Ich bot Fee an, die Abtreibung von dem Spielerlös zu bezahlen und sie zu dem Eingriff zu begleiten. Daraufhin schrie sie mich an, dass ich das letzte Arschloch sei, was ihr begegnet sei. Ein Widerling dazu, der auch noch glaubte, sie bezahlen zu können. Ich sei kein bisschen besser als all die anderen blöden Typen. Sie rannte raus, kam aber nur bis zum zweiten Treppenabsatz, wo ich sie festhielt und in den Arm nahm. Sie fing bitterlich an zu weinen. Ich erkannte, dass sie mit der Situation überfordert war. Sie wolle nicht mehr zurück zu den anderen Männern, die ihr immer nur nachgeiferten. Ich schluckte bei ihrem Vorschlag, dass sie doch vorübergehend zu mir ziehen könne, bis alles vorbei sei. Fee war wirklich mein Traum, unglaublich eigenständig. Sie ging ihren eigenen Weg, hatte Charisma und sah gut aus. Ich liebte sie, aber trotzdem musste ich diesen Vorschlag erst mit meinen WG-Freunden besprechen, denn ich konnte nicht einfach alleine über sie hinweg entschei-

den. Das kleine Zimmer würde ihr schon reichen, bis alles vorbei sei. Der Termin für die Abtreibung sei ja auch bereits in einer Woche.
In dieser Nacht schliefen wir zum ersten Mal nicht miteinander, sondern lagen nur eng nebeneinander. Ich hielt die Hand auf ihrem Bauch und glaubte, eine kleine Bewegung in ihrem Bauch zu spüren, ganz tief im Inneren.

Am nächsten Morgen beim allgemeinen Frühstück, kurz bevor wir alle in unsere Betriebe aufbrachen, schnitt ich das Thema »Fee, Abtreibung, zeitweiliger Einzug« an. Sie würde nur vorübergehend bei uns einziehen, so lange, bis eben alles geregelt sei. Maximal zwei Wochen. Allgemeines Kopfnicken. Keine Proteste. Wäre doch kein Thema. Freddy schlug mir auf die Schulter, als ob er ahnte, welche Last im Moment auf mir ruhte. Erleichtert über diesen Beschluss, machte ich mich auf den Weg zur LAW, wo ich noch einige wichtige Jugendvertretersachen zu regeln hatte.

Unsere Theaterpädagogen hatten uns LAWler für das kommende Wochenende nach Dietzenbach zu neuen Proben für unser Theaterstück eingeladen. Wir sollten vor dem Auftritt im TAT in zwei Wochen das Stück noch einmal auf inhaltliche Fehler hin überarbeiten. Unser Leben hatte sich ja mittlerweile auch weiterentwickelt. Inhalte, die wir noch in der alten Fassung als wichtig betrachtet hatten, wie zum Beispiel der erste erfolgreiche Lehrlingsstreik und das in der Folge veränderte Verhältnis zwischen dem Meister und seinen Lehrlingen, waren nun in den Hintergrund gerückt. Meine Rolle als uneinsichtiger Meister, der am Ende des Stücks doch nicht politisiert wird, gefiel mir auch nicht mehr. Unsere Position war jetzt stärker. Wir hatten das JUKUZ durchgesetzt und hatten uns von unserer

früheren streng kommunistischen Denkweise etwas distanziert. Aktuelle Themen rückten in den Vordergrund.
In Berlin besetzten Hunderte Jugendliche das Rauch-Haus, unter ihnen die Jungs von »Ton Steine Scherben«. In Frankfurt waren Häuser in der Bockenheimer Landstraße, der Corneliusstraße und dem Kettenhofweg besetzt worden. Nicht nur Studenten demonstrierten nun für das Recht nach bezahlbarem Wohnraum für alle, sondern unter ihnen auch junge Arbeiter, Kindergärtnerinnen, Sozialarbeiter, Emigranten. Sie alle protestierten gegen Spekulantentum und leer stehende Häuser. Das waren Themen, die wir in unserem Theaterstück ansprechen wollten. Schnell wurden wir jedoch in die Schranken des Machbaren zurückgewiesen. Wir hatten, um das Stück neu zu verfassen, gerade mal ein Wochenende Zeit. Also übernahmen wir den Kern der bisherigen Fassung.
Eine Gruppe von Fließbandarbeitern sollte dem drohenden Konflikt, der alle im Betrieb betraf, zunächst ausweichen. Die Werkleitung hatte das Fließband heimlich schneller gestellt, um durch die erhöhte Produktion von Kupplungsdruckplatten für VW höhere Gewinne zu erzielen. Aus Angst um den Verlust ihrer Arbeitsplätze hielten sich die meisten Arbeiter zurück, bis sie sich schließlich dem gemeinsamen Kampf anschlossen. So weit war der Inhalt geklärt. Doch der letzte Akt sollte in einer aufwühlenden Streikszene enden, in der der Zuschauerraum in ein Streiklokal verwandelt würde. Die Zuschauer sollten als Streikende selbst in die Theateraktion mit einbezogen werden und, unter dem Jubel aller, den Unternehmer von der Bühne jagen.
Inwieweit das Publikum bei unserem Vorhaben mitmachen würde, hing wesentlich von unserem Spiel ab. Dass die Vorstellung mit 830 Sitzplätzen bereits seit einer Woche ausverkauft war, spornte uns mächtig an.

Am Frühstückstisch in unserer WG herrschte gedrückte Stimmung. In unendlichen Diskussionen über Familie und Kinder hatten sich meine Freunde die letzten Tage auch noch in das Abtreibungsthema eingemischt. Jetzt war der Morgen gekommen, an dem alles gesagt war. Es blieb keine Zeit mehr für andere Überlegungen, nichts mehr hinzuzufügen. Der Termin beim Frauenarzt in Offenbach um 11 Uhr stand fest.
Fee schlief noch. Ich zwängte mir ein Brötchen mit Quittenmarmelade in den Mund, als meine Jungs zusammen die WG verließen. Wahrscheinlich aus Anteilnahme drückte mich Kurt noch einmal fest, bevor er ging. Ich legte mich zu Fee und kraulte ihr den Rücken. Ihre Augen waren geschlossen, aber sie war wach. Dann küsste sie mich beiläufig, stand auf und verschwand im Bad. Beim Frühstück sprachen wir nur über die Quittenmarmelade. Es war alles gesagt. Fee zog die Sache jetzt ohne großes Aufsehen durch, das signalisierte mir ihre ruhige Haltung, die sie auch während der Autofahrt nach Offenbach bewahrte. Jetzt noch umschwenken schien nicht mehr wahrscheinlich. Wir verfielen in Alltagsplauderei, als wären wir schon lange verheiratet. Ich wollte damit verhindern, dass noch Überraschendes passierte.
Fee stoppte den R 4 und rangierte ihn in die Parklücke. Auf meine nett gemeinte Frage hin, ob sie danach schon wieder Autofahren könne, reagierte sie nicht. Sie stieg aus, warf mir den Autoschlüssel zu und forderte mich auf, zu warten. Peng! Allein in diesem Auto zu hocken, zu grübeln, war eine Qual. Nicht mal das Autoradio war in der Lage, ein vernünftiges Geräusch von sich zu geben. Ohne es zu verstehen, liefen wirre Bilder durch meinen Kopf.
Ich schlage mit einer Jacke auf mein brennendes Bein, falle um und wälze mich im Gras, um die Flammen zu ersticken. Renne dann schreiend nach Hause und schließe mich im Badezimmer

ein. Diese Geschichte hatte ich mit 13 Jahren erlebt. Was sollte dieser Erinnerungsflash?
Meine Schwester, mein Bruder, meine Eltern und ich stehen im guten Zwirn auf dem Rasen. Ein Foto zur Konfirmation meiner Schwester, die acht Jahre älter ist als ich. Was holte mich da plötzlich wieder ein?
Ich renne meinem Vater entgegen, als er wie jeden Tag spät nachmittags aus dem Werkstor der Cassella-Farbwerke nach Hause kommt. Ein kleiner blonder Junge mit kurzen Hosen rennt in die Arme seines Vaters.
Verwirrt wachte ich auf und stieg aus dem Auto. Ich wusste nicht, wie lange ich schon gewartet hatte. Der Blick auf meine Uhr sagte mir, dass gerade mal 20 Minuten vergangen waren. Jetzt könnte es sein, dass Fee auf dem Gynäkologenstuhl säße und der Arzt an ihr herumdokterte. Ob der Embryo einfach so in den Mülleimer geschmissen würde? Wie groß war ein wenige Wochen altes Kind eigentlich? Nein, es war noch kein Kind, »nur« ein Lebewesen. Ich hatte keine Ahnung davon, was sich im Körper einer schwangeren Frau abspielte. Es würde schon alles gut gehen, beruhigte ich mich selber. Einfach nur ein bisschen entspannen.
Zwei Stunden später stand Fee vor dem Auto. Sie verlangte wortlos den Schlüssel, stieg ein und startete ihren Wagen. Dabei kurbelte sie hektisch am Lenkrad, riss die Schaltung vor und zurück und klopfte mit ihrer Faust gegen das Radio, das sofort ansprang. Aus den Lautsprechern hämmerten die Rolling Stones. Wie in Trance fuhr sie über die Sachsenhäuser Brücke, rein in die Großstadt. Ich stellte keine Fragen. Vor der Bergerstraße hielt sie an und der laufende Motor bedeutete, dass ich auszusteigen hatte. Ein kurzer Blick, kein Lachen, die Hand an der Schaltung. Ich stieg aus und schaute ihr nach, so lange, bis ich sie nicht mehr erkennen konnte.

16

Als ich in der WG ankam, traf ich in der Wohnung nur auf Klaus. Erst jetzt fiel mir auf, dass er zwei Tage nicht zu Hause gewesen war. Ob mit seiner Mutter etwas nicht stimmte, fragte ich. Nein, seiner Mutter ginge es gut. Aber seine Schwester leide unter Liebeskummer, und die müsse er zurzeit trösten. Dann war ja alles in Ordnung. Die ausgefallenen Schlangenlederstiefel an den dürren Füßen von Klaus fielen mir gleich auf. Ja, sie seien ein Schnäppchen vom Flohmarkt am letzten Wochenende gewesen. Er hatte sie anprobiert und sie waren wie für ihn gemacht. Außerdem hatte er sich solche Stiefel schon immer gewünscht.

Was erzählte er mir da eigentlich? Erstens war in Frankfurt nur samstags Flohmarkt und am letzten Samstag waren wir alle gemeinsam in Dietzenbach bei der Theaterprobe gewesen. Und zweitens hatte Freddy mir erzählt, dass Klaus direkt nach den Proben nach Berlin geflogen sei. Seltsam!

Mir könne er es doch erzählen, was es mit den Stiefeln auf sich hätte. Klaus war tatsächlich am Montagmorgen in den Flieger nach Berlin gestiegen und hatte sich in Schöneberg in einem abgefahrenen Indianerladen diese Stiefel gekauft. Bei einem kurzen Abstecher nach Kreuzberg hatte er sich noch das besetzte Rauch-Haus angesehen. Am Abend war er dann wieder nach Frankfurt zurückgeflogen. Als er mit seiner Erzählung endete, grinste er zufrieden.

Genauso hatte er vermutlich gegrinst, als er am Lufthansa-Schalter der Dame vom Bodenpersonal Bares in Form von Geldmünzen auf den Counter gelegt hatte, um sein Ticket zu bezahlen. Bei 452 DM waren das genau dreihundertzwanzig eine Markstücke, hundertachtzig Fünfzigpfennigstücke. Den Rest von 42 DM zahlte er in Zehnpfennigstücken. Für den Fall, dass die Dame am Schalter stutzig werden sollte und fragen würde, woher er so viel Münzgeld hätte, hatte sich Klaus bereits im Vorfeld eine passende Antwort überlegt. Erstens, Münzgeld gälte genauso wie Papiergeld als anerkanntes Zahlungsmittel. Und zweitens sei seine Oma vor kurzem gestorben und hätte aufgrund ihres ständigen Misstrauens gegenüber Banken ihr Münzgeld lieber sicher unter dem Kopfkissen aufbewahrt. Zu diesem Geldsack mit Münzen hätte sie ihm auch noch ein weiteres Guthaben von nicht weniger als 1,4 Millionen DM in Form von Immobilien vererbt. Noch Fragen?

Die Jungs trudelten so langsam in der Wohnung ein. Gekocht war noch nichts. Ich berichtete kurz von der Abtreibung, wollte aber nicht länger darüber sprechen. Das wurde akzeptiert.
Fee war mittlerweile wieder aus unserer WG ausgezogen. Wahrscheinlich musste sie etwas Abstand von dieser Geschichte gewinnen. Sie war für ein paar Tage zu ihrem Vater nach Italien gefahren, der in der Nähe von Palermo lebte, zirka 16 Autostunden von hier entfernt. Am Vortag hatte sie mich noch gefragt, ob ich mitfahren würde. Jürgens Kritik, dass es unverantwortlich von mir sei, Fee in ihrem momentanen Zustand alleine reisen zu lassen, war gerechtfertigt. Ob Fee die vielen Kilometer alleine fuhr oder eventuell eine Freundin mitgenommen hatte, hatte sie mir nicht mitgeteilt.
Freddy hatte die Abtreibungsgeschichte viel mehr zu schaffen gemacht, als wir alle annahmen. Ich müsse doch wissen, wo sich Fee gerade aufhielt. Schließlich hätte sie ja auch mein Kind abgetrieben. Jetzt reichte es! Ich schnitt Freddy das Wort ab. Es bestehe jetzt kein Grund mehr für eine Diskussion. Freddy solle sich um seine eigenen Angelegenheiten kümmern, so wie ich mich um meine. Schluss, aus!

Doch ganz so einfach war es nicht. Freddy hatte anscheinend mehrere Nächte während meiner Abwesenheit mit Fee damit verbracht, über die Gründung einer Großfamilie zu reden. Ein Bauernhof, mitten in der Natur, biologischer Anbau, zwei oder drei Traktoren ... Warum wusste ich eigentlich nichts davon? Fee hatte mir nie davon erzählt, ins Ökogewerbe einzusteigen.

Das Telefon klingelte. Kurt hob den Hörer ab. »Alles klar, bis später beim Pizza-Rüdiger!« Michael Jagger aus dem Kettenhofweg wollte etwas Wichtiges mit uns besprechen. Zumindest verhielt er sich sehr geheimnisvoll und wollte am Telefon nicht so richtig mit der Sprache rausrücken. Prima, dann würden wir eben unser Abendessen heute zu Pizza-Rüdiger verlegen. Darauf hatte ich heute richtig Lust. Eine verrauchte Kneipe und eine Pizza »Rüsselsheim«, neapolitanisch mit extra viel Teig.
Bei Pizza-Rüdiger angekommen, entschieden wir uns erst mal abzuwarten und nicht gleich zu Michael Jagger zu stürmen. Wir waren zu fünft, besetzten einen Tisch vorne an der Theke und schickten Jürgen in den hinteren Bereich, um die Lage zu prüfen. Insgeheim hoffte ich, dass Fee vielleicht auch da sei, aber der Gedanke schien mir bereits im selben Moment absurd. Jürgen kam aus dem Separee zurück und forderte uns auf, ihm nach hinten zu folgen. Michael Jagger beteiligte sich gerade an der Diskussion an seinem Tisch. Wir warteten auf ein Zeichen von ihm und kauten derweil an unserer Pizza weiter. Dann sein Wink, zu ihm zu kommen. Die Lage sei ziemlich ernst, flüsterte er so leise, dass wir ihn kaum verstehen konnten und uns zu ihm runterbeugen mussten. Der Verkehrsverbund hatte heute über die Presse verkünden lassen, dass die Fahrpreise im nächsten Monat erhöht werden würden. Ein darauf-

hin eilig einberufenes Plenum in der Uni analysierte die Situation. »Einige Genossen und Genossinnen der Sponti-Fraktion haben beschlossen, so schnell wie möglich auf die Anhebung der Fahrpreise zu reagieren.« Für Samstagmittag kündigten wir eine Großdemonstration an. Die entsprechenden Flugblätter gingen sofort in Druck. Vermutlich war unsere »Automaten-Fahrkarten-Lös-Aktion« den Verkehrsverbund teuer zu stehen gekommen. Ob das wirklich so war, wusste Michael Jagger auch nicht genau.
Unsere Aktionen standen fest. Mit Spraydosen ausgerüstet in kleineren Gruppen durch die Stadt ziehen und alle wichtigen Einrichtungen, die mit dem Verkehrsverbund zusammenhingen, besprühen. Und die Parolen gegen die Fahrkartenerhöhung an jede Häuserwand pinseln, sozusagen als Warnung für das, was folgen würde, falls die städtischen Preistreiber ihr Vorhaben tatsächlich umsetzen würden. Prinzipiell hatte jede Gruppe freien Handlungsspielraum. Der kreativen Spontanität waren keine Grenzen gesetzt.
»Bornheim Prüfling, Straßenbahndepot«, mit diesen Worten gab Kurt bei unserer zweiten Krisensitzung das entscheidende Stichwort. Etwa 15 Straßenbahnen warteten dort jede Nacht auf ihren Einsatz am nächsten Morgen. Jede Straßenbahn bot eine ideale Werbefläche, da sie den ganzen Tag quer durch die Stadt fuhr. Wenn man alle Straßenbahnen mit den Parolen besprühte – so schnell konnte kein Reinigungstrupp die Sprüche entfernen. Die Idee fand Zuspruch. Schilus war aufgrund früherer Reparaturarbeiten schon mal in diesem Depot gewesen. Er wusste, dass die Depots nicht gesichert waren, und schätzte die Dauer der Aktion auf zirka eine halbe Stunde bei einer Anzahl von maximal zwölf Leuten. Wer von uns machte mit? Da meine kreativen Eigenschaften nur begrenzt waren, erklärte ich mich mit Kurt bereit, die Sicherung und den Vorcheck des

Depots zu übernehmen. Wir würden uns sicherheitshalber in drei Gruppen aufteilen, um nicht aufzufallen, wenn wir in Richtung Prüfling loszogen.

In der Nacht tauchten weit und breit keine Bullen auf. Wir standen vor den großen Toren des Depots, hinter denen sich die Straßenbahnen befanden. Sie waren nicht abgesperrt. Warum sollten sie auch verschlossen sein? Kein Mensch würde auf die Idee kommen, eine Straßenbahn zu klauen, außer Schilus, der bereits die Fahrertür zu einer der Straßenbahnen geöffnet hatte und auf dem Fahrersitz freudig Platz nahm. Schilus riss an der Kurbel rum, schnell, langsam, begeistert wie ein kleines Kind.
Inzwischen erreichten die anderen beiden Gruppen das Depot und kurze Zeit später roch es überall nach frischer Farbe. In großen Buchstaben stand der Aufruf zur morgigen Demonstration auf den Straßenbahnen: »Keine Fahrpreiserhöhung« und »Nulltarif für alle«. Ich sprühte »Fee, ich liebe dich« auf die 14er, die täglich nach Fechenheim fuhr. Nach 20 Minuten war unsere Arbeit getan und es folgte ein geordneter Rückzug. Den Rest der Farbe versprühten wir noch auf dem Weg in die heimische WG an Haltestellenautomaten und überall dort, wo unsere Sprüche gut lesbar waren.
Der Stadt hatten wir mit unserer Aktion über Nacht gezeigt, wie eine groß angelegte Werbekampagne auszusehen hatte, die am nächsten Tag in aller Munde war. Die Straßenbahnen fuhren mit den Parolen den ganzen Tag durch die Stadt. Sogar das Hessische Fernsehen griff die Aktion auf, berichtete im Abendmagazin und suchte nach Verantwortlichen. Der Depotvorsteher stammelte irgendwas von »Insidern« und »mutwilliger Sachbeschädigung«. Wir saßen vor der Glotze und da fuhr sie durchs Bild, die 14er mit der Aufschrift »Fee, ich liebe dich«. Ich schmunzelte und war sehr stolz. Der ganze Schrift-

zug, dick und fett mitten im Fernsehen. Der Reporter konnte den Zusammenhang mit der Fahrpreiserhöhung und der offensichtlichen Liebeserklärung nicht verstehen. Fee war zum Glück nur mein erfundener Name für sie. Kein Name, der in ihrem Ausweis zu finden war.

Fee rief nicht an und stand nicht vor der Tür, um mich zu umarmen. Die Reporterin hatte die Sache mit der Abtreibung am Rande mitbekommen. Mit ihr konnte ich über meinen Liebeskummer reden, ohne dass sie es gleich als Anmache verstand. Irgendwie fühlte sich die Reporterin wohl bei uns. Sie brachte mal einen Blumenstrauß und andere Kleinigkeiten mit, die unsere Männer-WG etwas bunter machte. Sie beruhigte mich und erklärte, dass Frauen ihre eigene Uhr hätten, besonders wenn es um eine Schwangerschaft ginge. Ich solle Fee nicht drängen und ihr Zeit geben. Mir tat es wirklich gut, mit der Reporterin zu reden.

Das Freitags-Plenum im JUKUZ stand ganz unter dem Motto der bevorstehenden Ereignisse am Samstag. Vormittags die angekündigte Fahrpreisdemonstration und abends direkt rüber zum TAT, um unser Stück »Mensch Maier« aufzuführen. Die Frankfurter Rundschau hatte bereits eine ausführliche Besprechung über unser Theaterstück abgedruckt.
Die Polizei wurde im Vorfeld aufgefordert, bei jeglicher Art von Übergriffen während der Demonstration mit aller Härte zu reagieren. Das war deutlich. Die Fahrpreiserhöhung sollte nicht zurückgenommen werden. Langsam, aber sicher stieg unser Adrenalinspiegel. Die letzten großen Reden im voll besetzten JUKUZ wurden gehalten und die Organisation der Demonstration ein letztes Mal durchgesprochen. Wir mussten es schaffen, die Bevölkerung auf unsere Seite zu ziehen.

Die Atmosphäre unserer wöchentlichen Freitagsabend-Disco war geprägt von der Spannung angesichts der bevorstehenden Ereignisse. Wir heizten richtig ein, tanzten bis zur Erschöpfung und fielen uns in die Arme. Genau so wollten wir leben und keiner sollte uns daran hindern. Unser Zusammensein war mehr als nur Freundschaft. Wir fühlten uns einen Schritt näher am Paradies.

Am späten Vormittag starteten wir vom JUKUZ aus, wo wir mal wieder gezwungenermaßen übernachtet hatten. Schon auf dem Weg über die Zeil zur Fressgasse in Richtung Opernplatz stießen wir auf ungewöhnlich viele Menschen, die auch zur Demonstration unterwegs waren. Was für ein gutes Zeichen! An den umliegenden Baustellen griffen wir kleine handliche Steine auf, die sich gut werfen ließen und die schwer genug waren, eine dicke Scheibe zu durchschlagen. Unsere Tarnausrüstung – ein schwarzes Tuch, um das Gesicht zu verdecken – hatten wir immer dabei. Es wäre sehr fatal, wenn unser Meister am Montagmorgen seine BILD-Zeitung aufschlagen würde und dabei 20 seiner Lehrlinge wiedererkannte, die sich gewaltsam der Polizei widersetzten. Am Opernplatz drehten wir eine kleine Runde, um auszumachen, wo die Sponti-Gruppe sich platziert hatte. Schnell sickerte durch, dass zahlreiche Polizeieinsatzkräfte in den Seitenstraßen der Demonstrationsroute in Alarmbereitschaft standen. Die Geschäfte waren noch geöffnet, was uns die Gelegenheit gab, jederzeit unter der einkaufenden Bevölkerung abzutauchen und so zu tun, als ob wir den Samstagvormittag nutzen würden, um neue Socken zu kaufen.
Etwa 3000 Menschen hatten sich versammelt und gingen mit ihren Transparenten und Megafonen los. Unsere Sponti-Gruppe bestand aus ungefähr 500 bis 700 Leuten. Erste Spray-

dosen wurden verteilt. Wenn einer sprühte, wurde er gleichzeitig von zehn Leuten gedeckt und verschwand nach getaner Arbeit wieder unauffällig in der Gruppe. Die Demonstration schlängelte sich auf die Zeil und der öffentliche Nahverkehr brach prompt zusammen. Die von uns eingekesselten Straßenbahnen wurden sofort mit Parolen besprüht. Erste Polizeieinheiten schritten ein, um eine Gasse für die Straßenbahnen zu bilden. Gedrängel und vorsichtiges Geschiebe folgte. Die Polizei setzte Schlagstöcke ein. Dann gab es Megafonansagen der Bullen und kleine Schlägereien. Die Menge kam in Bewegung. Die Zeil war völlig überfüllt. Der Anfang der Demonstration stoppte. Wir versuchten den Überblick zu behalten, verloren uns aber. Keine Panik, nur die Ruhe bewahren. Wir sammelten uns neu und bildeten eine Kette. Die Straßenbahntüren wurden geöffnet. Hektisch stürmten die Fahrgäste aus den Waggons. Die Bullen forderten die Passanten auf, die Zeil zu verlassen, damit sie die Wasserwerfer zum Einsatz bringen konnten.
Etwa 40 Maskierte gingen in die Hocke und brüllten »Keine Fahrpreiserhöhung«, sprangen auf und rannten auf die Bullen zu, die überrascht vor der anrückenden Gruppe zurückwichen. Wir setzten uns auf die Straßenbahnschienen. Nichts ging mehr. Plötzlich stürmten vier Polizisten in Zivil auf uns zu und griffen wahllos in unsere Gruppe. Sie zerrten Jo und Wolfgang S. an den Haaren, die ungeschützt am Rand der Gruppe saßen. Wolfgang S. rief um Hilfe. Jo gelang es, sich loszureißen. Sofort rannten 20 Genossen mit abgebrochenen Holzlatten in den Händen auf den Pulk der Zivilen los und schlugen auf diese ein. Wir befreiten Wolfgang S. und zogen uns zurück.
Um weitere Übergriffe zu verhindern, blieben wir fortan dicht beisammen. Die Zivilen tauchten erfolglos ab. Es herrschte ein offener Straßenkampf. Aufgeheizt packten wir die Steine

aus und warfen sie gegen die anrückenden Polizeikräfte, die sich verängstigt hinter ihren Schutzschildern versteckten. Die Zeil war im Handumdrehen von den bummelnden Einkäufern geräumt, die sich hastig in die Kaufhäuser schoben oder durch die U-Bahn-Schächte zu entkommen suchten. Vereinzelt wurden die Gitter der Kaufhäuser heruntergelassen und die Seitenstraßen von Einsatzkräften abgeriegelt. Ohne dass wir es merkten, waren wir plötzlich eingekesselt. Wir stürmten nach vorne. Von der Seite rückte im Spurt eine Einheit von 40 bis 50 Bullen an. Sie deckten den Wasserwerfer, der jetzt eingesetzt wurde. Jürgen riss mich zur Seite, um dem harten Strahl des Wasserwerfers auszuweichen. Als Antwort darauf hagelte es Steine gegen die anrückenden Bullen. Unser Material war im Nu verschossen. Einige hebelten an Pflastersteinen herum und brachen sie aus der Straße. Mit einem Riesengetöse fiel die Glasfront der Post in sich zusammen. Der Wasserwerfer fuhr ohne Rücksicht in die Menge. Knüppelnde Bullen links und rechts. Wir schafften es nicht, den Aufmarsch zu stoppen. Erste blutige Gesichter, die mit Fußtritten und Schlagstöcken bearbeitet worden waren. Das Zischen der aufschlagenden Steine gegen die Schutzschilder der Bullen war überall zu hören. Ab nach vorne Richtung Konstabler Wache. Wir rannten, blieben aber immer noch zusammen. Durchnässt und außer Atem scherten einige nach links oder rechts in die Seitenstraßen aus, um sich in einem der noch offenen Kaufhäuser zu verstecken. Wieder waren kleinere Greiftrupps der Zivilen aktiv, die es besonders auf uns abgesehen hatten. Ein, zwei Leute wurden festgenommen. Wir konnten nicht zurück. Jetzt ging es nur noch darum, möglichst schnell aus dem Kessel zu entkommen.

Einige Demonstranten hinter uns blieben schreiend stehen. Sie hatten beobachtet, wie die Zivilen zugegriffen hatten, riefen uns zu, dass wir mitkommen sollten, die Verhafteten zu befreien. Wir stürmten mit 15 Leuten in den Seiteneingang eines Parkhauses und rannten durch das Erdgeschoss auf der anderen Seite wieder hinaus. In einer Seitenstraße am »Sinkkasten« sahen wir, wie vier Zivile die Gefangenen in einen PKW stießen. Wir zogen unsere Tücher über die Nase und ohne groß zu überlegen, sprinteten wir auf sie zu. Erst kurz vor dem PKW entdeckten uns die Polizisten. Wir fingen an zu schreien. Erste Steine zerstörten die Frontscheibe des Zivilfahrzeugs. Die beiden Gefangenen duckten sich, krochen aus dem Auto und rannten weg. Die Zivilen, überrascht von dem Angriff, zögerten. Zwei von ihnen sprangen in den Wagen, die anderen beiden überrannten wir. Einer von ihnen wollte zur Waffe greifen, doch unsere Latten verhinderten die unüberlegte Handlung des Zivilen. Schnell verteilten wir uns wieder und spurteten zurück Richtung Konstabler Wache. Auf der Zeil überall Blaulichter. Die Demonstration wurde von den Ordnungskräften für aufgelöst erklärt.

Ausgepowert von der Demonstration, mischten wir uns unter die Samstagnachmittagsbummler in ein Café. Es wäre jetzt zu gefährlich gewesen, einfach herumzulaufen. Die Zivilen würden sich die Befreiung nicht gefallen lassen. Sicher hatten sie über Funk den Überfall gemeldet und jeder verfügbare Beamte ging auf die Suche nach uns. Würden sie uns jetzt zu fassen bekommen, mussten wir damit rechnen, inhaftiert zu werden. Eine Gefangenenbefreiung war schließlich kein Kavaliersdelikt. Als ich meine Tasse zum Mund führte, merkte ich, wie ich zitterte. Der Zivile war zum Glück nicht ausgerastet, hatte nicht geschossen. Keiner sprach ein Wort. Mein Herz raste immer noch. Kurt ging auf die Toilette, wo er lange blieb. Jürgen schwitzte. Er starrte weit durch mich hindurch. Ich zog meinen Parka aus und nahm das schwarze Tuch vom Hals, um es in der Hose verschwinden zu lassen. Der Einzige, den die Ereignisse anscheinend kalt gelassen hatten, war Ralf, ein harter Typ, der nicht viel redete, aber zu den Wichtigen unter uns gehörte. Er verabschiedete sich und meinte, dass wir mit niemandem über die Aktion reden sollten. Wir hatten Glück gehabt.

17

Um 20 Uhr stand unser Stück »Mensch Maier« im TAT auf dem Programm. Nach den aufregenden Ereignissen des Tages trafen wir uns um 16 Uhr zur Generalprobe im Theater. Nur drei Stunden vorher wäre es noch mehr als fraglich gewesen, ob wir tatsächlich alle zusammen am heutigen Abend an unserer Aufführung hätten teilnehmen können. Wäre es uns nicht gelungen, dem Zugriff der Polizei zu entkommen, hätten einige von uns mit Sicherheit mehrere Stunden, wenn nicht sogar die Nacht auf dem Polizeirevier verbracht. Doch darüber verloren wir jetzt kein Wort mehr.

Die Größe des TAT ließ sich nicht mit dem Theaterraum in Dietzenbach vergleichen. Es war ein großer Saal mit Balkon, in dem sich die Stuhlreihen im Parkett von Reihe zu Reihe nach hinten erhöhten. Eine für uns fast unwirkliche Atmosphäre. Während der Lichtproben liefen wir begeistert durch die Sitzreihen und streiften die Stühle im Vorbeigehen mit unseren Händen. Ein Mann in Latzhose stand mit seiner Leiter auf der Bühne und versuchte, die Scheinwerfer noch in die richtige Position zu rücken. In einigen Stunden würde der Saal voll besetzt sein. Es herrschte angespannte Ruhe und Konzentration vor dem Auftritt. Die Requisiten wurden platziert und die letzten Textstellen durchgesprochen. Die Aufregung und das Chaos

des heutigen Tages waren verflogen und beeinflussten zum Glück nicht die Stimmung im Theatersaal.
In einem so anerkannten Theater wie dem TAT spielen zu können, war etwas Besonderes. Das spürten wir alle. Insgesamt 800 Leute würden genau beobachten, was wir auf der Bühne veranstalteten. Möglicherweise würden sich sogar einige Kritiker unter das Publikum mischen und über uns und unser Stück schreiben. Auf dieser Bühne spielten heute keine professionellen Schauspieler, sondern die Lehrlinge der Stadt Frankfurt. Aber gehörte das Arbeitertheater auch wirklich hierhin? Hatten wir auch tatsächlich das zu bieten, was sich Öffentlichkeit und Theaterkritiker von uns versprachen? Oder war es nur ein kurzer Auftritt, der schnell wieder in Vergessenheit geraten würde?

Willi, unser Regisseur, platzierte sich für die Generalprobe in die Mitte der zweiten Reihe, an den Ort im Zuschauerraum, von dem aus er das Geschehen auf der Bühne am besten verfolgen konnte. Aber auf diesem Platz saß er nicht lange. Wir waren es nicht gewohnt, nach der Pfeife von jemandem zu tanzen, der uns ständig korrigierte und uns Anweisungen erteilte. Wir hatten ihm schon 1000 Mal gesagt, dass wir unser Stück spontan und aus der Situation heraus zu spielen beabsichtigten. Wir wollten uns vorbehalten, die Reaktionen des Publikums abzuwarten und gegebenenfalls diese mit in das Stück einzubeziehen. Entweder funktionierte so eine spontane Änderung des Abends oder wir würden uns eben verhaspeln. Gegen den gewohnten Stil, gegen den angestrebten Perfektionismus anzuspielen, war unsere Absicht. Uns blieb keine Zeit mehr zu diskutieren. Willi musste unsere Vorstellung von Schauspielerei akzeptieren, auch wenn es seiner widersprach. Aber wir hatten ja auch nicht vor, eine Saison lang Abend für

Abend exakt das gleiche Stück zu spielen. Es sollte nur für diesen einen Abend sein. Das Einzige, worauf wir bauten, war das Publikum. Es musste uns gelingen, die Besucher mitzureißen und sie in Begeisterung zu versetzen. Schritt für Schritt fanden wir wieder zu unserer alten Form zurück.
Die Hälfte der Besucher, die wir eingeladen hatten, waren Freunde und Bekannte. Die verstanden uns. Für die spielten wir in erster Linie.
Nach den Strapazen des Tages stärkten wir uns mit belegten Brötchen und Bier im Café des Theaters. Eine Stunde vor Spielbeginn stieg unsere Nervosität merklich an. Die ersten Besucher tauchten auf und Reporter bzw. Kritiker schickten wir direkt zu Willi. Unsere Reporterin hatten wir bereits vorab mit allen wichtigen Informationen versorgt und ihre Kollegen aus den Redaktionen bekamen von uns einen Zettel in die Hand gedrückt, der ihnen freien Eintritt gewährte. Allen, die wir kannten und für deren Freunde schrieben wir ebenfalls solche »Freier Eintritt«-Zettel. Das war Ehrensache. Schließlich konnten wir nicht sechs Stunden vorher noch für Nulltarif bei den öffentlichen Verkehrsmitteln demonstrieren und sie jetzt abwimmeln.
Der Eingangsbereich füllte sich. Unter den bekannten Gesichtern waren viele Autoschlosser und Elektriker. Mein Anwalt, der mich aus dem Knast geholt hatte, brachte seine ganze Kommune mit. Möbel zückte seine vor Wochen gekaufte Karte aus dem Geldbeutel und zog mich wichtigtuend zur Seite. Er blickte sich zweimal um, bevor er mir ins Ohr flüsterte, dass er am Freitag das offizielle Okay zur Ausbildung von Frauen in Metallberufen erhalten hätte. Das Fräulein von vor zwei Wochen sollte schnellstens am Montag bei ihm ihre Bewerbung abgeben. Möbel zwinkerte mir zu, legte seine Hand lässig auf meine Schulter und ging dann zum Tresen, um

sich eine Frankfurter Rindswurst mit selbst gemachtem Kartoffelsalat zu bestellen. Er war so schnell wieder weg, dass ich nicht gleich realisierte, dass Fee tatsächlich einen Ausbildungsplatz hatte. Was würde sie für Augen machen!

Die Leute drängelten sich mittlerweile vor dem Theater. Es standen bereits mehr als 200 Menschen vor dem Kassenschalter, die noch keine Karten hatten. Plötzlich legte mir wieder jemand seine Hand auf die Schulter. Daniel, ein Franzose mit rötlichen Haaren, etwas kleiner als ich, aber genauso schwer, stand vor mir. Er gehörte zu der Sorte »Redenhalter« und Stratege. Er hätte seinen Weggefährten Joschka, der nachts Taxifahrer sei und tagsüber als Proletarier bei Opel arbeitete, sowie Freunde aus Berlin mitgebracht. Sie sollten einfach an der Kasse wegen der Karten Bescheid sagen, und dann gehe das mit dem freien Eintritt schon in Ordnung. Daniel winkte einen Schmächtigen seiner Gruppe, den ich zu kennen glaubte, herbei. Als er sich vorstellte, fiel es mir wie Schuppen von den Augen: Natürlich, Rio Reiser von den »Ton Steine Scherben«.
Rio war zu dieser Zeit schon Kult. Wir sprachen über das misslungene Konzert in Offenbach, das Rauch-Haus in Berlin und die vielen Häuser in jeder Stadt, die sie nach ihren Konzerten besetzt hatten. Mitten in unserem Gespräch zog jemand Rio am Ärmel und erklärte ihm, dass die Musikanlage durch den hinteren Bühneneingang getragen werden müsse, weil der Vordereingang durch die Menschenmassen verstopft sei. Daniel mischte sich ein. Er hätte alles bereits mit dem Intendanten besprochen. Ich mochte Daniel. Er war sympathisch und vieles, was er sagte, schien Hand und Fuß zu haben. Aber jetzt musste ich doch unterbrechen. Die »Scherben« würden im TAT ein Konzert geben? Das wäre ja klasse! Ob es denn noch

Karten dafür gäbe? Warum wusste ich davon eigentlich nichts? Rio schaute Daniel irritiert an und erklärte mir, dass es anscheinend ausverkauft sei. Es wäre mehr eine spontane Idee gewesen. Die Band hätte auch erst heute Nachmittag kurzfristig entschieden, vor dem Theaterstück zu spielen. Rio meinte, er sehe ihren Auftritt als eine Kultur-Performance, die auch schon in Berlin gut funktioniert hätte. Die Kombination aus Musik und Theater würde beim Publikum besonders gut ankommen.
Rio war ein wirkliches Idol. Er traf mit seinen Texten genau den Nerv der Zeit. Immer wieder schaffte er es, die Massen zum Ausrasten zu bringen. Seine Auftritte waren so exzessiv, dass jeder glaubte, das wohl letzte Konzert mitzuerleben, weil Rio garantiert danach tot umfallen würde.
Aber für diesen Abend musste ich Rio leider eine Absage erteilen. Es war nur noch wenig Zeit bis zum Beginn von »Mensch Maier«. Ich schob mich durch die Menge zu Kurt, Freddy und Jo und erzählte ihnen von den Plänen der »Scherben«. Kurt fand die Idee mit der Band als Vorprogramm perfekt. Freddy überlegte noch, und Jo stellte sich auf meine Seite. Die Show hätten schließlich wir initiiert. Sie könnten im Anschluss an unser Stück im Café des Theaters spielen. Aber nicht vorher. Willi, unser Regisseur, hatte die Diskussion mitbekommen, eilte herbei und versuchte Argumente für die Zusammenführung von Musik und Theater zu finden. Seiner Meinung nach sei es zumindest ein Versuch wert. Im Theatersaal strömten die Besucher bereits auf ihre Sitzplätze. Normalerweise hätten die Künstler jetzt in ihrer Garderobe sein müssen, um sich für ihren Auftritt vorzubereiten. Aber mein Entschluss stand fest. Ich ließ mich auf keine Kompromisse ein. Ich forderte die anderen auf, sich schnell zu entscheiden, sonst würde ich umgehend das Theater verlassen. Hektik

brach aus. Willi redete mit dem Intendanten. Dieser wiederum hielt Rücksprache mit Daniel, der anscheinend das Chaos initiiert hatte. Plötzlich war ich der Buh-Mann. Sie warfen mir vor, ich würde mich nur querstellen. In meinen Augen waren sie alle nur Wichtigtuer, Profilneurotiker, die Schlagzeilen in der Presse machen wollten, ohne Rücksicht auf uns einfache Proletarier, die bei kulturellen Fragen nicht erwünscht sind. Mir ging es darum, dass im Zentrum des heutigen Abends unser Arbeitertheater stand und nicht die »Scherben«, die sonst alle Aufmerksamkeit auf sich zögen. Rio war umringt von Presseleuten. Plötzlich machte er sich los, kam zu mir und erklärte, dass die Band auf ihren Auftritt verzichten würde. Seine Jungs wollten uns für diesen einmaligen Abend nicht die Show stehlen. Ihm täte die ganze Aufregung Leid und er freue sich schon auf unsere Darbietung.

Im Theater war kein einziger Platz mehr frei. In den Durchgängen saßen die Leute auf dem Boden. Wir hatten noch zehn Minuten bis zu unserem Auftritt. In der Garderobe liefen die Schauspieler unruhig auf und ab. Die Entscheidung, nicht nachzugeben, war richtig gewesen und bewies unser Selbstbewusstsein. Jetzt, wo die Sache vom Tisch war, schien die Geschichte immer absurder. Daniel und seine Jungs hatten uns einfach mit ihrem Vorhaben überrumpelt. Wie Marionetten hatten uns die Studis behandeln wollen.
Das Licht ging aus. Willi erschien auf der Bühne und erzählte zur Einführung von der langen Tradition des Arbeitertheaters und dem wieder erwachten Vorhaben des Proletariats, sich auf der Bühne darzustellen. Er war voll des Lobes, mit welcher Disziplin wir Lehrlinge es geschafft hätten, uns auf diesen Abend vorzubereiten. Er wäre sehr stolz und stark beeindruckt von dem, was wir heute in diesem Theater der Öffentlichkeit

präsentieren würden. Als Willi mit seiner Ansprache endete und die Bühne verließ, wurde er von tosendem Beifall begleitet. Unter den Besuchern im Publikum saß mindestens die Hälfte unserer Freunde, die im Vorfeld instruiert wurden, nicht nur müde zu klatschen, sondern mit stürmischem Beifall die Stimmung aufzuheizen. Obwohl bis jetzt noch nicht viel passiert war, tobte der Saal. Zwischenrufe, Trillerpfeifen, Gejohle. Ganze fünf Minuten dauerte dieses Getöse, bis es so aussah, als ob wir anfangen könnten.
Doch plötzlich flog ein Fußball mitten auf die Bühne. Von irgendwoher erklang eine hohe Stimme und jemand drängte sich auf die Rampe. Es war Daniel, unser rothaariger Freund und Redner. Da er allen im Saal bekannt war, wunderten sich die Theaterbesucher, was denn gerade er mit proletarischem Lehrlingstheater zu tun hätte. »Also, Daniel, was gibt es denn jetzt noch Wichtiges zu berichten?« Daniel nahm den Fußball hoch und wartete ab, bis sich die Menge wieder beruhigt hatte. Dann forderte er uns Lehrlinge in einer kurzen Rede auf, zurückzukehren zu unseren wahren Kulturwurzeln. Wir seien verblendet von den Bourgeoisien, diesen großbürgerlichen Hampelmännern, und den versnobten Theaterfuzzis, die einzig und allein nur daran interessiert seien, uns vorzuführen. Lauter und zustimmender Beifall. Jetzt musste ich schnell einschreiten.
In dem Moment, als ich auf die Bühne trat, war die Menge im Saal nicht mehr auf ihren Plätzen zu halten. Es war unmöglich, auch nur eine Silbe zu sprechen. Ich umarmte Daniel erst mal und grinste, geblendet vom Scheinwerferlicht, ins Publikum. Ich genoss diesen Lärm und spürte, wie ich immer selbstsicherer wurde. Dann legte ich meine Hand lässig auf Daniels Schulter. Das Grölen vermischte sich mit Juhu-Rufen. Ich löste mich von ihm und ging in die Mitte der Bühne zum Mikrofon. Es

wurde ruhiger. Ich fing leise an, ein Lied anzustimmen: »Du hörst mich singen, aber du kennst mich nicht, du weißt nicht, für wen ich singe, aber ich sing für dich.« Rio Reiser erkannte nach der ersten Silbe, die ich ins Mikrofon sang, seinen »Paradies«-Song. Er sprang auf und stieg in die Melodie mit ein. Andere sangen mit. »Wer wird die neue Welt bauen, wenn nicht du und ich. Und wenn du mich jetzt verstehen willst, dann verstehst du mich!« Die Hälfte des Saals war nun aufgestanden und grölte den Song, den jeder kannte, aus vollem Halse. Auch ich sang lauter, um die Menge weiter aufzuheizen. »Ich bin aufgewachsen und hab gesehen, woher wir kommen, wohin wir gehen, und der lange Weg, der vor uns liegt, führt Schritt für Schritt ins Paradies.« Jetzt standen sie alle bis auf den Letzten, hüpften in den Gängen und schrien den Refrain: »Ich bin aufgewacht und hab gesehen, woher wir kommen, wohin wir gehen, und der lange Weg, der vor uns liegt …« 800 Menschen standen auf ihren Stühlen und niemand hatte je eine Show wie diese schon erlebt. »… führt Schritt für Schritt ins Paradies …« Plötzlich setzte aus den Lautsprechern die Musik zu diesem Stück ein. Es herrschte eine unbeschreibliche Atmosphäre im Saal. Der Refrain wiederholte sich: »Ich bin aufgewacht und hab gesehen, woher wir kommen, wohin wir gehen, und der lange Weg, der vor uns liegt, führt Schritt für Schritt ins Paradies … Schritt für Schritt ins Paradies … Schritt für Schritt ins Paradies …« Ich sang nicht mehr weiter, stand ruhig vor dem Mikro, und die Menge wiederholte wieder und wieder den Song. In diesem Moment wurde mir bewusst, dass alles, was wir an diesem Tag taten, alles, wofür wir lebten, was wir fühlten, dachten und wie wir handelten, richtig war. Daniel kam zu mir, umarmte mich und ging unter tosendem Beifall auf seinen Platz zurück. Ich drehte mich um und verschwand hinter dem Vorhang.

Nach dieser spontanen Darbietung konnten wir nun richtig loslegen. Was für ein irres Gefühl! Der Vorhang öffnete sich und die Theaterbesucher begleiteten uns das ganze Stück über jubelnd weiter. Nichts hielt das Publikum mehr auf ihren Stühlen. Man applaudierte oder feuerte uns an. Wie erhofft, gab es immer wieder Kommentare und Zwischenrufe, auf die wir im Stück reagierten. Genau diese Reaktionen brauchten wir, um das Publikum mit einzubeziehen. An der Stelle, an der die Betriebsleitung den Wortführer des Streiks entlassen will, warfen wir Hunderte von Flugblättern in den Zuschauerraum und zogen mit unseren Transparenten von der Bühne herab über die seitlichen Treppenstufen in den Saal. Wir forderten die Wiedereinstellung und das Publikum solidarisierte sich lautstark.
Ob unsere Forderung letztlich erfüllt werden würde, war zum Schluss der Aufführung nur noch Nebensache. Das Stück war zu Ende und die Party in vollem Gange. Rio Reiser ging auf die Bühne und fing an zu singen. »Ich hab lang gewartet und nachgedacht, hatte viele Träume und jetzt bin ich wach. Wenn wir suchen, finden wir das neue Land. Uns trennt nichts vom Paradies außer unserer Angst und der lange Weg, der vor uns liegt, führt Schritt für Schritt ins Paradies.« Alle Beteiligten versammelten sich auf der Bühne und verbeugten sich mehrmals. Ich blickte in die Gesichter der Leute und erkannte unter den Zuschauern Fee. Ich winkte sie auf die Bühne und zog sie an mich. Fee legte mir ihren Zeigefinger auf die Lippen, stellte sich auf die Zehenspitzen und flüsterte mir liebevoll ins Ohr: »Bitte, bleib bei mir.« Gerührt schaute ich ihr in die Augen und drückte ihren Kopf an meine Brust. Sie schaute zu mir hoch und es folgte ein sehnsüchtiger, langer Kuss. Plötzlich waren wir umringt von Leuten, die alle etwas von mir wollten. Doch dafür war

jetzt keine Zeit. Es war mir auch egal. Ich wusste nur, dass ich über beide Ohren verliebt und unheimlich glücklich war und Fee nie mehr verlieren wollte.

18

Fee und ich gingen Hand in Hand aus dem TAT vorbei am Pressehaus der *Frankfurter Rundschau* in Richtung Hauptwache. Mal gingen wir etwas schneller, blieben dann stehen, knutschten wild, schauten uns lange an und rannten wieder los. Wir waren keine wirklichen Teenager mehr, die, auch wenn es so aussah, total verknallt ohne Rücksicht auf ihre Umgebung nur Augen für sich hatten. Wir fühlten uns bereits eine Stufe weiter. Unsere Gefühle füreinander waren noch intensiver und vertrauter. Wir konnten uns auch ohne große Worte, nur mit den Augen, Händen und intensiven Küssen verständigen.
Wir liefen über die Fressgasse zum Opernplatz und von dort aus zum Kettenhofweg ins besetzte Haus. Im zweiten Stock feierte Michael Jagger gerade ein kleines Geburtstagsfest. Fee begrüßte völlig überdreht alle Anwesenden der Party, und ich suchte in der Küche nach etwas Essbarem. Dann gesellten wir uns mit Pappteller und Bier zu den Partygästen und hörten angeregt der Diskussion über den Mythos des bewaffneten Kampfes zu. Einige von ihnen forderten wie immer lautstark, dass wir als die Unterdrückten mehr Widerstand leisten müssten. Vor allem der weltweite Imperialismus müsse gerade in den Städten mit mehr Entschlossenheit bekämpft werden.
Ich machte mir weniger Gedanken über die internationale Politik, spürte jedoch, wenn über den internationalen Widerstand gesprochen wurde, dies in mir ein großes Gefühl der Solidarität hervorrief. Wirklich interessante Menschen trafen sich hier, dachte ich. Studenten, ein paar Italiener und viele Kinder

aller Altersklassen bevölkerten das Haus. Musik ertönte aus einem der unzähligen Räume und in der Küche saßen um einen riesigen Tisch noch mal etwa 25 bis 30 Leute. Sie lachten, redeten und spielten zwischendurch mit den Kindern oder lasen ihnen Schauermärchen vor. Michael Jagger zupfte in sich versunken ein bisschen an seiner Gitarre herum. Ich war froh hier zu sein und in einem Zustand, der meinetwegen ein Leben lang so hätte anhalten können. Es war spannend und kreativ wie nie zuvor. Man war umringt von vielen freundlichen Leuten, mit denen man leben wollte und die eine Vorstellung von der Zukunft hatten. Zudem war ich verliebt.
Ein Typ kam auf mich zu, den ich auf den ersten Blick nicht sofort erkannte. Er umarmte mich, schüttelte mir mehrmals die Hand und bedankte sich bei mir. Es war einer der beiden Genossen, die wir auf der Demonstration aus den Klauen der Zivilen befreit hatten. Unbeabsichtigt zog ich damit schlagartig die ganze Aufmerksamkeit auf mich. Alle hatten von dieser Aktion gehört. Der Typ fing an, begeistert über mich zu erzählen. Was meine Rettungstat für eine große Sache gewesen wäre. Dass ich sofort losgespurtet wäre, als ich ihn und seinen Kumpel hätte schreien hören. Unglaublich. »Ja, ja schon gut«, versuchte ich ihn zu stoppen, da mir sein Auftritt etwas peinlich war. Wir hätten nur spontan gehandelt und nicht groß darüber nachgedacht. Man bräuchte eben Leute, auf die man sich in solchen Situationen verlassen könnte.

Um mich aus dieser mir unangenehmen Situation zu befreien, zog mich Fee am Arm in einen Nebenraum, in dem eine Art Zelt aufgebaut war. Überall flog Kinderspielzeug herum. Einige brennende Kerzen waren in dem Zimmer aufgestellt und verbreiteten eine romantische Stimmung. Wir krochen in das Zelt und Fee zog sich langsam aus. Sie tat es mit einer solchen

Hingabe, dass es mich unglaublich erregte. Ich genoss den Anblick ihres wunderschönen Körpers, soweit das bei dem diffusen Licht überhaupt möglich war. Unser Zufluchtsort war nicht aus dem Material, wie er üblicherweise für ein Zelt verwendet wird, sondern bestand aus zahlreichen Wolldecken, die zusammengeknotet und entsprechend angeordnet waren. Die Kinder hatten sich diese Höhle gebaut. Ein Platz wie in einem Himmelbett, warm und gemütlich. Das leichte Flackern der Kerzen schimmerte nur durch die Stellen, wo die Kinder keine dicken Decken mehr gefunden hatten und die lichten Ecken mit Bettlaken abgedichtet hatten. Diese Bettlaken, in den schrillsten Farben gebatikt, spendeten ein buntes Licht, das die schwarzen Haare von Fee purpurrot und lila schimmern ließ.
Sie hatte sonderbar glitschige Hände und strich mir von den Schultern abwärts über die Arme zu meinen Händen. Ich erinnerte mich an unsere erste gemeinsame Nacht, doch so wie heute war es nicht gewesen. Dieses Mal roch es auch ganz anders. Ein wenig nach den Rauchschwaden der Cassella-Farbwerke AG. Ich kannte diesen Geruch, weil mein damaliges Kinderbett mit dem Kopfteil direkt unter dem Fenster unserer nassauischen Heimstättenwohnung stand. Regelmäßig um halb vier Uhr morgens setzte die Fabrik übel riechenden Rauch aus ihren Schornsteinen frei, der an meinem Fenster vorbeizog.
Fee hatte ihre Hände in einen Topf mit weißer Fingerfarbe für Kinder gesteckt. Als ich an meinem Körper herunterblickte, schimmerte er leicht. Sie reichte mir ein Eimerchen mit zitronengelber Farbe. Angeregt von dem weichen, wohligen Gefühl auf meiner Haut, griff ich hinein. Vorsichtig rührte ich darin herum und strich mit beiden Händen über ihren Hals, dann über die sagenhaften kleinen Brustwarzen hinunter zu ihrem Bauchnabel. Nun war alles gelb an Fee. Ich tauchte meine Hände wieder in das Eimerchen, und auch sie griff in

ihre weiße Farbe. Die Kinder hatten wahrscheinlich diese Farben aus ihren Kindergärten – zur Freude ihrer Mütter – mit nach Hause geschleppt. Also konnten sie auch nicht gesundheitsgefährdend sein. Als wir beide Eimerchen geleert hatten, mischten wir die Farben, in dem wir unsere Körper aneinander rieben. Normalerweise trockneten Fingerfarben auf der Haut nach spätestens zehn Minuten. Doch durch die Hitze unserer Körper, die unser Sexspiel freisetzte, blieb die Farbe auf unserer Haut feucht. Wir sahen aus, als hätten wir uns mit Quittenmarmelade beschmiert. Aber das war uns egal. Daran dachten wir jetzt nicht mehr. Auch nicht daran, welchen Aufstand die antiautoritären Gören jeden Moment machen konnten, falls sie uns hier entdeckten.

Kurz vor Fees ultimativen Höhepunkt wurde die Tür mit einem lauten Rums geöffnet, der Lichtschalter klickte und ein ohrenbetäubendes Kreischen ertönte. Die Kids schossen wie wild gewordene Tiere in das Zelt und als sie uns, über und über mit Farbe beschmiert, aufeinander liegen sahen, zeigten sie mit ihren kleinen Fingern auf uns und johlten vor Lachen. Ohne dass wir schnell genug reagieren konnten, rissen sie sich nun selbst ihre Klamotten vom Leib, schleppten die restlichen Farbeimerchen an und führten uns vor, was man unter einer wirklichen Farbenschlacht zu verstehen hatte.

Ich liebte diese antiautoritären Gören, die in ihren Kindertagesstätten (Kitas) ihre Betreuerinnen drangsalierten. Sie waren Kinder unserer intellektuellen Elite und jede Kita ein Freiraum für den Abbau von Aggressionen und das Ausleben unterschiedlichster Temperamente. Der städtische Zuschussgeber beklagte immer wieder, dass es sich bei diesen Tagesstätten um Einrichtungen für schwer erziehbare Kinder handle. Diese Kinder waren wahre Anarchisten. Sie verweigerten alles und traten einem, wenn ihnen gerade danach war, mit al-

ler Wucht gegen das Schienbein, so dass man sich gedanklich schon in Gips und mit Krücken sah.
Zum Glück wurde ich nicht allzu oft Zielscheibe dieser Angriffe, weil die Kids von mir wussten, dass ein solcher Angriff sofort beantwortet wurde. Sie verstanden meine Sprache, auch wenn sie sich bei ihren erwachsenen »Untertanen« über mich beschwerten. Diese wiederum nahmen die Beschwerden dankbar zum Anlass, mit mir über moderne Kindererziehung zu diskutieren. Die Mütter und Väter hatten ihre Kinder quasi der Allgemeinheit, oder besser gesagt, der Kommune zum pädagogischen Experiment überstellt. Manchmal wurden auch die Kinder nach ihrer Einschätzung befragt. Sie spielten uns dann geschickt gegeneinander aus.
Fee und ich hatten völlig unbeabsichtigt eine Rechtfertigung für die Farbenkleckserei der Kinder geliefert. Einzig die liebevoll gestaltete Batikdecke von Hille, der Freundin von Michael Jagger, war zum Problem geworden. Die Decke war nicht wieder zu erkennen. Hille stand schluchzend vor dem Zelt und konnte nicht fassen, was die Gören aus ihrem Kunstwerk gemacht hatten. Die Kids standen, von oben bis unten voll geschmiert mit Farbe, schweigend wie kleine Unschuldslämmer neben der heulenden Hille. Ich verkroch mich tiefer in unsere Behausung in der Hoffnung, dass die verzweifelte Hille uns nicht entdecken würde. Irgendwann glätteten sich die Wogen wieder und Friede kehrte ein. Unsere Farbe blätterte langsam ab und wir schliefen mit vier Kindern im Arm selig ein.

19

Es war durchaus möglich, dass mein Gesicht noch leicht weiß gefleckt aussah, als Fee und ich am Montagmorgen bei Möbel im Büro der LAW saßen. Weshalb starrte Möbel mich sonst die

ganze Zeit so durchdringend an? Vielleicht hatte er aber auch in diesem Moment in Fee die Wahrsagerin erkannt und fühlte sich nun von mir so hintergangen, dass er vermutlich kein einziges Wort mehr mit mir reden würde. Aber eigentlich konnte er sie nicht erkannt haben. Sie hatte sich als Wahrsagerin eine blonde Perücke aufgesetzt und sich in große Tücher gehüllt. Wenn aber das der Grund für sein merkwürdiges Verhalten sein sollte, konnte ich seine Enttäuschung gut verstehen. Ich wollte gerade ein paar nette Worte zu ihm sagen, als er aufstand und mir seine Hand entgegenstreckte. Was war denn jetzt passiert? Verunsichert reichte ich ihm meine Hand. Er griff fest zu und schüttelte mit beiden Händen heftig meinen Arm. Er machte ein Gesicht, als ob er gleich anfangen würde zu heulen. Ich versuchte, ihn tröstend in den Arm zu nehmen. Er war wirklich ein feiner Kerl, der uns egal, was wir auch anstellten, zu verstehen versuchte. Sicherlich raubten wir ihm oftmals den letzten Nerv, aber man konnte sich auf ihn verlassen. Die letzten 29 Jahre hatte er gehorsam seinen Job bei der Stadt erledigt. Immerhin war er schon 61 Jahre alt und damit auch nicht mehr der Jüngste.
Möbel stand nun vor mir und nannte mich zum ersten Mal bei meinen Vor- und Nachnamen. Es klang bedeutungsschwer. Das Theaterstück sei einfach sensationell gewesen. Und wie ich die Rolle des Meisters so gekonnt gespielt und zuvor den Paradies-Song gesungen hätte. Einfach toll! Er hätte noch keinen Schauspieler erlebt, der mit so vielen Talenten ausgestattet sei wie ich. Er gab meine Hand frei und setzte einen Schritt zurück. Dann hielt er seine rechte Hand zu einer Faust geballt wie ein Mikrofon vor seinen Mund, wippte leicht in den Knien und fing an zu singen: »Ich bin aufgewacht und hab gesehen, woher wir kommen, wohin wir gehen und der lange Weg, der vor uns liegt, führt Schritt für Schritt ins Paradies. Schritt für Schritt.«

Was war denn jetzt in Möbel gefahren? Fee und ich applaudierten. Er beendete plötzlich seine kleine Einlage, schob seine Brille auf der Nase zurück und nahm wieder hinter seinem Schreibtisch Platz. Möbel schien wie ausgewechselt und ging dann, als wenn nichts gewesen wäre, zur eigentlichen Tagesordnung über. Er begrüßte Fee offiziell und schob ihr einige Formulare zu. Sie bedankte sich höflich und etwas irritiert, aber auch gleichzeitig beeindruckt von seinem Auftritt, schlug ihre Beine übereinander, beugte sich nach vorne und las sorgfältig die Unterlagen durch. Als sie ans Ende gekommen war, entschuldigte sie sich bei Möbel, dass sie ihren Lebenslauf und die Zeugnisse nicht mitgebracht hätte. Möbel winkte ab und stellte Fee zum Schluss noch ein paar Fragen, die sie kurz und prägnant beantwortete. Er zeigte sich zuversichtlich, dass der Antrag genehmigt würde. Nach dem Eindruck, den er sich jetzt von ihr gemacht hätte, sei sie ja auch resolut und stabil genug für diese Ausbildung, denn das müsste sie schließlich sein, bei dem Männerüberschuss in seiner Ausbildungsstätte. Er stand auf, reichte ihr die Hand und schwenkte zu mir, um sich auch von mir zu verabschieden. Ein fester Griff, ein kurzer Augenkontakt und ein leichtes Kopfnicken beendeten unser Gespräch.

Ohne anzuklopfen stolperte Schilus in Möbels Büro. Aus dem großen Saal in der LAW dröhnte eine Stimme über die Lautsprecheranlage durch die offene Tür bis zu uns hinauf. »Schilus, was ist passiert?« Jugendversammlung, ich sollte sofort kommen. Mit einem kurzen Blick verabschiedete ich mich von Möbel, der von dieser Nachricht kaum Notiz nahm. Doch ich entschied mich kurzerhand anders. Anstatt Schilus zu folgen, hielt ich plötzlich inne und schickte ihn mit Fee schon mal vor. Ich schloss die Tür hinter mir. Möbel wusste mehr als ich, das wurde mir blitzartig bewusst. Er kramte in seiner Unterlagenmappe, fummelte die Kopie eines Briefs hervor und legte ihn vor mich auf seinen Schreibtisch. Das Schreiben war an Freddy adressiert.

Freddy arbeitete mittlerweile als Lehrling im dritten Lehrjahr bei der Omnibus-Hauptwerkstatt der Stadt Frankfurt. Er hatte sich dort bereits für die Zeit nach Abschluss seiner Lehre als Autoschlosser beworben. Warum sonst sollte der Nachwuchs ausgebildet werden? Freddy war einer der besten Schrauber, die in der LAW ihre Ausbildung absolvierten.

Es war Montagmorgen und eigentlich sollte ich heute Vormittag in meinem neuen Außenbetrieb bei der Müllverbrennungsanlage antreten. Dort wartete der gesamte Fuhrpark auf mich und die anderen Lehrlinge, um die schweren Hinterachsen der Mercedes-Müllfahrzeuge zu überholen, die pünktlich Tag für Tag unseren Wohlstandsmüll beseitigten.

Aber nun das. In einem Brief, wie er unverschämter nicht hätte sein können, kündigte die Omnibus-Hauptwerkstatt, vertreten durch den Personalrat, Freddy mit der Begründung, dass er für eine Weiterbeschäftigung zu dick sei. Ich musste den Brief zweimal lesen, weil ich nicht glauben konnte, was dort geschrieben stand. Jetzt war mir klar, warum Möbel auf die Nachricht von Schilus so unbeteiligt reagiert hatte. Ich warf ihm das Schriftstück auf den Schreibtisch zurück und forderte ihn auf, mir eine glaubhafte Begründung für diese Kündigung zu geben. Er blickte mich verschämt von der Seite an, äußerte sein Bedauern und beteuerte, dass er nichts mit dieser Entscheidung zu tun habe. Es sei eine Anweisung des Personalrats. Es täte ihm wirklich sehr Leid, aber er könne nichts dagegen unternehmen.

Ich versuchte ihm klar zu machen, was dieses Schreiben zu bedeuten hätte und welche Folgen daraus nicht nur für ihn entständen. Denn die Begründung, Freddy zu entlassen, weil er

zu dick war, wäre für uns Lehrlinge natürlich nicht hinnehmbar. Falls es sich die Omnibus-Hauptwerkstatt nicht anders überlegen sollte, würden wir schon dafür sorgen, dass die »Zu dick«-Kampagne an die große Glocke gehängt wird. Die Presse würde die Stadt für diesen Skandal anprangern. Es ginge, und das sei das Schlimme, um Menschenrechte, die von einem städtischen Unternehmen aufs Tiefste missachtet wurden. So etwas hatte es noch nicht gegeben. Ich reagierte mit Kopfschütteln und mit fassungsloser Betroffenheit.
Die Zeit drängte, ich musste los und konnte mich nicht länger mit ihm befassen. Ich gab ihm eine Stunde, um doch noch zu reagieren, bevor wir unseren Protest in Gang setzen würden. Mit ernster Miene verließ ich sein Büro und ging in den großen Saal der LAW. Es hatten sich bereits etwa 30 Lehrlinge aus dem ersten Lehrjahr versammelt. Während Freddy noch in der Omnibus-Hauptwerkstatt war, startete Schilus im Jugendvertreterzimmer einen Rundruf in die einzelnen Betriebe, um alle Lehrlinge zu mobilisieren. Schilus informierte mich zwischen seinen Telefonaten über die weiteren geplanten Schritte. Was wir brauchten, waren die Namen der Verantwortlichen, die den Schwachsinn verzapft hatten. Und wir mussten genügend Mitstreiter für unseren Protest mobilisieren. Denn nur mit massivem Aufgebot konnten wir der Stadt Paroli bieten.
Für den frühen Nachmittag setzten wir eine außerordentliche Jugendversammlung an. Ich fuhr mit Fee ins JUKUZ. Dort würden wir auf mindestens 20 Leute treffen, die gerade am politischen Unterricht teilnahmen. Als wir ankamen, verbreiteten wir in Windeseile die Meldung. Viele nahmen die Nachricht nicht ernst und lachten über diesen angeblichen Unsinn, bis sie merkten, dass wir es ernst meinten. Es wurde nicht lange gefackelt. In den R 4 von Fee passten gerade mal sieben Personen. Der Rest musste mit öffentlichen Verkehrsmitteln

zur LAW fahren. Wir sprachen noch kurz mit unseren Lehrern und verabredeten für den Abend ein Treffen mit ihnen im JUKUZ, um die Lage zu analysieren.
Die Organisationsmaschinerie war im vollen Gange und um 13 Uhr hatten sich bereits etwa 70 Lehrlinge in der LAW versammelt. Als wir eintrafen, war Freddy auch schon von seiner Arbeit zurück. Der Ärmste hatte bereits in der Omnibus-Hauptwerkstatt seinen Spint räumen müssen. Er war sichtlich geschockt. Entlassen zu werden, weil man zu dick war, bedeutete, bei jedem neuen Vorstellungsgespräch den Grund für die Entlassung nennen zu müssen. Freddy versuchte sich jetzt einzureden, dass der Vorwurf ja vielleicht nicht ganz unbegründet sei. Ja, er hätte schon einige Kilo zu viel drauf, das wisse er. Fee kümmerte sich rührend um ihn und versuchte ihn zu trösten. Die beiden hatten einen guten Draht zueinander.
Ich machte mich auf und ging zu Möbels Büro zurück. Sein Zimmer war verschlossen. Das konnte Verschiedenes bedeuten. Entweder war er eiligst zum Personalrat geeilt, um doch noch zu intervenieren. Oder er stand in der Metzgerei »Gräfvölsings-Rindswurst« auf der Hanauer Landstraße und aß zwei Rindswürste mit extra viel Senf. Und die dritte Möglichkeit, die mir einfiel: Er war tatsächlich so feige, dass er sich kurzerhand den Rest des Tages freigenommen hatte, um uns heute nicht mehr begegnen zu müssen.
Die Reporterin traf zusammen mit Kurt in der LAW ein. Auf dem Weg zum Saal informierte ich die beiden kurz über den aktuellen Stand und drängelte mich zum Mikro vor. Ich hielt den an Freddy adressierten Brief hoch und las ihn laut vor. Rufe wie »Was für eine Schweinerei« oder »Solche fetten Säue …« schallten durch den Saal. Sofort wurde die Frage nach den Verantwortlichen gestellt. Die sollten sich mal öffentlich wiegen lassen, damit man feststellen könne, wie viele Kilos sie eigentlich

mit sich herumtrugen. Schilus trat mit seinen Notizen ans Mikro. Er nannte den Namen des Hauptverantwortlichen mit Telefonnummer, genauer Zimmernummer im Rathaus und beschrieb den kürzesten Weg dorthin. Seinen Recherchen nach wäre ein weiterer Haupttäter, den Schilus auch nannte, in der Omnibus-Hauptwerkstatt zu finden. Dann übernahm Freddy das Wort, bedankte sich für die spontane Anteilnahme und beschrieb emotionsgeladen seine Gefühle.

Dass die Entlassung Freddys aufgrund seines Gewichts sofort zurückgenommen werden musste, war für uns alle klar. Die Lehrlinge erörterten einige Vorschläge zur Durchsetzung unserer Forderung nach Wiedereinstellung. Wir sollten die Kampagne »Fett« oder »Wie dick bist du?« nennen und mit einer Waage unterm Arm sofort zur Omnibus-Hauptwerkstatt ziehen. Dort sollten alle Dicken aufgefordert werden, sich wiegen zu lassen. Dass wir in der Lage waren, solche Protestzüge auch tatsächlich in die Tat umzusetzen, hatten wir bereits vor einigen Wochen mit unserem Sturm auf das Rathaus bewiesen. Diese Aktion wollten wir auf jeden Fall wiederholen, denn dort saßen die wahren Drahtzieher.
Plötzlich flog ein mittelgroßer Bilderrahmen an mir vorbei durch das offene Fenster und landete klirrend im Hof. Das Bild war eines der 15 Porträts, die im Saal der LAW hingen und alle alten und jetzigen Meister bzw. Chefs zeigten. Das jetzt im Hof liegende Porträt zeigte Möbel, wie er im grauen Kittel lässig an einer Drehbank lehnt. Er hatte es eigentlich nicht verdient, dass sein Bild zerstört wurde. Es flogen noch weitere Bilderrahmen, gerahmte Urkunden und historische Dokumente durch das offene Fenster und schlugen krachend unten im Hof auf. Mit dieser Aktion machten wir uns Luft. Wir steigerten das Ganze noch, indem wir dieses überflüssige Zeug, was wir

gerade aus dem Fenster geschmissen hatten, auch noch anzündeten. Ruckzuck brannte unten im Hof ein großes Feuer. Keiner versuchte den Brand zu löschen. Warum auch? Keiner mochte dieses verstaubte Zeug und außerdem hatten wir beschlossen zu streiken, und zwar so lange, bis die Kündigung zurückgenommen werden würde. Es flogen immer neue Gegenstände durch das Fenster, um das Feuer am Lodern zu halten. Die künstlerisch Begabten unter uns malten eiligst einige Protestplakate. »Wie fett bist du?«, war darauf zu lesen. Da es für eine Aktion bereits zu spät war, wurde unsere Demonstration auf den morgigen Tag verschoben. Um 10 Uhr sollte eine Pressekonferenz genau an dem Ort stattfinden, an dem Freddy entlassen worden war, nämlich in der Omnibus-Hauptwerkstatt. Die Einladung dazu wurde von Fee und der Reporterin geschrieben und gleich als Eilmeldung telefonisch an den Rundschau-Verteiler weitergegeben. Flugblätter und Info-Material sollten noch heute im JUKUZ besprochen werden. Genau so liebten wir das! Ständig in Aktion, jederzeit in der Lage, Widerstand zu leisten, und immer unter Strom.

Das Feuer im Hof wurde nicht gelöscht. Möbel war tatsächlich bei »Gräfvölsings-Rindswurst« gewesen und hatte zwei Würste gegessen. An diesem Mittag las gerade Uwe Schmidt, ein Philosoph aus Frankfurt, in der Metzgerei aus seinem neuen Buch und Möbel lauschte versunken, während er an seiner Wurst kaute, den lyrischen Ergüssen. Neben Möbel standen Bauarbeiter und Rentner, die immer um diese Zeit zu Mittag aßen. Dazu mischten sich in Stoßzeiten noch Intellektuelle und Künstler, denn die Hanauer Landstraße mit ihren Schrottverwertungsplätzen und großen Industrielofts war ein wahres Künstler-Eldorado.
Im JUKUZ hatten sich inzwischen unzählige Menschen

versammelt. Übervolles Plenum. Es herrschte große Aufregung wegen der »Fettentlassung«. Flugblätter für die Pressekonferenz wurden geschrieben. Immer wieder hörte man, wie die Leute ihre Fassungslosigkeit äußerten. Es war nicht zu glauben, was sich die Stadt da heute erlaubt hatte. Auch Stunden später herrschte eine bedrückte Stimmung, weit entfernt von der üblichen Ausgelassenheit und Fröhlichkeit. Selbst Freddy, der immer wieder seine Entlassungsgeschichte erzählen musste, trank nur noch Limo. Ihm war für heute der Appetit vergangen. Wie man einen Menschen mit so einem Brief in seiner Ehre verletzen konnte, war für uns empörend. Allen, denen er seine Geschichte erzählt hatte, waren gleichermaßen traurig und wütend. Sie standen mit ihm an der Theke und suchten nach Worten des Trostes.

20

Von Anfang an verkehrte im JUKUZ ein Typ, den wir alle Püton nannten, so wie seine Schlange, die er immer bei sich in der Tasche oder um den Hals trug. Püton war geistig etwas behindert. Trotzdem hatte er immer etwas Skurriles zu berichten und wir lachten gerne über seine Geschichten. Doch an diesem Abend hatte es selbst Püton die Sprache verschlagen. Er beschäftigte sich gedankenverloren mit seiner Ringelnatter, ließ sie so lange an der Theke entlanggleiten, bis Schilus ausflippte und es Püton verbot, weil es ihn anekelte. Beleidigt packte er die Schlange in seine Jackentasche zurück und verkroch sich eine Ecke. Zu Hause hatte Püton eine Vielzahl solcher Tiere und manchmal trug er junge Ratten mit sich herum, die er zur Fütterung für seine Reptilien brauchte.
Eines von Pütons Talenten war es, dass er hervorragend E-Gitarre spielte. Zusammen mit Kurt am Schlagzeug, Schilus als

Sänger und Wolfgang S. an der Bass-Gitarre hatte er die Band »Gang of Four« gegründet. Obwohl sie sich regelmäßig zu Proben im Keller unseres JUKUZ trafen, hatten sie bisher noch keinen öffentlichen Auftritt gehabt.
Fee mochte Püton. Oft saßen sie stundenlang in einer Ecke, spielten mit seinen Tieren und erzählten sich romantische Geschichten. Unser JUKUZ war ein Treffpunkt für alle, auch für Püton. Wo würde er sonst mit seinen 19 Jahren landen? Er war ein seltsamer Typ und keiner außerhalb unserer Gemeinschaft wollte etwas mit ihm zu tun haben. Das JUKUZ war für Püton sein Zuhause. Jeden Tag kam er als Erster, nahm an dem politischen Unterricht der LAWler teil und hörte interessiert zu. Er war eigentlich ein intelligentes Köpfchen, zeigte es nur keinem und wollte so, wie er sich gab, akzeptiert werden. In unserer Gesellschaft fühlte er sich sichtlich wohl und wir zeigten ihm unsere Akzeptanz.

Am nächsten Tag versammelten sich, wie angekündigt, Punkt 10 Uhr etwa 70 Lehrlinge in der Omnibus-Hauptwerkstatt zur Pressekonferenz. Unsere Reporterin und drei Journalisten von anerkannten Tageszeitungen waren erschienen. Wir legten richtig los. Zuerst ging Freddy ans Mikrofon, las seine Kündigung vor und wetterte gegen den Grund seiner Entlassung. Als Nächstes trat ein Verantwortlicher aus der Verwaltung der Omnibus-Hauptwerkstatt an das Mikrofon. Nichts, aber auch gar nichts hätte sich der Personalrat vorzuwerfen. Alles sei korrekt verlaufen. Freddy hatte einen Vertrag mit der Stadt unterschrieben, in dem er sich verpflichtete, innerhalb eines Jahres 17 Kilo abzunehmen. Komisch, dass wir alle eine solche Vereinbarung erniedrigend fanden, nur die Verwaltung der Stadt nicht. Für die war es anscheinend normal, dass man solche unwürdigen Abmachungen traf.

Kurt war als nächster Redner an der Reihe. Wir hatten ihn bewusst ausgewählt, weil er ungemein dramatische Reden schwingen konnte. Er begrüßte alle Anwesenden unter 115 Kilo, die anderen über 115 Kilo brauchte er nicht zu begrüßen, da es diese bei der Stadt ja nicht gab. Er hob sein Hemd hoch und betrachtete seinen Bauch, der sich mächtig über seinen Hosenbund wölbte. Kurt brachte auch gute 90 Kilo auf die Waage. Er drückte seinen Bauch mit aller Kraft heraus, so dass er dicker erschien. 20 Kilo mehr und er könnte sich nicht mehr bücken, das Fett würde über seinen Gürtel quellen. Nach einer kleinen Schraube zu greifen, die auf dem Boden liegt, wäre sicherlich schwerer, als einen Schraubenschlüssel aufzuheben. Die Schraube konnte einem wieder aus den Händen gleiten und man müsste sich auf jeden Fall länger bücken als bei einem schweren Schraubenschlüssel. Kurts Theorie leuchtete ein. Das könnte der Grund gewesen sein, um Freddy zu entlassen. Kurts Erklärung war zwar eine zirkusreife Darbietung, aber es konnten nur wenige der Zuhörer wirklich lachen.
Im Anschluss an die Reden gab Freddy den Reportern Interviews, und ließ seinen dicken Bauch fotografieren. Dann klappte die Presse ihre Fotoapparate zusammen und wir machten uns auf in Richtung Römer, um die Hauptverantwortlichen zur Rede zu stellen.

Um 11 Uhr 30 standen wir bei unserem Freund, dem Pförtner. Wir forderten ihn auf, er solle uns ganz offen sagen, ob man die Bullen schon informiert hätte. Ich merkte, dass er ein bisschen Angst hatte. Doch was sollten wir dem armen Mann schon antun? »Nein, nein, bestimmt nicht«, stammelte er. Er sei nur angewiesen worden, uns davon zu unterrichten, dass der Kaisersaal geschlossen und der Bürgermeister Arndt zu einer Trinkkur in Bad Kreuznach sei.

Eine Trinkkur in Bad Kreuznach? Ja, das wäre ja interessant. Fasten wäre sicherlich gut, um den Körper zu reinigen und sich von unnötigem Ballast zu befreien. Ob unser Freund der Pförtner wüsste, wie schwer denn der Herr Oberbürgermeister sei? »Na ja, der hat schon einige Kilo zu viel«, antwortete der Pförtner, »und wenn er vom Fasten zurück ist, dauert es keine Woche und die verlorenen Pfunde sind ganz schnell wieder drauf.« Er schätzte das Gewicht vom Bürgermeister Arndt auf ungefähr 117 bis 120 Kilo. Er müsste sich schon stark täuschen, wenn er mit dieser Einschätzung nicht richtig liegen würde.

Ich bedankte mich beim Pförtner und wir zogen zum zweiten Mal an der großen Treppe vorbei in Richtung Verwaltungsbüros. Schilus kannte den Weg. Natürlich ließen wir es uns nicht nehmen, im Kaisersaal nachzuschauen, ob es wieder was zu essen gab. Doch tatsächlich hing ein großes Schild an der Tür: »Heute keine Führung – geschlossen«. Wir sangen unser LAW-Lied: »Eins, zwei, drei und vier, so viel Scheiben werfen wir. Lustig, lustig tralalalala, heut ist die LAW mit dem Hammer wieder da. Und so hauen wir nach altem Brauch dem Flach (so hieß der Hauptverantwortliche) mit dem Hammer auf den Bauch.«

Wir waren in dem gesuchten Gang angekommen und schauten frech in all die guten Amtsstuben hinein. Und wer kam da plötzlich aus einem Seitengang auf uns zu? Unser lieber Herr Flach zusammen mit einer Delegation von zwei Frauen und einem Mann. Herr Flach war dünn. Er wog ungefähr 65 Kilo bei einer Größe von vielleicht 165 cm. Nervös zog er an seiner Pfeife. »Herr Flach, was soll der Unsinn?«, fragte ihn unsere Reporterin provozierend. Herr Flach hatte alle Unterlagen dabei und nach erster Durchsicht könne er nur sagen, dass alles seine Richtigkeit hätte. Aber, und damit signalisierte er Unsi-

cherheit, er fände auch, dass dieser Vertragsinhalt eher ungewöhnlich sei. Sein Vorgesetzter, Herr Jäckel, wolle den Vertrag noch mal genau prüfen und dann um 14 Uhr Stellung dazu nehmen. Wir könnten ja so lange in der Kantine ein warmes Essen zu uns nehmen, natürlich auf Kosten des Hauses.
Das war ein verstecktes Eingeständnis und ein Zeichen, dass wir uns wieder einmal durchsetzen würden. Freddy hatte auf einmal kräftigen Appetit auf ein Schnitzel mit Salzkartoffeln und Salat. Also marschierten wir zu unserem alten Freund dem kleinen Koch aus der Kantine.
Dieser empfing uns tatsächlich sehr freundlich und versuchte uns einen Tisch in einem separaten Raum anzubieten. Doch Pustekuchen. Hier in der Kantine, direkt vorne in der Mitte an den Tisch von den Sekretärinnen, da wollten wir uns hinsetzen. Schließlich waren wir ja Kollegen.
Ob sie's schon gehört hätten, dass alle Dicken über 99 Kilo bei der Stadt entlassen werden. Die Frauen lachten laut auf. Im gleichen Moment setzte sich eine große Dicke mit ungefähr 120 Kilo nichtsahnend, worum es gerade bei unserer Unterhaltung ging, an den Tisch. Lächelnd und dem Anschein nach mit ihrem Leben zufrieden, nahm Magda, so stellte sie sich gleich vor, neben mir Platz. Ich begrüßte sie und starrte dabei auf ihren Teller, der bis zum Rand beladen war. Ich erkundigte mich, ob sie denn für die Portion auf ihrem Teller doppelt bezahlt hätte. Magda genoss ein spezielles »Sonderportionsrecht« bei dem kleinen Koch. Während sie aß, lächelte sie oder nickte mir kauend immer wieder zu. Sie aß gesittet und schob kleine Portionen in ihren Mund, kaute dafür ein bisschen schneller und konnte so öfters mit ihrer Gabel in das Schweinekotelett stechen. Ob es auch sie interessieren würde, warum wir heute mit so vielen Lehrlingen hier im Römer seien? Es wäre ja doch ungewöhnlich, dass wir Schlosserlehrlinge bei

den Verwaltern in der Kantine säßen. Magda nickte mit dem Kopf und signalisierte mir, die Hand vor den Mund haltend, dass sie etwas sagen wollte, aber erst fertig kauen musste. Ich lächelte sie an und wartete geduldig, bis sie mit dem Kauen fertig war. »Eine komplette Schweinerei ist das alles«, dabei schlug sie mit ihrer dicken Faust auf den Tisch. Wer sei denn der zu Dicke? Den wollte sie unbedingt kennen lernen. Sie schaufelte ein weiteres Häufchen Kartoffelpüree auf ihre Gabel und vermischte den Brei mit etwas brauner dicker Soße. Ich nickte ihr zu und ging an den Tisch, an dem Freddy saß.
Es war bereits kurz vor 14 Uhr. Zeit aufzubrechen. Die Verwaltungsfuzzis, Herr Flach und Herr Jäckel, würden wahrscheinlich schon auf uns warten. Magda winkte ich noch mal zu und zeigte ihr das Peacezeichen mit den gespreizten Fingern. Die geballte Faust wollte ich zum Abschied jetzt nicht heben. Auf unserem Weg zu den Büros sangen wir wieder unser Liedchen. Es schallte in den Gängen und war bestimmt auch durch die verschlossenen Türen der Büros zu hören.

Herr Flach und Herr Jäckel erkannten ziemlich rasch, welchen fatalen Fehler sie mit ihrer Kündigung gemacht hatten. Herr Jäckel, der Verwaltungschef im Römer, versuchte aber trotzdem den Vorfall mit dem Satz »Verwalter seien auch nur Menschen« oder »ein Angestellter, der immer nur hinter seinem Schreibtisch sitzt, ist sich manchmal der Folgen seines legitimen Handelns in der Praxis nicht bewusst« herunterzuspielen. Herr Jäckel bat uns um Nachsicht. Selbstverständlich sei Freddy ein viel gelobter Automechaniker, der umgehend seine Arbeit in der Omnibus-Hauptwerkstatt mit einem neuen Anstellungsvertrag wieder aufnehmen könnte. Wir hatten unser Ziel erreicht und fühlten uns mächtig.

21

Der bevorstehenden Wehrpflicht versuchten wir mit plötzlich auftretenden Krankheiten zu entgehen. Manche wurden aber auch einfach nur schwul. Oder Schilus erklärte ganz offen, dass er Drogenprobleme hätte. Unsere ganze WG in der Bergerstraße diskutierte fieberhaft über das Für und Wider verschiedener Untauglichkeitssymptome.

Ich wurde, nach Rücksprache mit meinem persönlichen Genossenarzt, der mich bei meiner Verweigerung unterstützen wollte, schwer krank. Er gab mir eine kleine Ampulle mit menschlichem Eiweiß. Dann ging ich zu meinem Hausarzt und klagte über Schlappheit, Lustlosigkeit und dicke Beine. Mein Genossenarzt hatte mir erklärt, wie das Krankheitsbild eines Jugendlichen von etwa 18 Jahren aussehen würde, der Eiweiß im Urin hatte. Die Diagnose sollte auf schweren Nierenbeckenschaden lauten und damit hundertprozentige Untauglichkeit. So rechnete ich mir das aus.

Der Hausarzt forderte mich auf, ein Reagenzgläschen Urin für das Labor abzuliefern. Da ja bekanntlich auf der Toilette einer Arztpraxis nicht gerade Publikumsverkehr herrscht, füllte ich in aller Ruhe, zusätzlich zu meinem Urin, einige Tropfen des mitgebrachten Eiweißes in das Reagenzgläschen. Dann schüttelte ich die Mischung kräftig und übergab sie der Sprechstundenhilfe. Der Urin-Teststreifen, den die Arzthelferin daraufhin in die Flüssigkeit hielt, verfärbte sich bedrohlich rot. Der Hausarzt sah sofort, dass etwas nicht in Ordnung war. Er schrieb mir eine Überweisung für den Urologen, den ich möglichst noch in dieser Woche in dessen Spezialpraxis aufsuchen sollte.

Als ich ein paar Tage später im Zimmer des Urologen in Heddernheim saß, erkundigte er sich zuerst nach meinem generellen Gesundheitszustand und bat mich dann um eine erneute

Urinprobe, die ich ihm – erneut nach einem Toilettengang – gut gemischt übergab. Er beschloss, nachdem sich das Urinstäbchen auch rot gefärbt hatte, mich am nächsten Tag an den Nieren zu röntgen. Ich sollte morgen früh wiederkommen, damit er noch einmal den Morgenurin testen könnte.

Mit Röntgen hatte ich überhaupt nicht gerechnet. Ich musste meinen Genossenarzt fragen, wie ich mich verhalten sollte. Er erklärte, dass Röntgen kein Problem für mich darstelle. Der Kollege könne auf den Röntgenbildern nichts erkennen und den Morgenurin sollte ich von der Eiweißmenge her etwas erhöhen. Gesagt, getan.
Am nächsten Tag hielt der Urologe die Röntgenbilder gegen die Fensterscheibe und erklärte mir, während er mit dem Bleistift an Teilen meiner Röntgenbildniere herumfuchtelte, was mit mir los sei. Ganz deutlich ließe sich oberhalb meiner Nieren ein Schatten erkennen, der typisch für eine verschleppte Nierenbeckenentzündung sei. Es wäre nicht besonders schlimm, ich solle in zwei Wochen wiederkommen und sicherlich seien dann meine Werte wieder in Ordnung.
Eine verschleppte Nierenbeckenentzündung? Das konnte nicht stimmen. Wie um alles in der Welt konnte dieser Doktor eine solche Behauptung aufstellen? Erneut suchte ich meinen Genossenarzt auf. Vielleicht war ich ja wirklich nierenkrank? Schließlich hatte dieser Spezialist den Schatten auf dem Röntgenbild genau gesehen und für mich überzeugend beschrieben.

Mein Genossenarzt beschloss, seinen Urologen-Kollegen jetzt richtig zu schocken. Es half nur noch ein radikaler Einschnitt in mein Gesundheitsbild. Auch dazu wären, seiner Meinung nach, nur einige kleine Handgriffe nötig, mit denen

ich aber die Diagnose des Urologen ins Wanken bringen würde.
Eine Woche später holte ich zu diesem vernichtenden Schlag aus. Ich rief in Heddernheim den Urologen an und berichtete ihm von Schmerzen in der Nierengegend und dicken Beinen. Dieses Mal sei alles noch schlimmer als bisher. Gleich am nächsten Tag sollte ich den ersten Morgenurin bei ihm vorbeibringen und dann würde er weiter entscheiden, was zu tun sei. Kein Problem. Am Abend hatte ich genug Zeit, meinen »Sonder-Urin-Mix« herzustellen. Das Reagenzgläschen füllte ich halb voll und gab drei Tropfen des Eiweißes hinzu. Dann stach ich mir mit einer kleinen Nadel in den Zeigefinger, quetschte unter großer Aufopferung zwei Tropfen Blut heraus und rührte dieses mit dem Urin um. Jetzt gab ich noch ein paar letzte Tropfen Urin dazu, die ich absichtlich noch zurückgehalten hatte, und verrührte den endgültigen Mix.
Ich hatte mich absichtlich zwei Tage lang nicht richtig an den Genitalien gewaschen und spülte den ganzen Dreck, der sich unter meiner Vorhaut angesammelt hatte, mit dem letzten Spritzer Urin in das Gläschen. Mein Genossenarzt hatte mir erklärt, dass sich bereits nach ein paar Tagen einige Bakterien und Pilze an dieser Stelle ansammeln würden. Fast schon ein bisschen stolz, brachte ich am nächsten Morgen den »Abend-Mix-Urin« in die Praxis nach Heddernheim.
Kerngesund ging ich dann zu meiner Arbeit in die Müllverbrennungsanlage, wo ich mit der Überprüfung der Bremsen an den Müllfahrzeugen beschäftigt war. Ich hämmerte gedankenverloren auf einer kaputten Hinterachsenbremse herum, als plötzlich, wie aus heiterem Himmel, aus den Lautsprechern mein Name erschallte mit dem Hinweis, dass ich mich umgehend im Meisterbüro melden sollte. Der Urologe war am Hö-

rer und klang sehr besorgt. Er wolle mir sofort einen Krankenwagen schicken, denn nur im Krankenhaus könnte mir jetzt noch geholfen werden. Um Gottes willen, auf keinen Fall das Krankenhaus. Mein Genossenarzt hatte mich immer wieder gewarnt, dass ich es nicht so weit kommen lassen dürfte. Noch am Telefon versuchte ich den Urologen zu besänftigen, dass es mir ganz gut ginge und ich gerade keine Zeit hätte, da eine offene Hinterachse auf mich wartete. Das beruhigte ihn, doch ich solle noch heute in seiner Praxis vorbeikommen, um eine erneute Urinprobe abzugeben. Damit erklärte ich mich sofort einverstanden.
Der Urin, den ich ihm einige Stunden später abgab, war ohne Blut und Vorhautspülung angereichert, aber ein bisschen Eiweiß fügte ich wegen der Glaubwürdigkeit dann doch noch hinzu. Der Arzt war beruhigt nach der erneuten Untersuchung, verstand jedoch nicht, warum am Morgen der Urin noch so anders ausgefallen war.
Eine Woche später hatte ich den letzten Termin in Heddernheim und das entscheidende Papier, das der Bundeswehr belegte, dass ich unheilbar nierenkrank war, hielt ich beim Verlassen der Praxis stolz und erleichtert in den Händen.

22

Einige Zeit später versuchte die Stadt, uns das JUKUZ wegen angeblicher Eigennutzung zu kündigen. Die städtische Verwaltung gab vor, das Haus seiner eigentlichen Bestimmung zurückführen zu wollen, nämlich die Räume für den Unterricht von Schulklassen zu nutzen. Dagegen setzten wir uns zur Wehr. Wir schrieben Flugblätter, machten dieses städtische Vorhaben in Fechenheim unter der Bevölkerung publik und forderten von der zuständigen Verwaltung eine schriftliche Stellungnahme.

Die Laune ließen wir uns durch solche Ankündigungen aber nicht verderben und unternahmen weiterhin Ausflüge mit unseren Mopeds und VW-Bussen. Wir reisten nie nur zu dritt oder viert, sondern immer im Pulk mit durchschnittlich 15 Personen.

Eines unserer nächsten Reiseziele, kurz bevor wir alle unsere Ausbildungen abschlossen, führte nach Italien, wo uns am Brenner das Radlager unseres Fiat Europa verreckte. Das hieß eine längere Rast als geplant einlegen und für die Automechaniker, den Schaden zu beheben. Da wir nicht einschätzen konnten, wie lange wir noch feststecken würden, bauten wir in aller Ruhe unser Campinglager auf dem Parkplatz auf, mit immerhin vier Mopeds, einem VW-Bus, dem Fiat Europa und 15 Personen. Die deutschen Zöllner beobachteten diese Reparaturarbeit mit Argwohn. Vier der Beamten bewegten sich mit zwei Hunden an der Leine auf uns zu. Freddy, unser Autofreak, schraubte an dem kaputten Radlager herum. Wir lehnten uns lässig an den Fiat Europa und warteten ab. Wo denn genau unser Problem läge, wollten die Herren von uns wissen. Da Antworten noch nie unsere Stärke war, fragten wir salopp zurück, ob denn die Hunde an ihren Leinen ausgebildete Haschhunde seien. Prompt kam die Gegenfrage der Beamten. Ob wir denn Hasch verstecken würden? Wolfgang S. lachte laut und antwortete mit »ja, einige Kilo«. Daraufhin winkten die vier Polizisten zwei weitere Kollegen zu sich, die unsere Ausweise einkassierten und mitnahmen. Dann machten sich die vier Polizisten in aller Ruhe daran, unser gesamtes Hab und Gut zu zerlegen. Sie konnten jedoch nichts unter unseren Reiseutensilien finden und reagierten zunehmend gereizter. Wir ließen uns nicht provozieren und warteten ab, bis die Polizisten uns endlich weiter fahren ließen.

Während dieses Urlaubs streikte mein Moped auf halber

Strecke und auch das Geld ging uns bald aus. Unsere Tour war leider nach wenigen Tagen wieder beendet.

Einen Monat später bestand ich die Gesellenprüfung zum Autoschlosser und wurde von der Müllverbrennung übernommen, um auch künftig den Fuhrpark dieser Einrichtung instand zuhalten. Nahezu alle fanden nach Abschluss ihrer Lehren einen festen Arbeitsplatz. Wer aber diesen weiteren Schritt in den gelernten Beruf nicht vollzog, war Püton. Er zog sich noch mehr von uns zurück und beschäftigte sich nur noch mit seinen Tieren. Eines Abends schoss er sich mit einem Gewehr eine Kugel in den Kopf und starb kurz darauf. Fee war tief betroffen und machte sich große Vorwürfe, nicht früher auf Pütons Suizidgefährdung aufmerksam geworden zu sein. Warum er sich das Leben genommen hatte, konnte sich keiner erklären. Vielleicht glaubte Püton, dass er am Ende ganz alleine dastehen würde, wenn seine Freunde nach und nach aus dem JUKUZ verschwinden würden.

Die Reporterin und Fee beschlossen, mit einigen Frauen zusammenzuziehen. Fee machte, wie angekündigt, ihre Autoschlosserlehre und wir waren immer noch befreundet. Doch nach dem Tod von Püton hatte sie sich sichtlich verändert. Sie war ruhiger und nachdenklicher geworden und bezweifelte, dass wir unser kleines Paradies erreichen würden, in dem wir alle friedlich miteinander leben würden.
Wir konzentrierten uns jetzt mehr auf die aktuellen Geschehnisse in Frankfurt. Die Stadt war mittlerweile zum politischen Protestzentrum in der Bundesrepublik geworden. Hier wurden die meisten Häuser besetzt und die meisten politischen Versammlungen abgehalten. Wir lernten die großen internationalen politischen Zusammenhänge kennen und unser neuer Weg

führte uns mitten hinein ins pulsierende Herz des Widerstands, nämlich nach Bockenheim.

Kurt, Jürgen und ich bildeten nach wie vor eine verschworene Gemeinschaft. Wir bewarben uns um eine Wohnung im besetzten Haus Bockenheimer Landstraße. Eine wunderschöne Sieben-Zimmer Altbauwohnung im dritten Stockwerk mit Stuck an den Decken und zwei großen Badezimmern. Jeder bekam sein eigenes Zimmer. Mit uns zusammen in der neuen Wohnung lebte noch Pit, ein netter Jurastudent. Er hatte eine dreijährige Tochter namens Mascha, die einen Stock tiefer, bei ihrer Mutter Elvira lebte, die sehr attraktiv war, aber eine Riesenklappe hatte. Warum Pit nicht bei ihr wohnte, konnte nur daran liegen, dass die Mutter seines Kindes mit noch zwei anderen Männern ein sexuelles Verhältnis hatte. Pit litt still vor sich hin und ackerte noch mehr für sein Studium.
In den fünf Stockwerken unseres Hauses in der Bockenheimer Landstraße wohnten durchschnittlich etwa 45 Leute. Schön ausgebaut war unser Keller, in dem jeden Samstagabend eine Party stattfand. So brauchten wir sonntagmorgens vom Keller aus nur die wenigen Stockwerke hinauflaufen, um ins Bett zu fallen.

Ich trottete immer noch jeden Morgen zu meiner Arbeit in die Müllverbrennungsanlage. Der Weg dorthin fiel mir immer schwerer und ich dachte über Alternativen nach. Einige Langzeit-Studis hatten in Bockenheim eine kleine Autowerkstatt eingerichtet. Dort wurden vor allem die Autos unserer Genossen wieder fahrtüchtig gemacht. In dieser Werkstatt zu arbeiten erschien mir wie ein Traum.
Kurt fiel zweimal durch die Elektriker-Facharbeiter-Prüfung

und stand jetzt vor seiner dritten und letzten Chance. Jürgen hatte erfolgreich die Feinmechaniker-Fachausbildung abgeschlossen und arbeitete bei einem großen Schlüsseldienst. Er öffnete Hausfrauen zugefallene Türen und trug immer Tresorschlüsselrohlinge bei sich. Das Ende meiner Tätigkeit bei der städtischen Müllverbrennungsanlage kam dann schneller als erwartet.

Einige Jugendliche aus der autonomen Szene in Bockenheim hatten sich zusammengeschlossen und planten die Besetzung eines leerstehenden Hauses in der Varrentrappstraße, unmittelbar neben der Messe in Frankfurt. Dort wollten sie ein Jugendzentrum errichten, ähnlich unserem JUKUZ in Fechenheim. Bislang fehlte nur noch eine erfolgversprechende Strategie und der günstigste Zeitpunkt für die geplante Besetzung. Als erfahrene Hausbesetzer wurden wir in die Planung mit einbezogen. So unauffällig wie möglich riefen wir alle unsere Freunde zum Mitmachen auf. Die Bullen sollten keinen Wind davon bekommen. Nur den wirklich Verschwiegensten gaben wir den Termin für die geplante Besetzung bekannt.

Um die 50 Personen konnten wir am frühen Abend vor dem Haus in der Varrentrappstraße versammeln. Dazu kamen noch etwa 120 Leute von anderen Gruppen und einige Studenten. Während vor dem Gebäude eine Frau mit rauer Stimme eine flammende Rede hielt, drang eine kleine Gruppe in das Innere ein, um es zu sichern. Wenig später stürmte der Rest unter lautem Getöse das Haus. Die Presse war telefonisch informiert worden, ohne jedoch den genauen Standort zu nennen. Eine Stunde nach der Stürmung erklärten wir das Haus für besetzt. Wir hängten die mitgebrachten Transparente aus den Fenstern und verriegelten die ersten Türen. Im Haus wurde es immer voller. Es tauchten einige Streifenwagen auf, die sich je-

doch schnell wieder entfernten, weil es von unseren Fenstern sofort Steine hagelte.
Fee sah ich nur kurz. Sie telefonierte mit den Autoschlosserbetrieben und mobilisierte die letzten Leute für die Besetzung. Außerdem ließ sich Fee von der Polizeiwerkstatt, dem Außenbetrieb, in dem sie zurzeit arbeitete, einen kurzen Lagebericht geben. Dort wurden die Bullen für ihren Einsatz zusammengezogen. Etwa 50 Polizisten hatten sich zu einer Lagebesprechung versammelt. Einige Wasserwerfer und weitere Einheiten wurden in Kürze aus Wiesbaden erwartet. Dies wurde uns in der Varrentrappstraße gemeldet. Die Presse hatte uns inzwischen aufgespürt und belagerte das Haus.
Erste kleinere Polizeieinheiten versuchten die Straße zu sperren, um Gesinnungsgenossen den Zugang zu versperren. Die Straßensperre wurde kurzerhand von etwa 60 eiligst herbeigeeilten Mitstreitern wieder entfernt. Die Beamten zogen sich nach einem kurzen Handgemenge wieder zurück. Erste Nachrichten über unsere Hausbesetzung waren im Radio zu hören. Zivile Opel Rekords, die wir aus der Polizeiwerkstatt kannten, patrouillierten in regelmäßigen Abständen am Haus vorbei. Die Radiomeldungen klangen düster und heizten die Stimmung im mittlerweile voll besetzten Haus weiter auf. Ein paar Radikale unter uns gingen vor die Tür und griffen die Fahrzeuge der Zivilen an. Wir waren wild entschlossen, das Haus mit allen Mitteln zu verteidigen. Auf der schräg gegenüberliegenden Baustelle wurden Holzlatten gesammelt, um die Fenster im Parterre zu vernageln.
Gegen 22 Uhr kam die Meldung von Fees Spionen aus der Polizeiwerkstatt, dass sich gerade drei Hundertschaften von Polizisten auf den Weg zu uns machten. Wir hatten noch etwa eine Viertelstunde Zeit, um uns auf deren Eintreffen vorzube-

reiten. Einige kräftige Jungs versperrten die Zufahrtsstraßen zur Varrentrappstraße mit parkenden Autos. Sie riegelten die Straße so ab, dass kein Polizeiauto oder Wasserwerfer zu uns gelangen konnte.
Wir hatten uns regelrecht eingekesselt. Neu zu uns stoßende Sympathisanten bildeten einen Schutzwall vor dem Haus. Aus den oberen Fenstern hämmerte unser Paradiessong von den »Ton Steine Scherben«. Bei dem Anblick der Hundertschaften, die sich hinter den querstehenden Autos in Bereitschaft stellten, stieg unser Adrenalinspiegel spürbar an. Die Blaulichter von ungefähr 30 bis 40 Polizeiautos waren so grell, dass man sie bis zur Universität sehen konnte.
Die Lautsprecheransagen der Polizei wurden mit einem Steinehagel beantwortet. Erste Flutlichter der Polizei erleuchteten den Ort des Geschehens. Ein Wasserwerfer wurde in Stellung gebracht und spritzte los. Starke Polizeikräfte hievten die querstehenden Fahrzeuge aus dem Weg.
Die Anwohner hingen aufgeregt ihre Köpfe aus den Fenstern. Für einige war es schlimm mit anzusehen, wie ein Teil ihres Ersparten demoliert wurde. Sie konnten einem Leid tun.
Die Polizei setzte Tränengas ein. Die Bullen in der vorderen Front näherten sich mit Gasmasken, Schutzschildern in der einen und Gummiknüppeln in der anderen Hand. Sie schlugen auf alles ein, was sich ihnen in den Weg stellte. Von der gegenüberliegenden Baustelle wurde alles auf die Straße gezerrt, was den Wasserwerfer aufhalten konnte. Jürgen riss an der Betonmaschine herum und schaffte es schließlich, sie auf die Straße zu ziehen. Jetzt stürmten die Bullen auf uns zu.
Da das Haus fast überall vernagelt war und wir aus diesem verdammten Kessel raus wollten, stürmten wir in den Garten hinter dem Haus. Wegen des Tränengases sahen wir alles nur noch verschwommen. Ich versuchte, über den Zaun zu

klettern, doch drei Zivile, die auf der gegenüberliegenden Seite warteten, nahmen mich in Empfang. Ich konnte nur noch schreien: »Vorsicht, Zivile, alles abhauen!« Das war's dann auch. Ein Schlag traf mein Gesicht, Handschellen wurden mir angelegt und man schleifte mich in den Mannschaftswagen. Dort saßen bereits Kurt, Wolfgang S., Schilus und zwei weitere Genossen.
Immer mehr Mannschaftsbusse fuhren vor. Sie traten die zugenagelten Türen und Fenster auf und schossen mit Tränengas um sich. Überall brach Panik aus. Viele stürzten, fast blind vom Tränengas, aus dem voll besetzten Haus.
Unser Alarmsystem funktionierte noch, denn auf dem Campus der Universität sammelten sich noch einmal 200 Leute, die sofort Richtung Varrentrappstraße zogen, um von außen anzugreifen. Die Polizei stopfte immer mehr Gefangene in die Mannschaftsbusse und rauschte mit den Festgenommenen in ihr Hauptquartier. Bockenheim war zum Kriegsschauplatz geworden. Die Bullen mussten sich verteilen, um Straßensperren abzubauen und den Linienverkehr zu sichern. Sie sperrten uns in den Hörsaal des Polizeihauptquartiers und nahmen uns unsere Ausweise ab.
Vielleicht 200 geschundene Leute fanden sich jetzt in dem Hörsaal der Polizei wieder. Warum aber Trübsal blasen? Die neu Ankommenden wurden mit großem Jubel empfangen. Manche brauchten dringend einen Arzt. Wir zogen unsere Schuhe aus und hämmerten gegen die Wand.
Fee erblickte ich ziemlich spät. Ich war froh, dass ihr nichts zugestoßen war. Sie beschrieb mir, mit welcher Brutalität die Bullen das Haus geräumt hatten. Wir waren müde und wollten nach Hause. 350 Leute waren verhaftet und hier festgesetzt worden. Da die wenigsten von uns Ausweise mit sich führten, zog sich die erkennungsdienstliche Prozedur ewig

hin. Von vielen wurden Fingerabdrücke genommen. Danach wurden wir in einzelne noch freie Zellen rund um Frankfurt verteilt.
Ich war auf dem Offenbacher Revier gelandet. Erst am frühen Morgen ließen sie mich wieder frei. Unsere Anwälte hatten wegen der Verhaftungen alle Hände voll zu tun. Wir waren uns alle einig, dass die Bullen erneut die Menschenrechte aufs Übelste verletzt hatten.

23

Nach meiner Freilassung am frühen Morgen erschien ich pünktlich um 7 Uhr an meinem Arbeitsplatz. Schwereren Arbeiten ging ich erst mal aus dem Weg. Dafür heuerte ich zwei Lehrlinge aus unserer Werkstatt an, die ohne zu murren auf mich hörten. Mein Auftreten als Geselle hatte Vorbildcharakter. Unser Meister war ein schlauer Fuchs, der ganz genau wusste, wann sich jemand vor der Arbeit drücken wollte.
An diesem Morgen ließen wir den Tag sehr langsam angehen und warteten auf unseren Meister und seine täglichen Motivationsgeschichten. Als er eintraf, ahnten wir bereits, dass heute etwas Besonderes passieren würde. Er lehnte sich an einen der sauberen Schraubstöcke und verschränkte wie immer seine Arme vor der Brust. Wir standen locker um ihn herum. Einige Arbeiter, die schon lange in der Werkstatt beschäftigt waren, hatten die Erlaubnis des Meisters, schon am frühen Morgen eine Flasche Bier zu trinken. Schon sein erster Satz verkündete Unheil.
Unser Meister wohnte in Bockenheim und hing regelmäßig nach Feierabend mit einer Zigarette an seinem Wohnzimmerfenster. Plötzlich fiel es mir wie Schuppen von den Augen. Unser Meister wohnte in der Varrentrappstraße. Als sich unsere

Augen trafen, errötete ich. Er sprach ganz ruhig: »Könnt ihr euch vorstellen, wie das ist, wenn ihr aus dem Fenster schaut und einen Krieg miterlebt?«

Der Meister hatte seine verschränkten Arme gelöst und fuchtelte wild in der Gegend herum. Die Spannung stieg. Er schilderte Details und beschrieb ausführlich das Anrücken der Hundertschaften von Polizisten. Dann wurde er aber etwas sentimental. Er musste mit ansehen, wie sein BMW, wie von Geisterhand gelenkt, plötzlich quer auf der Straße stand. Das eingesetzte Tränengas hatte ihn gezwungen, sein Fenster zu schließen. Er hatte sich beim Erzählen so in die Geschichte hineingesteigert, dass er sogar den Reizhusten nachahmte.

Meiner Einschätzung nach musste er direkt neben der Baustelle in dem grauen Mietshaus wohnen, mit direktem Blick auf das besetzte Haus. Plötzlich hielt er inne, um seine Schilderungen wirken zu lassen. Wann würde der Moment kommen, wo er mich vor allen Zuhörern bloßstellen würde? Ich machte mir auch eine Flasche Bier auf. Es war mir mittlerweile egal, wie seine Geschichte enden würde. »Als der Rauch auf der Straße verzogen war«, so fuhr unser Meister fort, »sah ich das ganze Ausmaß der Verwüstung. Man glaubte, auf einen Schrottplatz zu blicken. Oder auf ein modernes Kunstwerk, bei dem der Künstler für seine Konstruktion braunen Zementstaub, Hohlblocksteine und verbeulte Autos verwendet.« Ich trank ganz ruhig mein Bier und wollte jetzt doch wissen, was sein BMW für Schäden davongetragen hatte. In dem Moment, als er mir antworten wollte, ertönte die Lautsprecheranlage. Wie schon einmal wurde wieder mein Name ausgerufen. Ich solle zum Meisterbüro kommen. Auf meinen fragenden Blick zuckte der Meister ahnungslos mit den Schultern. Vielleicht ging es um meine Ausmusterung. Aber eigentlich war diese Geschichte

ausgestanden. Oder war etwas mit meinen Eltern? Ich ging hoch.
Das Meisterbüro lag am Ende der Halle im ersten Stock und konnte nur über eine Eisentreppe erreicht werden. Von diesem Büro aus hatte der Meister freie Sicht in die Reparaturhalle und konnte jeden genau beobachten. Und umgekehrt wurde jeder gesehen, der, wie ich jetzt, die Treppe zum Büro hochstieg. Meine schweren Arbeitsschuhe mit der Metallkappe vorne an den Zehen klackten auf jeder Stufe. Vom mittleren Absatz aus blickte ich hinauf, konnte aber noch niemanden entdecken. Erst als mich nur noch wenige Stufen bis zum Büro trennten, entdeckte ich zwei Herren, die mir unbekannt waren. Ich betrat den Raum, schloss die Tür hinter mir, und die beiden Fremden fragten mich nach meinem Namen. Ich antwortete höflich und wollte wissen, was sie von mir wollten. Sie zückten fast gleichzeitig ihre Ausweise und hielten sie mir unter die Nase. Sie erklärten, ich sei verhaftet und müsse mit aufs Revier kommen. Sie packten mich unter den Armen und forderten mich noch freundlich, aber sehr bestimmt auf, sie zu begleiten. Ich riss mich los und überlegte, ob ich abhauen sollte. Aber was hatten sie mir vorzuwerfen?
Die Handschellen rasteten schneller um meine beiden Handgelenke, als ich denken konnte. Schwere Körperverletzung, Widerstand gegen die Staatsgewalt, widerrechtliche Besetzung von städtischem Eigentum lautete ihr Vorwurf. Das besetzte Haus war städtisches Eigentum? Das hieß, dass alle städtischen Angestellten, die an der Besetzung beteiligt waren, damit rechnen mussten, verhaftet zu werden. Ich war sprachlos. Warum hatten sie mich nicht in der Nacht gleich auf dem Revier behalten? Einer der Beamten zerrte mich an den Handschellen aus dem Büro. Ich stoppte kurz, und mindestens 50 Arbeiter sahen, was sich da oben abspielte. Ich

konnte nichts sagen, schaute auf den Boden und sah, wie die Treppe vor meinen Augen verschwamm. Mein Meister kam uns entgegen. Ich hielt nochmals auf der Treppe an, die zu eng für zwei Personen war. Einer der Beamten forderte meinen Meister auf, aus dem Weg zu gehen. Doch ich stand schon neben ihm. Wir wechselten einen kurzen Blick und meine allerletzte Frage an ihn galt seinem BMW. Was er denn genau für Schäden abbekommen hätte? Er bezeichnete den Zustand seines Fahrzeugs als Totalschaden. Wir quetschten uns aneinander vorbei und er wünschte mir viel Glück. Das meinte er ernst. Einige Arbeiter standen wortlos unten an der Treppe. Ich lief an ihnen vorbei, ohne wirklich zu wissen, was ich verbrochen hatte.
Ich sehnte mich nach Fee. Wo war sie? War sie ebenfalls erneut festgenommen worden? Keiner dieser blöden, arroganten Polizisten war sich darüber im Klaren, wie erniedrigend es für mich war, in Handschellen durch die Werkstatt geführt zu werden. Für sie hatte ich den gleichen Stellenwert wie ein verkiffter Hascher, der randaliert und die Gesetze übertritt. Ich versuchte, mich zu beruhigen, indem ich daran dachte, dass jeder von den beiden mit ihren Steuergeldern meine künftige Therapie bei einem Psychologen mitbezahlen müsste. Und dafür würde ich sorgen. Auf eine solche Therapie würde ich nicht verzichten.

Der Staatsapparat musste auch damit rechnen, dass sein brutales Vorgehen mit erneuten Demonstrationen quittiert werden würde. Sie provozierten damit regelrecht den Gegenschlag. Sie vernichteten uns und wir schlugen zurück. Alle großen Banken in der Stadt wurden zu Zielscheiben unserer Angriffe. Außerdem demonstrierten wir vor der amerikanischen Botschaft gegen die Diktatoren im Iran, den Putsch in

Chile, für die Freilassung aller politischen Gefangenen in der ganzen Welt und unserer RAF-Genossen. Unsere harmlose Lehrlingsbewegung ebbte jetzt ab.

Meinen Job hatte ich verloren. Fee wurde der Lehrvertrag gekündigt, Kurt bestand auch seine dritte Prüfung zum Gesellen nicht. Die Reporterin entschloss sich, mit einem Italiener, in den sie sich verliebt hatte, ein Gardinengeschäft in Triest zu eröffnen. Schilus zog aus der Bergerstraße aus. Er verabschiedete sich mit »War 'ne klasse Zeit«. Ich konnte damals nicht verstehen, warum wir uns immer mehr aus den Augen verloren. Freddy verliebte sich in eine Frau, mit der er weit außerhalb auf dem Land einen alternativen Landwirtschaftsbetrieb aufbauen wollte. Das Haus in der Varrentrappstraße wurde unter Aufsicht von zwei Sozialarbeitern als Jugendzentrum genutzt. Der öffentliche Druck und das nicht zu rechtfertigende Vorgehen der Bullen zwangen die Stadtverwalter teilweise in die Knie.

Fee fiel zu Hause die Decke auf den Kopf. Sie rannte ruhelos umher und wurde immer launischer. Ab und zu kam sie zu uns in die Wohnung, wollte mit mir ins Bett, und auf dem Weg dorthin überlegte sie es sich dann doch wieder anders. Sie war einfach durch den Wind. So hatte ich Fee nur kurz vor der Abtreibung erlebt. Drei Tage, nachdem wir uns das letzte Mal gesehen hatte, lag in meinem Briefkasten die Erklärung:
»Hallo mein großer, blonder Arbeiter,
die Zeit ist weggeflogen mit uns, sehr schnell. Sie war sehr aufregend und ungeheuer lebendig. Der Rausschmiss bei der Stadt war für mich ein Signal, mein Leben neu zu ordnen. Ich liebe deine romantischen Träume, in die du uns beide hineingestürzt hast. Ich liebte dich, wie du damals wie ein geprügel-

ter Hund aus meinem Auto ausgestiegen bist, als ich meine Abtreibung hatte. Behalte die Fäden in der Hand. Du brauchst nicht immer mit deiner Riesenklappe ganz vorne zu stehen. Ich glaube, dass du irgendwann einmal etwas ganz Großes tun wirst, etwas, das gut ist und das viele Leute anerkennen werden. Es wird vielleicht eine ganze Zeit dauern, bis wir uns wieder sehen und du deinen Weg gefunden hast. Du hast mir viel gegeben, hast mich mitgerissen in deiner Begeisterung. Ich glaube an dich.
Unsere erste Nacht verbrachten wir bei Rainer im Inder-Zimmer. Rainer ist nach Oregon gegangen, um sich der Bagwhan Sekte anzuschließen. Ich möchte mich da auch mal eine Zeit hinbegeben, um Abstand zu gewinnen. Mir ist das hier alles zu oberflächlich geworden. Wenn du diesen Brief liest, bin ich schon in Oregon, Fee.«

Was für eine radikale Lösung. Wie weit war mir diese Frau in ihrer Entwicklung voraus? Fee machte immer genau das, wonach ihr gerade war. Fee dachte nicht im Traum daran, dass sie mit ihrer spontanen Art auch Menschen verletzen konnte. Zusätzlich zu diesem Chaos kamen noch meine Eltern hinzu. Wie sollte ich ihnen alles erklären? Warum ich in eine alternative Autowerkstatt ohne Sozialversicherung und gesicherte Rente wechselte. Mit meinem WG-Leben hatten sie sich mittlerweile abgefunden, hofften aber insgeheim, dass sich diese Lebensart auch mit der Zeit gäbe. Aber ihnen jetzt noch zu erklären, dass ich mich an einer Hausbesetzung beteiligt hatte, wäre sicherlich zu viel für die beiden gewesen.
Ich fühlte mich in diesem Moment allein und von Fee im Stich gelassen.

24

Kurt arbeitete drei Wochen lang am Fließband bei Opel in Rüsselsheim. Zusammen mit den Genossen wurde agitiert und frühmorgens Flugblätter verteilt, wobei sie ihn erwischten. Es war eine Maloche, in der alle Arbeiter unter einem wahnsinnigen Druck zu arbeiten hatten. Wahrscheinlich erhöhten sie still und leise die Bandgeschwindigkeit. Ein bisschen wie im Theaterstück.

Kurt eröffnete im Frankfurter Stadtteil Westend eine Kneipe und kam oft spätnachts genervt nach Hause. Wir schraubten in meiner neuen Arbeitsstelle mit meinen neuen Kollegen Hans, Georg und einem Franzosen namens Franz, der eigentlich Spezialist für Mopeds war, an den R4, den VW Käfern und anderen Autos herum. Alles so genannte Kultfahrzeuge, die von Leuten gefahren wurden, die sich dem Kapitalistentum heftig widersetzten und zumeist in besetzten Häusern lebten. Sie hatten kaum Geld für Originalersatzteile und konnten sich die normalen Werkstätten, die überhöhte Preisc verlangten, nicht leisten. Wir reparierten die kaputten Kühler, nahmen die Getriebe auseinander und schafften es jedes Mal, für wenig Geld die Kiste wieder zum Fahren zu bringen.

Ich mochte die großen Tische in den Wohnküchen der WGs nicht missen, an denen wir immer ausgiebig aßen und diskutierten. Meist fand sich dort eine multikulturelle Gesellschaft ein. Ich lernte die Zusammenhänge von Spekulantentum und Gangstersyndikaten kennen, die sich mit Hilfe der Großbanken an Spekulationsobjekten im Frankfurter Westend beteiligten. Dazu passte der Bebauungsplan für Hochhäuser, den die Banken im Westend großzügig unterstützten. Auch viele der besetzten Häuser waren von diesem Plan betroffen.

Während Mascha, die kleine Tochter von Pit, auf meinem Schoß saß, lauschte ich den interessanten Ausführungen seiner Bekannten Brigitte. Sie war Studentin und wusste über politische Zusammenhänge sehr gut Bescheid. Diese Unterhaltungen und der Austausch von Informationen untereinander machten das Flair in einem besetzten Haus aus. Dazu kamen wöchentliche Treffen, bei denen man sich gegenseitig über den aktuellen Stand rund ums Haus informierte. Wir nahmen sie aber auch zum Anlass, um uns mit der aktuellen politischen Lage in der Stadt zu beschäftigen. Bei dieser Gelegenheit wurden darüber hinaus Demonstrationen angekündigt und Partytermine bekannt gegeben.
Maschas Mutter, Elvira, fand es bequem, dass sich ihre Tochter immer öfter bei uns in der Wohnung im dritten Stock aufhielt, weil sie tagsüber in einer der Kitas arbeitete und abends nicht mehr von ihrem nörgelnden Kind genervt werden wollte. Sie musste ja auch noch ihre Vielzahl an Liebhabern koordinieren. Pit und Elvira waren zwar offiziell getrennt, doch sein Herz schlug noch immer für sie. Manchmal diskutierte ich mit ihm nächtelang über freie Liebe, Wertvorstellungen und Themen, die uns gerade beschäftigten.

Kurt, Jürgen und ich übernahmen immer öfters den Thekendienst in unserem Partyraum im Keller und regelten die Musik. Wir legten rockige Schallplatten auf und brachten die Gäste richtig in Stimmung.
Am folgenden Partysamstag fiel mir eine Frau auf der Tanzfläche auf, die ich vorher noch nie gesehen hatte. Sie hatte endlos lange braune Haare, eine tolle Figur, und alle Typen gierten nach ihr. Ihre Klamotten sahen nicht gerade wie die einer durchschnittlich bemittelten Studentin aus. Sie hatte ihre Lippen mit rotem Lippenstift bemalt. Ein bisschen zu viel des Gu-

ten, aber es sah aufreizend aus. Als sie sich zu mir an die Theke gesellte und nach einem Bier verlangte, reichte sie mir ihre Hand und stellte sich als Gudrun vor. Völlig erstaunt schob ich ihr die Bierflasche über die Theke. Es war mir bisher noch nie passiert, dass eine Frau mich zuerst ansprach. Meine Augen fixierten ihren roten Kussmund, so dass ich nicht mehr ihre Bitte nach einem Glas wahrnahm. Sie drehte sich weg und ging zu Kurt, der von irgendwoher noch ein Glas für sie herbeizauberte. Ihr tiefer Dankeschön-Blick versenkte sich in Kurts Augen. Jetzt musste ich einschreiten. Fasziniert von Gudrun, näherte ich mich ihr beim Tanzen. Wir berührten uns, was nicht schwer war, weil die Tanzfläche dicht gefüllt war. Nach ein paar Songs nickte sie mir in Richtung Theke zu. Sie nahm meine Hand und zog mich hinter ihr her an die Bar. Ob es in diesem Laden auch etwas »Hartes« gäbe, wollte Gudrun von Kurt wissen.
Kurt war zurzeit nicht gut auf mich zu sprechen, denn ich hatte eine Woche vorher mit seiner Freundin geschlafen, ihm dann davon erzählt und jetzt war die Atmosphäre zwischen uns mehr als angespannt. Trotzdem waren wir die besten Freunde. Kurt verneinte die Frage von Gudrun. Er schaute mich an, beugte sich über die Theke zu Gudrun und flüsterte ihr kurz ins Ohr, so dass ich nichts verstehen konnte. Unsere Blicke trafen sich. Kurt grinste, und ich signalisierte ihm, dass ich sofort mit seiner Freundin in einer Ecke knutschen würde, falls er Hand an Gudrun legen würde. Kurt verstand meine Drohung, nahm seine rechte Hand, legte sie an meinen Kopf und zog mich an ihn heran. Dann streckte er mir seine Zunge entgegen und küsste mich ab, so dass Gudrun vor Entzückung zu lachen anfing. Plante Kurt einen flotten Dreier, oder wie sollte ich sein Verhalten verstehen? Nein, Kurt hatte Gudrun zugeflüstert, dass oben in unserer Wohnung eine Flasche Me-

taxa, ein griechischer Weinbrand, stand, die ich mit ihr leeren könnte.
Ein richtiger Freund! Warum auch nicht? Das mit den Frauen hatten wir im Griff. Nichts stand zwischen uns, außer, dass ich irgendwann auch einmal an der Reihe war. Wir hatten in den schwierigsten Situationen zueinander gestanden und konnten uns immer aufeinander verlassen. Das Gleiche galt für Jürgen. Wir waren drei Freunde, die mit dem Einzug in das besetzte Haus bzw. unsere gemeinsame Wohnung noch mehr zusammengewachsen waren. Gudrun nahm mich wieder an die Hand und zerrte mich durch die Menge auf die Tanzfläche. Ich war der stolzeste Mann, hatte die schönste Frau abbekommen und fieberte nach der Flasche Metaxa in unserer Wohnung.

Oben angekommen, setzten wir uns zu Pit und Elvira in die Küche, die heftig miteinander diskutierten. Ich beschloss, dass es besser sei, direkt in mein Zimmer zu gehen, und schenkte uns dort kräftig ein. Gudrun begann mir ausführlich eine skurrile Geschichte zu erzählen. Ich machte es mir neben ihr gemütlich, legte zwischendurch die Hand auf ihr Knie und streichelte ihre Schultern. Sie redete wie ein Wasserfall. Ich goss ihr von dem Weinbrand nach, in der Hoffnung, dass der Alkohol ihren Redefluss stoppen würde.
Ihr Körper hatte Modelmaße. Es stimmte einfach alles an ihr. Sie saß aufrecht auf meiner Bettkante, zündete sich hektisch eine Zigarette an und faselte etwas von Spitzensportlerin und Olympia 1972, das ein Trauma für sie gewesen wäre. »Was denn für ein Trauma?«
Diese Frage hätte ich vermutlich nicht stellen sollen. Gudrun war mittlerweile bestimmt viel zu warm geworden. Sie kickte ihre Stöckelschuhe weg, um sich im Schneidersitz neben mich zu setzen. Sie hätte mit dem Spitzensport aufgehört und den

ganzen Presserummel um ihre Person einfach satt gehabt. Auf den wilden Sportlerpartys wäre sie permanent nur angebaggert worden.
Draußen ging bereits die Sonne auf. Ich hatte zwischendurch schon an schlafen gedacht und zog mich jetzt langsam aus. Ich bot ihr an, sie könnte gerne hier bleiben. Es wäre für sie sicher viel einfacher, wenn sie sich neben mich legen würde. Sie überlegte kurz. Ich musste ihr versprechen, nicht an ihr herumzufummeln. Dazu wäre sie jetzt nicht in der Stimmung. Sie wollte sich etwas entspannen und dazu könnte ich sie ja an den Schultern massieren.
Gute Idee, aber dafür müsste Gudrun ihren Rollkragenpulli ausziehen. Schritt für Schritt kam ich meinem Ziel doch noch näher. Tatsächlich zog sie ihn wie selbstverständlich aus, legte sich, nur noch mit BH und Rock bekleidet, auf den Bauch. Ganz behutsam knetete ich ihre verspannten Schulterpartien. Kein Gramm Fett an ihrem Körper, soweit ich das beurteilen konnte. Jetzt arbeitete ich mich langsam von den Schultern über die Wirbelsäule in Richtung Po.
Trotz ihrer geschlossenen Augen schlief sie nicht, das konnte ich an ihrer Atmung hören. Ich griff fester zu, musste dafür aber über sie steigen und mich auf ihren Hintern setzen. Sie protestierte nicht. Dann drehte sie sich langsam um, schlug ihre Hände um meinen Hals und zog mich zu sich runter. Die knallroten Lippen fanden meinen Mund. Endlich war es passiert. Wir küssten uns leidenschaftlich und ich spürte ihre festen Brüste. Ich zog ihr den Büstenhalter aus und streichelte ihren Busen. Dann glitt ich mit einer Hand über ihren rechten Oberschenkel in Richtung goldenes Dreieck. Als ich mein Ziel erreicht hatte, sprang sie aufgeschreckt hoch und wollte sofort gehen. Sie schnappte nach ihrem Pullover und fing beinahe an zu weinen.

Um Himmels willen! Was hatte ich ihr nur getan? Ich hätte ihr versprochen, dass nichts zwischen uns geschehen würde. Aber sie musste mich doch auch ein wenig verstehen. Ein Körper wie aus dem Märchen »1000 und einer Nacht« … Welcher Mann würde da nicht schwach werden? Aber vielleicht hatte sie eine schlimme Geschlechtskrankheit? Das wiederum würde alles erklären. Aber danach konnte ich Gudrun unmöglich fragen. Ich hielt sie mit beiden Händen fest und versprach ihr, noch immer stark erregt, dass ich sie in Ruhe lassen würde und wir über alles reden könnten.
Warum auch immer, es war mir ein Bedürfnis, Gudrun herumzukriegen. So kurz vorm Ziel, und dann mitten in meiner sexuellen Erregung ein Abbruch, der nicht heftiger hätte sein können. Gudrun wollte sich nicht über mich lustig machen. Sie hatte, so erfuhr ich später, während ihres Sportlerlebens eine schlimme sexuelle Erfahrung gemacht. Wir hatten Kontakt zu einer Menge kluger Köpfe, die sich die Geschichte von Gudrun bestimmt anhören würden, das Thema analysieren und ihr vielleicht helfen könnten. Ich schlug Gudrun vor, gemeinsam, nur zu zweit, ein Wochenende aufs Land zu fahren, um auszuspannen. Wir könnten lange Spaziergänge unternehmen und in einer kleinen Pension übernachten.
Gudrun war inzwischen neben mir eingeschlafen, ohne dass ich es gemerkt hatte.

Tatsächlich fuhren Gudrun und ich ein Wochenende später alleine mit einem Peugeot, den ich mir aus unserer Werkstatt geliehen hatte, nach Bayern. Wir übernachteten auf einem Bauernhof, auf dem es 34 Kühe, einige Schweine, zwei Traktoren und eine Heuwendemaschine gab. Neben der Hofhaltung vermieteten die Bauersleute auch einfache Zimmer. Morgens gab es frische Milch und ein opulentes Frühstück, das für den Rest

des Tages reichte. Ich hatte mir eingebildet, dass die frische Luft und unsere langen Spaziergänge Gudrun helfen würden, abends müde ins Doppelbett zu fallen. Aber immer, wenn ich von etwas träumte, trat dieser Traum mit Sicherheit nicht ein. Es kam viel schlimmer als erwartet. Gudrun bekam Nervenzusammenbrüche, Schreianfälle und war gleichzeitig total niedergeschlagen. Am nächsten Morgen fuhren wir, ohne ein Wort zu wechseln, nach Frankfurt zurück. Ich hatte die Schnauze von diesem Psychotrip gestrichen voll.
Mit Höchstgeschwindigkeit trieb ich den Wagen nach Hause und missachtete jede Geschwindigkeitsbegrenzung. Gudrun sollte die Zeit, die wir noch zusammen waren, neben mir leiden, mit den Händen am Halteriemen oberhalb des Türrahmens hängen und angstvoll um ihr Leben fürchten. Das war meine heimliche Rache für ihr lächerliches Verhalten.

25

Ich war froh, wieder bei meinen Freunden in unserer Kommune zu sein. Der kleinen Mascha erzählte ich zum Einschlafen von den Kühen und Schweinen auf dem Bauernhof. Elvira, ihre Mutter, war dankbar, Zeit für sich zu haben, da sie wieder schwanger war und viel Ruhe brauchte.

Brigitte, unsere liebenswürdige Studentin, besuchte uns regelmäßig in der WG. Sie fuhr einen schönen alten Volvo, der unbedingt mehr Betreuung brauchte. Ein bisschen den Rost entfernen und ein paar neue Bleche aufschweißen, kein großer Akt.
Brigitte war meine Rettung für diese und die folgenden Nächte. Sie hatte zwar zwei andere Liebhaber, aber daran konnte ich mich gewöhnen. Ich kannte die Typen. Es waren akzeptable

Kerle. Brigitte buk immer die besten Haschkekse und versteckte sie in ihrer Blechschatulle. Wir naschten hin und wieder von dem wunderbaren Gebäck und ließen uns von dem Rausch in die endlosen Weiten des Nichts entführen. Wir experimentierten mit allen möglichen bewusstseinserweiternden Drogen. Das gehörte dazu, das wollten wir so.
Als wir gerade im Nirgendwo angekommen waren, klingelte bei Brigitte das Telefon. »Liebe Brigitte«, meldete sich ihre Mutter, »wir sitzen hier zu fünft im Wohnzimmer, deine zwei Tanten und ihre Freundinnen, trinken Kaffee und essen deine selbst gebackenen Kekse. Sie schmecken himmlisch. Die Tanten hätten gerne das Backrezept gewusst.« Brigitte wurde abwechselnd grün, gelb und rot. Ob noch Kekse in der Büchse wären und wie viele sie davon gegessen hätten, erkundigte sie sich. Die Mutter konnte das so genau nicht mehr sagen, freute sich aber, dass es den Tanten so gut ginge. Brigitte verbot ihnen auf der Stelle, noch weitere Kekse zu essen, und befahl ihnen, sich ruhig zu verhalten, bis sie etwa in einer halben Stunde bei ihnen eintreffen würde. Mich bat Brigitte, sie zu begleiten, und zum Glück sprang ihr alter Volvo sofort an.
Wie konnte das passiert sein? Während der Fahrt in den Taunus versuchten wir, alle Möglichkeiten durchzuspielen. Unsere Vorstellungskraft war ja selbst noch sehr eingeschränkt. Wir lachten hysterisch. Mehr als zwei Haschkekse auf einmal hatten wir noch nicht ausprobiert, da wir schon bei einem in der Regel genug hatten.
Brigitte buk die Haschkekse immer bei ihrer Mutter, weil diese einen Gasherd hatte. Dummerweise hatte sie beim letzten Mal ein Blech voller Haschkekse bei ihr deponiert.
Vielleicht sollten wir einen Arzt kontaktieren oder die ganzen Tanten in ein Krankenhaus fahren. Je näher wir dem Ort des Geschehens kamen, umso mulmiger wurde uns. Das kleine

Reihenhäuschen war innen hell erleuchtet. Zwei der Damen standen mit einem Feldstecher auf der Terrasse und beobachteten nicht etwa den Himmel, sondern glotzten direkt ins Nachbarhaus. Die Mutter begrüßte uns scheinbar völlig normal, drückte Brigitte an sich und zeigte sich erfreut, als sie mich sah. Wieder ein Neuer! Wie Brigitte das immer hinbekam, mit diesen vielen schönen Männern? Sie zog mich zur Seite und bequatschte mich, während Brigitte ins Wohnzimmer eilte, um die vergessene Blechdose zu inspizieren. Sie war leer und kein noch so winziger Haschkekskrümel mehr drin. Wir beschlossen, ihnen nicht zu sagen, was für eine Explosionskraft in den Keksen steckte. Als ich das Wohnzimmer betrat, dachte ich, mich träfe gleich der Schlag. Eine Art Pokerhölle erwartete uns. Zugequalmt saßen zwei ältere, ca. 60-jährige Damen, nur mit einem BH bekleidet, am Pokertisch. Sie beachteten mich kaum, sondern starrten in ihre Karten. Brigittes Mutter hatte mich fest in den Arm genommen und forderte mich auf, Platz zu nehmen. Vielleicht hätte ich ja Lust, eine Runde Strippoker mitzuspielen? Natürlich würde ich mitspielen, denn je mehr Zeit verging, umso besser. Brigitte kümmerte sich um die beiden Feldstecher-Damen auf der Terrasse. Bei der Menge, die sie offensichtlich zusammen konsumiert hatten, musste mit keinen akuten Herzattacken oder kompletten geistigen Aussetzern gerechnet werden. So wurde ich Zeuge einer äußerst interessanten Strippoker-Runde.
Die Damen spielten sehr professionell. Konzentriert zogen sie an den Zigarren und blufften, was das Zeug hielt, bis am Ende des Spiels ein Strumpfhalter über den Tisch flog. Ich wusste ja, dass die Droge sexuelle Reize stimulierte und alle Körperteile dadurch hoch sensibel waren. Doch für wen war denn dieser Auftritt gedacht? Brigittes Mutter, die ich gar nicht mal so unattraktiv fand und die noch ein dünnes Leibchen über ihrem

BH trug, war mit dem Austeilen der Karten an der Reihe. Ich konnte meine Karten drehen und wenden, wie ich wollte, die kleine Pokerstraße verpasste ich.

Freiwillig zog ich meinen Pullover aus und beim Anblick meines ärmellosen Unterhemds, fing die Frauenriege so hysterisch zu johlen an, dass die beiden Feldstecher-Damen, neugierig geworden, zu uns an den Pokertisch eilten. Brigitte setzte Tee auf und allmählich fing das Spielchen an, mir zu gefallen.

Eine der beiden Damen stellte sich hinter mich und massierte mir meinen verspannten Nacken. Sie war etwas fülliger. Ich blickte nur kurz zu ihr hoch. Etwa 42 bis 43 Jahre lagen zwischen uns. Ich musterte meine neuen Karten und registrierte nicht, dass meine Masseurin den Inhalt meiner Karten an die drei anderen Damen weitervermittelte. Das ging genau drei Spiele so, bis ich mit freiem Oberkörper, nur mit Socken und Unterhose bekleidet, am Tisch saß.

Sie freuten sich jedes Mal, wenn ich eines meiner Kleidungsstücke verlor, als hätten sie den Jackpot geknackt. Doch jetzt wollte ich die großen Brüste der Tante mir gegenüber sehen. Zuerst verlor Brigittes Mutter ihr Hemdchen und ich musste feststellen, dass bei ihr doch schon ein kleiner Fettansatz am Bauch zu sehen war. Doch sie wirkte keinesfalls unästhetisch. Nein, sie strahlte immer noch einen gewissen Sexappeal aus.

Brigitte hatte die ganze Zeit dem munteren Treiben zugeschaut und nicht eingegriffen. Als jedoch die dicken Brüste der Tante mir gegenüber fast auf den Tisch fielen und sie auch noch das Pokern beenden wollte, um mit mir auf der Eckcouch Platz zu nehmen, reichte es ihr. Die Weiber sollten sich zusammenreißen, schrie sie mich an. Sie wären doch keine Teenies mehr. Sie befahl mir, meine Klamotten anzuziehen und das

Haus zu verlassen. Jetzt stellte sich Brigittes Mutter halbnackt vor ihre Tochter. Was ihr denn einfallen würde? Sie hätte seit dem Tod ihres Mannes vor zwölf Jahren keinen Liebhaber mehr gehabt und sie würde keine Rücksicht auf eine Tochter nehmen, die jeden Tag einen anderen Typen im Bett hatte. Brigitte zog mich weg, sie wollte gehen. Die Mutter hatte Recht, sie wollten Spaß. Warum auch nicht? Aber wie sollte ich fünf ausgehungerte, hemmungslose, kurz vor dem sexuellen Kollaps stehende Tanten gleichzeitig befriedigen? Ich könnte Kurt und Jürgen anrufen. Zu dritt würden wir das schon schaffen.
Die Haschkekse zeigten jetzt ihre ganze Wirkung. Auf der Stelle wollten sie alles nachholen, was ihnen das Leben zu oft verweigert hatte. An diesem Ausnahmezustand war Brigitte nicht ganz unschuldig. Sie konnte sich jetzt nicht einfach davonmachen. Eine der etwas stilleren Tanten fing an, erst leise vor sich hin redend und dann immer lauter, völlig auszurasten. Diese Tante war noch vollständig angezogen und hatte sich schon die ganze Zeit nicht an unserem lustigen Treiben beteiligt. Sie saß im Schneidersitz auf der Couch und schien ihr Leben Revue passieren zu lassen. Sie hatte schon einen etwas verklärten Blick. Kein Zureden half mehr. Sie nahm nur Fratzen wahr, die sie ängstlich versuchte, mit wilden Gesten von sich fern zu halten. Normalerweise hätten die Frauen sie beruhigt. Doch auch sie selbst waren völlig unzurechnungsfähig. Die ausgeflippte Tante war gerade dabei, ihnen einen bezaubernden Abend zu vermiesen. Also keiften sie zurück.
Brigitte hängte sich ans Telefon und holte sich Rat bei Klaus, unserem Genossenarzt aus der WG. Viel frische Luft, sehr viel Wasser trinken, spazieren gehen und tief durchatmen, das war sein Rezept. Nebenbei erwähnte er, dass Kurt schwer verletzt im St. Markus-Krankenhaus läge. Während Brigitte mit den Frauen in den Wald zum Joggen lief, schnappte ich mir den

Volvo und raste in Richtung Klinik. Dort angekommen, rannte ich durch die langen Gänge des Krankenhauses, bis ich auf Jürgen stieß, der an den Armen und am Kopf verbunden war. Kurt war noch im Operationssaal. Wie ich hörte, wurde ihm die linke Niere, die durch zwei Messerstiche stark verletzt worden war, entnommen. Was war passiert? Wer hatte meine Freunde so brutal niedergeschlagen?

Jede Kneipe unserer Genossen hatte ihr eigenes Alarmsystem. Überfälle auf diese Kneipen kamen nicht selten vor. Einmal waren es Rockergruppen, die randaliert hatten und daraufhin rausgeschmissen wurden, dann wieder welche, die wir gesetzlos nannten, weil sie nichts zu verlieren hatten und nur provozieren wollten. Mit einer solchen Gruppe von Gesetzlosen aus Bockenheim hatten wir in Kurts Kneipe schon seit längerem einen ständigen Schlagabtausch.
Jürgen berichtete, dass vier dieser Irren am frühen Abend die Kneipe von Kurt gestürmt hätten und innerhalb von Minuten mit einem Baseballschläger alles kurz und klein geschlagen hätten. Dann seien sie wieder verschwunden. Er, Jürgen, hätte noch mit einer Telefonnotrufaktion um Hilfe rufen können. Innerhalb einer halben Stunde wären acht gute Freunde in der Kneipe versammelt gewesen und man hätte kurz beraten, was zu tun sei. Die Bullen zu alarmieren war nicht unser Ding. Also musste zurückgeschlagen werden. Die Wohnung des Hauptschlägers war bekannt und so zogen alle dorthin. Die Wohnungstür wurde aufgebrochen und von zwei Leuten gesichert. Die anderen sechs stürmten in die Bude und schlugen alles zusammen, was ihnen in die Quere kam.
Zunächst schien alles ohne große Gegenwehr abzulaufen, doch einer dieser Idioten griff zum Küchenmesser und stach von hinten auf Kurt ein. Dieser spürte nur einen leichten Stich.

Gemeinsam rannten sie alle zurück zur Kneipe. Jürgen dagegen hatte nur ein paar Schläge abbekommen, aber die waren halb so schlimm. Wieder hinter seiner Theke, brach Kurt kurze Zeit später zusammen. Blut lief aus seiner Hose. Sofort hatte Jürgen ihn daraufhin ins Krankenhaus bringen lassen.
Gudrun kam schluchzend um die Ecke der Notaufnahme gebogen. Was mit Kurt sei? Wieso interessierte sie sich eigentlich für Kurt? Gudrun erzählte offen, dass sie mich letzte Nacht gesucht hätte und Kurt ihr die Tür aufgemacht hätte. Da sie Trost gesucht hätte, habe er ihr sein Bett angeboten. Kurt hätte es erreicht, dass sie alle Hemmungen über Bord warf. Sie hätten den ganzen Tag im Bett verbracht. Gudrun schilderte es mir so, als ob es das Normalste von der Welt sei, dass sie mit Kurt Sex gehabt hätte und ich, der wochenlang um sie gebuhlt hatte, jetzt leer ausging. Kurt, der Depp, wusste ganz genau, wie es um mich und Gudrun stand. Er hatte die Situation schamlos ausgenutzt. Vor allen Dingen auch deshalb, weil er glaubte, dass er einen Freifahrschein wegen des Vorfalls zwischen seiner Freundin und mir hätte. Kurz kam mir der Gedanke, mich zu rächen, doch ich schob ihn beiseite. Kurt lag im OP und rang um sein Leben, da waren solche Gedanken fehl am Platz. Seine Niere musste entnommen werden und zu allem Überfluss bekam er in diesem Moment einige Blutkonserven, die mit dem Hepatitis-B-Virus verseucht waren.

Etwa 20 Leute trafen sich noch in der gleichen Nacht zur Lagebesprechung bei uns in der WG. Gudrun wollte auch kommen. Mir war es egal. Sollte sie doch zusehen, wie sie sich mit der Freundin von Kurt arrangieren würde.
Was konnten wir unternehmen? Wie sollten wir reagieren? Diese Irren bestrafen, indem wir zu ihnen gingen und den Übeltäter genauso abstachen, wie er es mit Kurt gemacht

hatte? Einige waren dafür. Jürgen und ich stimmten dagegen. Gewalt mit Gewalt zu beantworten war sonst legitim, doch diese Art von Gewalt ging zu weit. Wollten wir uns auf diese unterste Ebene begeben und ein Menschenleben aufs Spiel setzen? Wahrscheinlich hatte dieser Verbrecher nichts im Hirn außer saufen und rumpöbeln. Vielleicht hatte er seine Kumpels bereits zusammengerufen und sie waren alle bewaffnet.
Hatten wir nicht schon genug diskutiert über den bewaffneten politischen Kampf und die Baader-Meinhof-Gruppe? Wir waren potenzielle Kandidaten, die ihre Gewaltbereitschaft zur Genüge unter Beweis gestellt hatten, doch diesen verdammten Schritt in die Illegalität wollten wir eigentlich nicht gehen.
Und jetzt? Wie groß war der Hass, waren wir trotz allem bereit, diese miese Tat nicht mit Gleichem zu vergelten? Immer noch waren vier Leute von uns bereit, den Täter zu erledigen, ein Leben auszulöschen und dafür lebenslang auf der Flucht zu sein oder ein Leben lang hinter Gittern zu sitzen. Wir forderten die Radikalen unter uns auf, sie sollten Ruhe geben und ihr Vorhaben überschlafen. Am nächsten Morgen konnten wir klarer denken und würden dann entscheiden.

26

Brigitte rief spätabends noch an und berichtete, dass sie die Tanten-Fraktion im Griff hätte. So langsam kamen sie von ihrem Trip wieder runter. Ihre Mutter würde sich noch bei mir melden, um sich zu entschuldigen. Ich erzählte ihr kurz, was in Kurts Kneipe passiert war, und verabschiedete mich dann von ihr.

Gudrun zog ab und betrank sich in ihrer Sorge um Kurt zusammen mit seiner Freundin. Ich redete noch stundenlang mit Jürgen, nur wir beide, ohne Frauen. Seine Schulter tat ihm noch weh, sein Arm schwoll mehr und mehr an und rund um sein Auge verfärbte sich das Gesicht immer mehr blau. Um ein Haar hätte Jürgen das Messer auch im Kreuz gehabt. Er hatte Glück im Unglück gehabt.
Jürgen und ich waren zusammen mit einem Genossenanwalt einige Wochen vorher nach Stuttgart-Stammheim gefahren und hatten uns dort berichten lassen, wie sie das RAF-Mitglied Jan Karl Raspe im Hochsicherheitstrakt gefangen hielten und ihn der so genannten politischen Isolationsfolter ausgesetzt hatten. Es war ein bedrückendes Erlebnis, im Zuhörersaal zu sitzen und den zusammengefallenen Raspe gefesselt auf der Anklagebank zu sehen. Seine Entscheidung, gegen den weltweiten Imperialismus zu kämpfen, war aus seiner Sicht sicherlich politisch begründet. Aber hatte sich Raspe überhaupt je Gedanken gemacht, wie erbärmlich er nach den Taten, die er begangen hatte, enden würde? Oder waren seine Anschläge genauso zufällig und spontan wie der Messerstich bei Kurt?
Wären wir zurückgegangen, um den Typen mit einem Messer niederzustechen und wäre er an den Verletzungen gestorben, hätten wir einen Tag später auch in den Untergrund abtauchen müssen. Warum hatten wir uns eigentlich überhaupt so schnell gegen einen Rachefeldzug entschieden? Hing es mit meinem Zustand aufgrund der abklingenden Wirkung der Haschkekse zusammen?

Im Hausflur wurde immer noch darüber diskutiert, wofür die Kohle, die wir bei unserer Kellerdisco eingenommen hatten, verwendet werden sollte. Schließlich konnten sich alle darauf einigen, den Anwälten der politischen Gefangenen das Geld zu geben. Was wir in unseren WGs in den besetzten Häusern, auf der Straße und bei Pizza-Rüdiger erlebten, festigte meinen Entschluss, auch weiterhin Widerstand gegen den Staatsapparat zu leisten. Außerdem hatte uns der Besuch im bestbewachten Gefängnis Deutschlands in Stuttgart sehr deutlich gemacht, wozu das hochgerüstete Regime in der Lage war. Jürgen und ich sprachen in dieser Nacht noch lange über all dies.

Zwei Tage später saß Kurt schon wieder gut gelaunt und aufrecht in seinem Klinikbett, grinste den hübschen Schwestern nach und beschrieb mir bis ins Kleinste, wie die Messeraktion verlaufen war. Dass er fortan nur noch mit einer Niere zu leben hatte, war nicht sein Problem. Aber die Aussicht auf ein verkürztes Leben aufgrund des Hepatitis-B-Virus in seinem Körper würde ihm sehr zu schaffen machen. Er fand die Entscheidung richtig, dem Messerstecher die klare Botschaft zu übermitteln, dass er innerhalb von 48 Stunden die Stadt zu verlassen hatte.

Da Kurt doch einigermaßen gut gelaunt schien, sprach ich das Thema Gudrun an. Ja klar, meinte ich, hätte er ein Freispiel gehabt, sozusagen eine Revanche. Aber musste es ausgerechnet Gudrun sein, mit der er ins Bett sprang? Ich sagte ihm, dass ich ziemlich sauer auf ihn sei, gerade weil er über Gudrun und mich Bescheid wusste. Er beschrieb mir, wie er die Nacht mit ihr erlebt hatte und dass sie, seinen Worten nach, dahingeschmolzen sei. Unglaublich! Kurt grinste mich blöd an und sah, wie ich mehr und mehr anfing innerlich zu kochen und kurz vor dem Explodieren war. Plötzlich zuckte er zusammen und drehte sich schmerzerfüllt zur Seite. Auch wenn ich es ihm in diesem Moment nur schwer zugestehen wollte, er brauchte jetzt Ruhe.

Als die große Schlacht gegen die Frankfurter Spekulanten und die angekündigte Räumung des besetzten Hauses im Kettenhofweg bevorstand, war Kurt wieder gesund und wir konnten auf ihn zählen. Seine Kneipe lief noch besser als vorher. Dass er künftig sein Leben ein wenig umstellen musste, war ihm klar. Er durfte nicht mehr so viel trinken und sollte sich gesünder ernähren.

Jürgen hatte für unseren Kampf seine kubanische Hose angezogen. Ich warf mir meinen Parka über und zu dritt gingen wir zum Campus der Universität, wo die Demonstration starten sollte. Die Bewohner im Kettenhofweg hatten schon seit Tagen einige Sicherheitsvorkehrungen in ihrem Haus getroffen. Zuerst verlegten sie den Haupttreffpunkt für alle Beteiligten weg vom Kettenhofweg in die Innenstadt. Dort waren die Banken ansässig, die mit ihrem Kapital die Zwangsräumung forderten.

In eindrucksvollem Tempo liefen etwa 2000 Personen die Bockenheimer Landstraße Richtung Innenstadt, in der Absicht, die Fensterfront der Commerzbank am Opernplatz zum Einsturz zu bringen. Jedem, der bei dieser Demo mitmachte, wurde spätestens jetzt klar, dass es heftig zugehen würde. Wir bogen ab zur Deutschen Bank. Unzählige Steine landeten in der Eingangshalle. Der Zusammenbruch jeder Fensterfront war ein Riesenspektakel. Irgendwoher zischte es, und eine mit Benzin gefüllte Limoflasche flog durch die zerstörte Glasfront in die Halle und entzündete sich sofort auf dem frisch gewachsten Marmorboden. Weitere benzingefüllte Flaschen folgten. Der Eingangsbereich der Deutschen Bank brannte lichterloh. In großer Hast fuhren Polizeiwagen vor, und wir rannten weiter über den Opernplatz zur Fressgasse in Richtung Zeil. Dort empfingen uns die Mannschaftswagen der Bullen. Sie sprangen aus ihren Bussen und rannten auf uns zu. Als Ausweg blieben uns nur die Seitenstraßen, in die wir abbogen, um dann wieder zurück in Richtung Bockenheim zu laufen. Aus den Polizeifunkgeräten krächzte die Meldung aus dem Hauptquartier: »Vorsicht, Brandsätze! Die Demonstranten werfen mit brennenden Flaschen!« Die Zentrale konnte es kaum glauben und forderte die Polizisten auf: »Greift sie euch und verhaftet sie!«

In den kleinen Seitenstraßen veranstalteten wir das alte Spiel mit den Autos. Sie wurden auf die Straße als Blockade gerückt. Gruppen von jeweils fünf bis acht Leuten stellten ein Auto quer, damit nachkommende Mannschaftswagen stehen bleiben mussten. Die Bullen versuchten, die Hindernisse wegzuräumen, und machten Jagd auf uns. Vor der Deutschen Bank waren zwei Wasserwerfer in Stellung gebracht worden, die das Feuer in der Eingangshalle löschen sollten. Wir zogen uns immer schneller in Richtung Kettenhofweg zurück. Aus allen Richtungen kamen Polizeibusse und es bildeten sich Gruppen von 30 bis 40 Leuten. Wir waren auseinander getrieben worden, gelangten aber über Umwege zum besetzten Haus im Kettenhofweg. Dort blockierten wir mit zwei alten Autos die Zufahrt. Im Haus hielten sich nur noch vereinzelt Leute auf. Wir wollten nicht wieder den Fehler machen, uns im Haus einkesseln zu lassen, und sammelten uns deshalb in Grüppchen überall in Bockenheim.

Ich war zusammen mit Jürgen und sechs anderen Demonstranten auf das drei Meter hohe Garagendach des besetzten Hauses gestiegen. Dort gingen wir in Beobachtungsposition und legten unser Wurfmaterial schon mal bereit. Auf der Straße vor dem Haus hatten sich etwa 400 Leute versammelt. Dann ging alles sehr schnell. Tränengas wurde abgefeuert. Wir tränkten unsere schwarzen Tücher mit Wasser und zogen sie eilig über die Nase. So einfach wie das Haus

in der Varrentrappstraße würden wir dieses Haus nicht räumen lassen.
Die zwei alten Autos gingen in Flammen auf. Einige Bullen mit Gasmasken entdeckten uns auf dem Garagendach und feuerten das Tränengas gegen uns. Die Eingangstür wenige Meter neben uns war verbarrikadiert worden. Wir warfen Steine, so viel wir konnten. Jeder, der versuchte, die Tür zu öffnen, wurde von uns vom Dach aus beworfen. Wir waren wie im Rausch. Wir hatten uns freiwillig auf das Dach gestellt und waren wild entschlossen, dieses Haus gegen die Polizeikräfte, und seien sie noch so stark, zu verteidigen. Mit vorgehaltenen Schutzschildern und einem Wasserwerfer versuchten jetzt etwa 30 Bullen, an die Eingangstür zu gelangen. Sie hatten Äxte dabei und fingen an, die Tür einzuschlagen. Der einsetzende Steinehagel kam jetzt nicht mehr nur allein von uns, sondern abgedrängte Gruppen schafften es immer wieder bis vor das Haus und bewarfen die Bullen auch von der Straße aus.
Die auseinander gedrifteten Polizeieinheiten wurden aufgefordert, sich erneut zu sammeln. Bockenheim erlebte in diesen Stunden eine der härtesten Auseinandersetzungen, die es bis dahin je in Frankfurt gegeben hatte. Die Bullen jagten jeden, der sich in einem Hauseingang versteckte oder versuchte, in einem Café Unterschlupf zu finden.
Kurt war erschöpft. Seine Seite schmerzte, und er versuchte, sich über den Garten des Hauses zurückzuziehen. Jürgen und ich blieben noch, doch allzu lange reichten unsere Wurfgeschosse nicht mehr. Wir behielten unseren Fluchtweg über den Garten im Auge. Um ins Haus zu kommen, mussten die Bullen das Garagendach stürmen und uns herunterholen. Wir wussten, dass wir sozusagen auf einem Pulverfass standen. So war auch unsere Truppe auf dem Dach nicht zufällig zusammengestellt worden. Glücklicherweise gab es einfach zu viele kleine Herde

der Auseinandersetzung innerhalb von Bockenheim, um die sich die Bullen zu kümmern hatten. Ihre Koordination geriet deshalb immer wieder durcheinander. Die einzelnen Polizeitruppen folgten keinen gezielten Befehlen, sondern rannten ungeordnet herum, verloren sich und warteten auf neue Anweisungen. Sie wurden durch die ganze Stadt gehetzt, kamen aber nicht durch, weil immer irgendwo ein neues Hindernis aufgebaut war. Unsere Taktik, mit kleinen Gruppen zu operieren, die autonom handelten, sich schnell zurückzogen und an anderem Ort wieder zuschlugen, ging auf. Dadurch wurde der schwerfällige Apparat der Polizei zum Erliegen gebracht. Den Bullen ging es am Ende nur noch um Schadensbegrenzung.
Vor dem Kettenhofweg sammelten sich immer mehr Leute. Wir sprangen vom Garagendach herunter und waren uns ziemlich sicher, dass die Polizisten in dieser Nacht keine Räumung mehr wagen würden.

Einige wurden verhaftet, aber nach 24 Stunden wieder auf freien Fuß gesetzt. Wir feierten in dieser Nacht eine Riesenparty im Kettenhofweg. Überall wurden wilde Geschichten erzählt, die Helden des Tages saßen lässig an den Tischen und genossen ihr Bier. Neue Kontakte wurden geknüpft, alte wurden wieder aufgewärmt. Irgendwann wurden die Zelte abgebrochen und man ging nach Hause ins warme Bett.
Gegen 8 Uhr am nächsten Morgen wurden die wenigen müden Kämpfer im besetzten Haus von den kreischenden Motorsägen der Spezialtruppe der Polizei aufgeweckt. An Widerstand war nicht zu denken. Bockenheim war vollständig abgeriegelt und von Bullen übersät. Unsere Telefone funktionierten zwar noch, doch nur eine Hand voll Mitstreiter quälte sich aus den Betten. Ohnmächtig mussten sie mit ansehen, wie der Kettenhofweg geräumt wurde.

Um die Mittagszeit, nach der Räumung des Hauses, wurde das erste Plenum im Kommunikationszentrum, kurz KOTZ genannt, in der Uni abgehalten. Wir waren nicht genügend Leute, um den starken Polizeieinheiten, die sich in Bockenheim aufhielten, Paroli zu bieten. Was wir brauchten, war die Öffentlichkeit. Die politischen Zusammenhänge des Spekulantentums sollten deutlich gemacht werden und die Gründe hinterfragt werden, warum es die politisch Verantwortlichen so weit hatten kommen lassen.

Es wurde eine kleine konspirative Gruppe von 20 Leuten gebildet, die hinter verschlossenen Türen über Sonderaktionen berieten. Es handelte sich durchweg um Personen, von denen man ausgehen konnte, dass sie nichts von dem, was in der Gruppe dort besprochen wurde, nach außen tragen würden. Solche außerordentlichen Zusammenkünfte ereigneten sich nur selten. Sie waren nicht lange im Vorfeld organisiert worden und es handelte sich auch nicht um eine Gruppe, die sich eigens einen Namen gab.
An diesem Tag kam man zu keinem Ergebnis. Alles schien zu gefährlich, weil zu viele Bullen in der Stadt positioniert waren. Wir hatten Glück, dass trotz des gewaltsamen Widerstands am gestrigen Tag niemand von uns verletzt worden war. Konnten wir so weitermachen? Uns war durchaus bewusst, dass die Schwelle zur Gewalt schneller überschritten worden war als noch bei früheren Aktionen. Die Diskussion darüber trat immer mehr in den Vordergrund. Sollten wir uns weiter gegen den gerüsteten Polizeistaat auflehnen, ihn mit den einfachen Mitteln, die uns zur Verfügung standen, bekämpfen oder besser in den bewaffneten Untergrund abtauchen? Fragen, die keiner richtig beantworten konnte.
Wir lebten in einer Zeit rascher Veränderungen. Da uns ja kei-

ner zeigte, wie die Verwirklichung von Lebensinhalten wirklich durchzusetzen war, agierten wir mehr aus dem Bauch heraus. Die Parolen hießen: mehr Lebensqualität und mehr Demokratie. Bundesweit entstanden bundesweit viele Protestbewegungen, wie z.B.: »Atomkraft? Nein danke!«

27

Unsere Autowerkstatt lief sehr gut. Ab und zu bekamen wir Ärger mit den Anwohnern wegen des stillgelegten Ersatzteillagers, das sich mittlerweile über das Grundstück hinaus erstreckte. Oft saßen wir gemütlich nach Feierabend noch mit Kunden und Freunden bei einem Bier zusammen, fachsimpelten und spielten Karten.

Kurt kaufte sich einen Opel Rekord, mit dem wir häufig Ausflüge unternahmen. Den Motor seines Autos hatten die Spezialisten unter uns noch etwas aufgemotzt. Der Wagen erhielt breitere Reifen und wurde tiefer gelegt. Brigitte mit ihrem alten Volvo war Stammkundin in unserer Werkstatt. Kaum hatte man an einer Stelle ein Blechteil neu eingeschweißt, rostete es schon wieder an anderer Stelle durch. Ein etwas schräger Typ brachte Ersatzteile vorbei, die er, wie er sagte, nachts in irgendwelchen nicht abgeschlossenen Autos »fand«, z.B. Autoradios der Firma Blaupunkt, gut erhaltene, noch nicht abgesessene Schaffellsitzbezüge, einen Schaltknopf aus Elfenbein in einer Mercedes-Limousine und Ähnliches. Einige Teile konnten wir verwenden und andere günstig als Sonderangebote weiterverkaufen. Manchmal brachte dieser Typ auch einfach nur absurdes Zeug vorbei. Einmal schleppte er acht Mister-Minit-Jacken, Gummiabsätze, Ledersohlen und Schlüsselrohlinge an. Die Jacken waren schick, mit dem bekannten Mister-Minit-Label bedruckt.

Zum Kartenspielen konnten wir die ja mal anziehen, aber in der Werkstatt tagsüber mit diesen Jacken herumzulaufen, hätte den Kunden vielleicht einen falschen Eindruck über unsere Fähigkeiten vermittelt. Außerdem hatten wir nicht vor, ins Schuhbesohlungsgewerbe zu wechseln.

Als wir wieder mal eines Abends nach Betriebsschluss beim Kartenspielen zusammensaßen, schaute unser Gaunertyp bei uns vorbei und erkundigte sich, ob wir Interesse an einem ausgestopften, etwa zwei Meter großen Original-Grizzlybären hätten. Was für eine absurde Frage! Was sollten wir mit einem ausgestopften Bären anfangen? Nein danke, wir hätten kein Interesse, signalisierten wir. Er hätte ein braunes Fell und wäre wahrscheinlich aus der russischen Tundra. Wie lange er schon tot sei, konnte uns der Typ nicht sagen. Aber eine sehr gute Arbeit hätte der Tierpräparator da geleistet. Wir spielten erst mal unsere Rommépartie zu Ende. Was würde denn so ein ausgestopfter Grizzlybär kosten? Der Typ überlegte eine Weile, bis er mit der Sprache rausrückte.
Normalerweise würden ausgestopfte Bären in dieser Größe um die sieben- bis elftausend DM kosten. In unseren Köpfen fing es an zu rattern. Scheinbar ungerührt spielten wir unsere Partie weiter. Wenn wir das Preisaushandeln länger hinauszögerten, würde der Preis von Minute zu Minute bestimmt in den Keller gehen.
Ich wusste, dass mein Urologe in Heddernheim in seinem Wartezimmer präparierte Vögel, kleinere Eichhörnchen und Rehgeweihe an der Wand hängen hatte. Aber ihn würde ich unmöglich fragen können, ob er einen Grizzlybär dort aufstellen wollte. Wem um alles in der Welt konnte man einen aufrecht stehenden, zähnefletschenden Bären andrehen? Ich ging im Kopf mein gesamtes Telefonverzeichnis durch. Mir fiel kein

verrückter Bärensammler in meinem Freundes- und Bekanntenkreis ein.
Erneut mischten wir die Karten und spielten weiter. Beiläufig fragte ich den Typen, was der Bär uns denn kosten würde? Er lachte mich an, weil er unsere Taktik beim Verhandeln kannte. Das Tier würde uns im günstigsten Fall nichts kosten, also keine Ausgaben für uns bedeuten. Wir hatten verstanden. Es war also mehr ein Tipp von ihm, wo wir den Bären kostenlos in unseren Besitz bringen konnten. Der Typ schlug vor, dass wir uns den Bären ja mal ganz unverbindlich anschauen könnten. Äußerlich gelassen und innerlich aber neugierig geworden, stiegen wir zu fünft in unseren Mister-Minit-Jacken in den Ford Transit, der gerade zum Bremsenüberholen in unserer Werkstatt stand.
Ich mochte dieses Transportauto. Es war praktisch. Ein Arbeitsgerät der Spitzenklasse. Nähme man die hinteren Sitzbänke heraus, war Platz für mindestens vier Personen zum Schlafen oder es ließ sich viel Krempel damit transportieren. Könnte also auch genug Platz für einen ausgestopften Bären sein? Kurt steuerte den Wagen aus Frankfurt in Richtung Friedberg, genau der Anweisung des Typen folgend, bis wir vor einer Kneipe anhielten, die auch noch den Namen »Zum braunen Bären« trug. Die Kneipe lag ungefähr 30 Meter von der Hauptstraße entfernt und vor ihr stand auf einem Sockel das braune Ungeheuer, angestrahlt von einem Schweinwerfer, um Gäste anzulocken. Wir drückten die Nasen an die Innenscheiben des Ford Transit und mussten laut lachen.
Tatsächlich ein Braunbär, der die linke Tatze zum Schlag hochhielt und ungeheuer majestätisch wirkte. Was für ein irres Monstrum! Den wollten wir auf der Stelle haben und ihn als Trophäe mit nach Hause nehmen. Aber vermutlich war er angekettet. In der Kneipe, in die wir vom Auto aus sehen konnten, hockte die Wirtin allein auf einem Barhocker und blickte

nach draußen auf den wunderschönen Bären. Sie war bestimmt mächtig stolz auf das Tier. Vermutlich hatte ihr Mann den Bären im Zweikampf erlegt.
Wir überlegten, während Kurt für jeden eine Entspannungszigarette drehte. Wie konnten wir dieses Monster unbemerkt die 30 Meter zu unserem Wagen schleifen? Wie viel wohl dieses Teil wog? Wie viele Leute benötigten wir zum Transport? Die Kneipe war immer noch leer, auch als wir unsere Zigaretten zu Ende geraucht hatten. Allein die Vorstellung, dass dieses Monster bei uns hinten im Auto liegen würde, brachte uns immer wieder zum Lachen. Doch wir fanden keine wirkliche Lösung. Würde es uns gelingen, die Kneipentür zuzuhalten und gleichzeitig den Bären auf die Schultern zu nehmen und dann schnell zu verschwinden? Die Wirtin würde sofort die Polizei alarmieren und darauf hatten wir überhaupt keine Lust. Also startete Kurt den Motor, um wieder abzufahren und die Sache zu vertagen.
Nach ein paar Metern stießen wir auf eine Gruppe von etwa zwölf Fußgängern. Die Gruppe blieb auf dem Bürgersteig der Hauptstraße, 30 Meter von der Bärenkneipe entfernt, stehen und bewunderte den Grizzlybär. Kurt stoppte den Ford. Wir warteten, was die Gruppe als Nächstes unternehmen würde. Als die Ersten sich in Richtung Kneipe aufmachten, stand mein Entschluss fest. Ich stieg aus und begleitete die Gruppe in einem gewissen Abstand. Als alle in der Kneipe verschwunden waren, sah ich, dass sich die Wirtin jetzt um ihre Gäste kümmerte und nicht mehr auf den Bären achtete. Ich bog vor der Kneipentür rechts ab, schulterte das Monster und lief auf unser Auto zu, in dem schon die anderen mit geöffneter Heckklappe auf mich warteten.
Keine Ahnung, wie schwer der Bär wirklich war. Hektisch halfen mir zwei Jungs, das Ungetüm in den Wagen zu ziehen. Ich

sprang ins Auto und wir fuhren los. Die Klappe des Transporters konnten wir nicht mehr ganz schließen, denn sonst hätten wir den Bären wahrscheinlich geköpft. Mit halb offener Klappe und einem heraushängenden Bärenkopf fegten wir, kreischend vor Lachen, in Richtung Heimat.
In der Werkstatt angekommen, stellten wir ihn behutsam ab. Wohin jetzt mit diesem Monster? Wir entschieden, ihn eine Zeit lang in einem Nebenzimmer der Werkstatt stehen zu lassen. Dort könnte er Kunden, die nicht bezahlen wollten, erschrecken. Nachdem die Bärenwirtin eine Belohnung für den entführten Grizzlybär ausgesetzt hatte, zog er kurzerhand in unsere WG um. Dort aber erschraken die Kinder so sehr vor ihm, dass er an Kurts Freundin weitergereicht wurde, deren letzter Freund Jonny ein leidenschaftlicher Sammler ausgestopfter Tiere war.

28

Elvira aus dem zweiten Stock bekam ihr zweites Mädchen, Nina. Pit unterschrieb beim Sozialamt, dass er der leibliche Vater von Nina sei. Stolz schleppte Mascha ihre kleine Schwester durch das ganze Haus. Also kümmerten wir uns in unserer Männer-WG auch um diesen neuen Schreihals. Jürgen hatte keine Lust mehr auf seinen Schlüsseldienst und wechselte in eine Försterei.
Fee schrieb mir in einem Brief, dass sie zur persönlichen Begleiterin vom Baghwan ernannt worden sei und jeden Tag mit ihm in einem seiner vielen Rolls-Royce spazieren fahre. Sie würden noch jemanden für die hauseigene Werkstatt brauchen, und ob ich nicht Lust hätte, zu kommen. War ja gut gemeint, aber ihren Brief konnte ich einfach nicht beantworten. Arbeiten für einen Inder-Guru? Niemals, auch wenn ich Fee noch so vermisste.

Die »Atomkraft? Nein danke!«-Kampagne formierte sich zum größten Schlag gegen die schwachsinnigste und menschenfeindlichste Technologie der Energiegewinnung, gegen den Bau des Atommeilers in Brockdorf. Schon wochenlang schaukelten sich bundesweit die Emotionen in allen politischen Lagern hoch. Die kommunistischen Gruppen riefen dazu auf, das Atomgelände in Brockdorf zu besetzen. Sicherheitsexperten warnten jedoch davor, sich dem Gelände ohne entsprechende Bekleidung zu nähern. Rund um den Bauplatz wurden Wassergräben ausgehoben und meterhohe Stacheldrahtzäune errichtet. Das Gelände selbst und eine Fläche von einem Kilometer außen herum wurden zum Sperrgebiet erklärt. Schon Tage vor den angekündigten Protesten geisterten die Bilder der Hochsicherheitsbaustelle durch die Medien. Was zählte, war, dass es zu einem Massenprotest gegen die Atomkraft kommen sollte, der von allen Bevölkerungsschichten in der Bundesrepublik getragen wurde. Die Zahl der zu erwartenden Demonstranten erhöhte sich von Tag zu Tag und schwankte zwischen 40 000 und 60 000. Darunter befanden sich etwa 8 000 bis 10 000 gewaltbereite Radikale, Autonome, Kommunisten und Anarchisten, die fest entschlossen waren, dem großen Polizeiaufmarsch zu zeigen, wie das Gelände besetzt werden konnte. Die Polizei ihrerseits tat wiederum alles, um die Massen daran zu hindern, nach Brockdorf zu kommen.

Wir schnappten uns aus der Werkstatt den Peugeot 504 von unserem Genossenarzt, der gerade auf Dienstreise war. Das schöne Auto musste zwar einer größeren Inspektion unterzogen werden, aber die 1 000 Kilometer würde die Kiste noch schaffen. Alles, was einigermaßen fuhr, wurde so hergerichtet, dass es den Weg nach Brockdorf halbwegs durchstand. Alle gingen davon aus, dass die weiträumigen Absperrungen um

Brockdorf dazu führten, dass man Umwege in Kauf nehmen musste. Schon an den Autobahnraststätten ging der Zirkus los. Ausweiskontrollen, Autos wurden durchsucht, und alles wurde beschlagnahmt, was als Waffe zu gebrauchen war. Die bekannten Schikanen folgten, nur noch ein bisschen massiver als sonst.

Wir hatten das Glück, dass auf der Windschutzscheibe des Peugeot 504 eine gut sichtbare »Arzt im Dienst«-Plakette klebte, die uns immerhin dazu verhalf, bis vier Kilometer vor das abgesperrte Gelände zu fahren. Auf einem Acker stellten wir das Auto ab. Unüberschaubare Menschenmassen kamen aus allen Himmelsrichtungen und bewegten sich auf den Bauplatz zu. Anrückende Polizeikräfte versuchten, den Strom auseinander zu treiben. Das brachte aber nicht sonderlich viel, nur dass wir einige Kilometer Umweg gehen mussten, um an unser Ziel zu kommen. Wir versuchten, so gut es ging, zusammenzubleiben. Es waren jetzt mindestens 40000 Leute, die sich rings um das Gelände vor dem Wassergraben versammelt hatten. Der Bauplatz wiederum war voll gestopft mit Bullen und Wasserwerfern. Sondereinheiten des Bundesgrenzschutzes marschierten in unserem Rücken zum Bauplatz.

Tränengas wurde eingesetzt und die ersten Steine und Brandflaschen flogen. Die Menge kam in Bewegung. Kleinere Brandherde entstanden, die aber schnell wieder gelöscht wurden.

Eine waghalsige Demonstrantin schmiss mit einem Stahlseil eine Eisenkralle in Richtung Zaun, um ihn auseinander zu ziehen. Die Demonstranten wurden zunehmend aktiver. Tausende Hände zerrten gleichzeitig an den Straßenleitplanken, die sich aus der Betonverankerung lösten und über den Absperrungszaun geschmissen wurden. Die ersten 20 Leute kletterten an den Zaunhalterungen nach oben und sprangen auf den Bauplatz, wo sie sofort festgenommen wurden. Die

Nachfolgenden wurden von den Wasserwerfern heruntergedrängt und landeten im Wassergraben. Einige versuchten, mit Brandsätzen, Steinen und allen möglichen Wurfgeschossen Deckung zu geben. Plötzlich wurde das Haupttor geöffnet und Hunderte von Polizisten mit Wasserwerfern und Mannschaftswagen fuhren los, um das »Straßenleitplanken-Abreiß-Spiel« zu stoppen.
Mittlerweile hatten wir einander endgültig aus den Augen verloren. Jürgen sah ich ungewollt im Wassergraben schwimmen und Kurt legte weiterhin Hand an die Leitplanken. Aber jetzt mussten alle flüchten. Eine unglaubliche Menschenmasse, die sich da in Bewegung setzte. Polizeihubschrauber kreisten über dem Schauplatz. An anderen Ecken des Bauplatzes war das gleiche Katz- und Mausspiel zu beobachten.
An den zurückgelassenen Mannschaftswagen wurden die Benzinleitungen herausgerissen und wie aus dem Nichts entzündete eine noch glühende Zigarette das Fahrzeug neben mir. Außer ein paar völlig gestörten Demonstranten hatte wirklich keiner von uns vor, den 2000 Bullen direkt in die Arme zu laufen. Bei diesem Durcheinander hatten wir keine Ahnung mehr, wo eigentlich unser Auto stand. Langsam wurde es dunkel und wir verspürten keine Lust, nachts in dieser unbekannten Gegend herumzuirren. Wir mischten uns unter die zurückströmenden Massen, in der Hoffnung, das Auto und die anderen irgendwo zu treffen. Als wir den Wagen endlich fanden, hatte Jürgen schon fluchend und völlig durchnässt zwei Stunden am Auto auf uns gewartet.
Kurt hielt eine Frau im Arm, die er angeblich beruhigen musste, weil sie ihre Mitfahrgelegenheit nach Wiesbaden verloren hatte. Im Radio wurden stündlich Sonderberichte, Analysen, Meinungen und kritische Stimmen gesendet. So ausführlich war bisher noch nie über die Atomkraft berichtet

worden. Ganz normale Bürger aus der Umgebung hatten Angst, dass ihre Kinder Langzeitschäden durch die Atomkraftwerke davontrügen. Nirgends hatte es eine vergleichbar breite Bewegung gegen die Atomkraft gegeben wie in Brockdorf. Wir hatten mitgeholfen, sie ins Leben zu rufen, die Menschen für dieses Thema zu sensibilisieren und sie zu veranlassen, darüber nachzudenken, was uns eine engstirnig denkende Politik bescherte.

Völlig erledigt von diesem Demonstrationsmarathon kamen wir zurück in unsere Wohnung. Der Wiesbadener Studentin, die wir in unserem Auto mitgenommen hatten, machte es nichts aus, dass keiner mehr Lust hatte, sie nach Hause zu fahren. In einem besetzten Haus, mitten in Frankfurt, hatte sie bisher noch nicht übernachtet und so schaute sie sich mit großen Augen bei uns um. Wir zeigten ihr die einzelnen Zimmer und erklärten ihr, wer wo schlief. Dann setzten wir uns mit ihr noch in die Küche und ließen die Geschehnisse des Tages auf uns wirken.
Sie stellte unglaublich viele Fragen, wo wir herkämen, wie unsere Sozialisation abgelaufen war und warum wir in diesem besetzten Haus lebten. Wir versuchten, ihr alles zu erklären. Die kleine Mascha kam ganz verschlafen aus meinem Zimmer und setzte sich auf meinen Schoß. Ich legte meinen Kopf auf ihre kleine Schulter, ohne etwas zu sagen. Ich nickte nur, als die Studentin mich fragte, ob das süße Kind von mir sei. Nina, die kleine Schwester von Mascha, fing im Nebenzimmer an zu weinen. Kurt ging zu ihr, wechselte die Windeln und holte sie zu uns. Ob Jürgen denn auch ein Kind hätte, fragte die Studentin neugierig. Nein, nein, das Ganze sei doch ein bisschen komplizierter, denn die beiden Kinder gehörten zu jedem von uns, antwortete Kurt. Er liebte es, für

Verwirrung zu sorgen und versuchte es ihr anhand eines Beispiels zu erklären.
Angenommen sie hätte heute Nacht mit einem von uns, egal mit wem, sexuellen Kontakt und würde schwanger werden, dann würde das Kind automatisch uns allen gehören. Auf diese Weise hätten die Kinder ein breiteres Spektrum an kompetenten Ansprechpartnern. Die typisch kleinbürgerlichen Familien mit Mutter, Vater und zwei Kindern stünden bei uns nicht zur Diskussion.
Wir wollten den Kindern ein Leben in Freiheit bieten, ohne Zwänge, und sie zu selbstständigen Persönlichkeiten heranwachsen lassen. Die Studentin wollte wissen, ob wir denn glaubten, traditionelle Familienregeln von heute auf morgen einfach neu erfinden zu können? Die Diskussion wurde immer lebhafter. Nicht dass wir sie falsch verstünden, sie würde sich im Grunde genommen ja auch für die neuen Erziehungsmethoden interessieren. Sie frage sich aber, was für Langzeitwirkungen bei den Kindern, die nach diesen neuen pädagogischen Regeln erzogen wurden, auftreten könnten.
Mascha und Nina schliefen ruhig in unseren Armen. Was sollte passieren? Warum sollte es den Kindern schlechter gehen als in traditionellen Familien? Ja aber, und jetzt holte sie zu einer Frage aus, die uns alle doch etwas anstrengte. Wir seien doch so etwas Ähnliches wie Freiheitskämpfer, eine Art Stadtguerilla, und wenn wir in den Untergrund gehen müssten, um für unsere Sache zu kämpfen, sei die ganze Erziehung mit den Kindern dahin. Nein, so wiederum dürfte sie das nicht sehen, beschwichtigten wir sie.
Überall in der Bundesrepublik entstanden zu diesem Zeitpunkt Wohngemeinschaften, linke Kneipen, Kommunen auf dem Land, Kollektive von Anwälten, Sozialarbeitern und Lehrern, alternative Werkstätten, Männer- und Frauengruppen.

Man entwickelte Gegenkonzepte zur gängigen Schulmedizin und versuchte auf gesündere Ernährung und umweltfreundlichere Ökologie umzustellen.
Unserer Studentin waren die ganzen Hetzkampagnen des Polizeistaates gegen die RAF und den bewaffneten Kampf geläufig. Wir hatten ihr ausführlich erklärt, wir seien mehr »Stadtindianer« als irgendwelche militanten Kämpfer. Wir träten einfach für mehr Gerechtigkeit ein, und zwar hier und jetzt. Wir forderten sie auf, uns zu erklären, wie sie dächte, wie es in diesem Staat weitergehen sollte. Nach einer längeren Denkpause meinte die Studentin, Wiesbaden sei ja nicht gerade der Ort, an dem die Revolution erfunden würde und Brockdorf sei ihre erste Demonstration gewesen. Ihre Eltern, bei denen sie noch wohnte, würden das nie verstehen. Ob wir uns vorstellen könnten, dass sie zu uns in die Wohnung ziehe?
Uns schien das eine etwas spontane Idee, oder hatte sie tatsächlich vor, bei uns einzuziehen? Wir waren uns einig, dass dieses Experiment nur funktionieren konnte, wenn keiner etwas mit ihr anfing. Jürgen war dafür. Ich wollte mich nicht gleich festlegen. Kurt schüttelte nur mit dem Kopf. Wir seien eine reine Männer-WG und eine Frau würde nur alles durcheinander bringen. Wir wohnten ganz bewusst schon immer nur mit Typen zusammen und das hätte auch seinen Grund. Im zweiten Stock bei Elvira hätte sie wohnen können, aber da war zurzeit nichts frei. Nein, zu Frauen wollte sie auch nicht, lieber zu uns in den dritten Stock mit den Kindern.
Wir sollten es uns überlegen, so lange würde sie bei Jürgen schlafen. Das ging ja gut los. Jürgen trottete hinter ihr her. Sie würde ihn bestimmt anmachen. Kurt hatte sie angeschleppt, also war es jetzt eigentlich seine Aufgabe, dieses Thema aus der Welt zu schaffen.

Jeder von uns hatte seinen privaten Bereich. Wenn die Tür zu war, war sie zu und keiner sollte stören. Irgendwann im Laufe des Tages, als Jürgen sich immer noch nicht blicken ließ, schickten wir Mascha in sein Zimmer. Furchtlos riss sie die Tür auf und stapfte hinein. Sie beobachtete die beiden eine Zeit lang beim Sex und schaute sich seelenruhig im Zimmer um, während sie das Liedchen von der Rappelkiste sang. Dann begann sie, vor dem Bett ihre Höhle aus Decken zu bauen. Mascha war mit ihren drei Jahren schon ziemlich viel gewohnt. Für sie war das Betrachten von Sex so normal, dass sie sich nicht daran störte. Sie wartete nur ab, bis die beiden endlich mit ihrem Spielchen fertig waren und sich um sie kümmerten.

Gegen Mittag studierten wir die Pressemeldungen über Brockdorf. Brigitte kam in unsere Wohnung und setzte sich an den noch gedeckten Frühstückstisch. Irgendwas krächzte ihrer Meinung nach an der rechten vorderen Achse ihres Volvos. Sie versuchte, die Geräusche nachzuahmen. Ich konnte mir keinen Reim daraus machen und hatte ehrlich gesagt auch keine Lust, schon wieder an dem verrosteten Wrack herumzuwerkeln. Außerdem gefiel es mir auch nicht, mit ihr nur dann ins Bett zu springen, wenn es der gnädigen Frau gerade in ihren Terminkalender passte. Brigittes Freund aus dem Kettenhofweg war vorübergehend bei uns eingezogen. Ich hatte nichts dagegen, aber vielleicht konnte er sich darum kümmern, was es mit dem Geräusch an der Vorderachse auf sich hatte. Lächelnd trat plötzlich die Studentin, nur mit meinem Bademantel bekleidet und Mascha an der Hand, aus dem Zimmer. Kritisch wurde sie von Brigitte begutachtet. »Aha, 'ne Neue! So läuft der Hase. Brauchst mich also nicht mehr?« Im selben Moment rauschte Elvira in die Wohnung und zerrte Mascha mit

der abfälligen Bemerkung von der Studentin weg: »Was'n das für 'ne Neue?«
Wie mein Bademantel an den Körper der Studentin gekommen war, war ja eigentlich egal, hätte ihn mir nicht Brigitte zu Weihnachten geschenkt. Was für ein Scheißtag! Als dann auch noch Jürgen grinsend und zufrieden aus seiner Höhle geschlurft kam, war ich völlig genervt.
Jürgen, so glaubte ich, hatte in dieser Nacht die Studentin geschwängert. Ich wollte ihm nicht sagen, was ich aus seinem verklärten Blick schloss. Es war ja auch ein tolles Gefühl, auf rosa Wolken zu schweben. Als die beiden auch noch am Tisch anfingen zu knutschen, fiel auch Kurt nichts mehr ein. Wir gingen in seine Kneipe und beschlossen, schon mittags ein frisch gezapftes Bier zu trinken.

29

Am Tresen philosophierten wir über das Leben, dachten an das JUKUZ, die wilden Zeiten und legten für Püton eine Schweigeminute ein. Wir erinnerten uns an die Brötchen, die jeden Morgen am Zaun in der Bergerstraße gehangen hatten, und schwelgten in Nostalgie. Unsere Augen leuchteten bei diesen Erinnerungen, und wir lachten ohne Grund. Unsere Erinnerungen wechselten von einem Erlebnis zum anderen. Aber was Kurt genau gedacht hatte, als er das Moped durch die Tankstellenwand fuhr, war ihm entfallen. Nur kurz vorher, so erinnerte er sich, sei ihm Eddi Constantin, ein cooler Stuntman aus Wiesbaden, erschienen. Der hatte mit ihm gewettet, dass er es nicht schaffen würde, durch diese Wand zu fahren. Falls er es doch schaffen sollte … Und da war die Mauer schon da!

Kurt ärgerte sich, dass er die Adresse von Eddi Constantin nicht mehr hatte, um wegen der Wette nachzuhaken. Deswe-

gen habe er auch wutentbrannt gegen die Mauer getreten. Mit der Tankstellenwand-Einlage hätte ihn Eddi Constantin bestimmt in sein Stuntmanteam aufgenommen. Kurt hätte vielleicht das Gas am Moped zurücknehmen oder rechts kurz anhalten sollen, um den Deal mit Eddi Constantin abzuschließen. Ob er diesen Spleen – mit Leuten zu reden, die ihm erschienen – öfters hätte? Kurt dachte nach. Ja, manchmal. Es hinge von seiner Tagesform ab. Für mich war wichtig, ob ich das, was Kurt sah, denn auch sehen könnte?
Bei Eddi Constantin glaubte Kurt, den großen Fehler gemacht zu haben, dass er ihn angebrüllt hatte. Man müsste bei einer Erscheinung so tun, als wäre es das Normalste von der Welt, dass die Person, die man sich gerade vorstellte und mit der man reden wollte, dann auch real vor einem stünde.
Ich hatte Vergleichbares noch nie gehört. Wenn es aber stimmen würde, was Kurt mir da erzählte, war das eine Sensation. Professionell hatte Kurt seine Fähigkeit noch nie eingesetzt. Es war für ihn ein Zufall, gemischt mit Alkohol und der daraus resultierenden Vorstellungskraft. Er zapfte sich ein frisches Bier und stürzte es in einem Zug hinunter.
Kurt brauchte denselben Alkoholspiegel, den er hatte, als er auf dem Moped saß und an Eddi Constantin dachte. Dann könnte es vielleicht noch einmal funktionieren. Wir tranken so viel, bis wir überzeugt waren, dass es jetzt klappen könnte. Doch wen wollten wir aussuchen? Wen wollten wir in die Kneipe locken? Fee! Sie hätte auch das nötige Karma, sich auf eine schnelle Reise einzulassen. Kurt war skeptisch bei Fee wegen der Anschlussflüge aus Amerika. Er schlug deshalb vor, mit jemandem anzufangen, der in Frankfurt wohnte. Das wäre nicht so kompliziert. Denn wie weit die magische Transformationskraft reichen würde, konnten wir in diesem Stadium noch nicht einschätzen. Wir einigten uns auf Möbel, unseren

alten LAW-Leiter. Ihn wollten wir in die Kneipe von Kurt zitieren. Kurt setzte seinen Zylinder auf, trank während der Konzentrationsphase noch mehr Bier und sprach kein Wort. Als er das leere Glas in Zeitlupe auf dem Tresen abstellte, ging die Tür auf und Möbel spazierte wie selbstverständlich in die Kneipe.
Zufall, dachte ich. Was für ein blöder Budenzauber. Bestimmt irgendein Trick von Kurt. Möbel bestelltc ein Bier, und jetzt erkannte er erst Kurt und mich. Er war hier in der Gegend gewesen und hatte Lust auf ein Bier. Was für ein Zufall, dass ausgerechnet er in Kurts Kneipe gestolpert sei. Er schmiss eine Runde Korn und wir prosteten uns zu.
Die Lehrlinge in der LAW wären ruhiger geworden, nicht mehr so revolutionär wie noch zu unserer Zeit. Ob wir wüssten, was Schilus machte? Kurt hatte wieder diesen seltsamen Blick und noch bevor er das Schnapsglas abgestellt hatte, ging die Tür auf und Schilus spazierte zusammen mit Steffen in die Kneipe. Schilus arbeitete inzwischen bei Steffen in der Lederwarenfabrik und kümmerte sich um die Buchhaltung. Steffen war Juniorchef geworden, von seiner früheren anarchistischen Haltung war er vollständig abgerückt und hatte eine Lederkollektion Unterwäsche entworfen. Möbel war an den ledernen Männertangas stark interessiert, die ihm Steffen aus seinem Vertreterkoffer präsentierte. Ihn würde das Material inspirieren, was sich bestimmt auf der Haut gut anfühlen würde.
Möbel wurde immer betrunkener und ausgelassener. Dann fragte er nach Freddy. Was der eigentlich machte? Ob er immer noch so fett sei. Kurt zuckte mit den Schultern, trank einen doppelten Korn und schaute dabei an die Decke. Ich hatte die Tür im Blick. Plötzlich betrat die Reporterin die Kneipe. Was wollte die denn hier? Sie freute sich riesig, umarmte zuerst Schilus, ging dann zu Kurt und küsste ihn auf den Mund. War

es Kurt etwa gelungen, die Reporterin aus Italien herzuzaubern? Vermutlich, denn sie war äußerst sparsam und sexy gekleidet, obwohl es draußen ziemlich kühl war.
Kurt war ein Magier. Er konnte Menschen zu sich hexen. Was für eine Gabe! Ich hatte keine Ahnung, was er sonst noch so alles draufhatte. Aber jetzt sollte er endlich versuchen, Fee aus Übersee herzuholen. Kurt war geistig weggetreten und befand sich im völligen Rausch. Er grinste nur noch vor sich hin. Wenn man ihn ansprach, hielt er sich hinter der Theke fest, drehte die Musik lauter und sang mit, wie in früheren Zeiten. Jo, mit seinem Motorradhelm unter dem Arm, kam in die Kneipe. Keiner wollte wissen, warum gerade heute alle in der Kneipe von Kurt auftauchten. Jo hatte gerade mit seinem neuen Motorrad eine Probefahrt gemacht, da war ihm plötzlich die Idee gekommen, in Kurts Kneipe zu kommen. Auch Freddy schaute auch noch mit seiner Freundin rein. Die Reporterin lehnte sich an meine Schulter und wollte mit mir knutschen. Normalerweise hätte ich das auch gerne gemacht, aber sie war jetzt in Rom mit einem italienischen Discjockey liiert. Die Italiener seien sehr eifersüchtige Menschen, erzählte sie, als ich über ihren wunderschönen Hals streicheln wollte. Sie war eine klasse Frau.
Möbel schien glücklich, seine früheren Lehrlingszöglinge wiederzusehen. Als dann auch noch Klaus S. in seinen Krokolederstiefeln hereinkam, jubelten alle. Er grinste wie immer und hatte seine neue Platte mitgebracht. Er war jetzt Popsänger. Experimentelle Sprachsounds, eine Collage aus ruhigen Gitarrenläufen und laut kreischenden Wiederholungen. Jetzt fehlte Möbel nur noch Fee. Auf sie würde er noch warten und schmiss noch eine Runde Doppelkorn.
Angeblich probierte Kurt mehrmals, mit Fee Kontakt aufzunehmen. Entweder war es der falsche Doppelkorn oder Fee

befand sich in einem antialkoholischen Zirkel, zu dem Kurt, so betrunken wie er war, keinen Zugang fand.
Was wir überhaupt noch nicht ausprobiert hatten – und die Idee fand ich ziemlich gut –, war eine Transformation hin zu anderen Leuten, wie z.B. ich nach Amerika zu Fee. Das war Kurt zu kompliziert. Nachher funktioniere das nicht richtig und anstelle von mir würde er weggebeamt werden und müsste plötzlich vor dem bärtigen Meister stehen, von wo er nicht mehr weg käme.
Die Musik wurde immer wilder. Jeder tanzte mit jedem. Sturzbetrunken und nass geschwitzt fielen wir uns immer wieder in die Arme.

Geträumt schien ich das alles nicht zu haben, denn als ich mich in meinem Bett rumdrehte, erblickte ich an meinem Unterleib die neue Sommer-Lederunterwäschenkollektion von Steffen. Zufrieden grinste ich, drehte mich wieder um und schlief weiter. Ich wäre besser aufgestanden und hätte mich geduscht, um einen klaren Kopf zu bekommen. Denn jetzt begann ein nicht enden wollender Albtraum. Nachrichtenmeldungen rauschten an mir vorbei. Der deutsche Herbst, die Hans-Martin Schleyer-Entführung durch RAF-Anhänger, die entführte Landshut in Mogadischu, die Gefangenen Ensslin, Meinhof, Möller, Baader und Raspe, die in Stuttgart-Stammheim einsaßen.
Ich sah Bilder, aber vernahm nur Wortfetzen. Dann ein Typ, der panisch in ein Mikrofon schreit. Auf dem Campus etwa 3000 Leute, alle vermummt mit schwarzen Tüchern vor den Gesichtern. Immer noch ertönt das Geschrei des Redners aus den Lautsprechern. Er steht auf der Laderampe eines LKWs, und um ihn herum einige Anhänger, die nach und nach ans Mikrofon treten, um genauso laut ihren Zorn herauszubrüllen. Ich reagiere wie in Trance, sehe Bilder, die anscheinend immer

noch mit meinem Alkoholpegel zusammenhängen. Verschiedene Hände, die mit Benzin gefüllte Flaschen in ihren großen Parkataschen verschwinden lassen.
Die Redner springen von der Rampe des LKWs. Die Demonstration setzt sich in Bewegung. Bullen und Mannschaftswagen folgen mit Blaulicht. Die Polizei versucht schon frühzeitig, die verbotene Demonstration zu stoppen, und versperrt den Weg. Feuerzeuge blitzen und entzünden das Benzin in den Flaschen. Vermummte scheren aus einem Block heraus, rennen mit brennenden Brandflaschen in der Hand los und schleudern sie in Richtung Polizei. Die Flaschen explodieren. Entsetzte Bullengesichter, die panisch auseinander springen und sich zurückziehen. Der heiße Atem lässt die Visiere der Polizeihelme beschlagen. Die Menge kommt in Bewegung. Am Opernplatz formieren sich starke Polizeikräfte. Zwei Wasserwerfer werden in Stellung gebracht. Der Einsatzleiter hält sein Funkgerät hastig an sein Ohr. Entsetzt brüllt er die bereitstehenden Polizisten an. 200 Bullen stürmen der anrückenden Demonstration entgegen. Der vordere Teil der Demonstranten biegt links ab in die kleinen Seitenstraßen in Richtung Stadt. Der Rest rennt zurück. Das näherrückende Bullenaufgebot holt die ersten Demonstranten ein, prügelt sie nieder und zerrt sie in die Polizeiwagen. Zwischendrin einige zivile PKWs, die mit Blaulicht durch die Stadt jagen. Einige Polizisten werden von Brandsätzen gestoppt, andere riegeln die Straßen ab.
Ein Polizeiwagen rast von der Hauptwache her auf eine Gruppe Demonstranten zu und ist im Begriff, mitten in sie hineinzufahren. Drei, vier Flaschen werden schnell in Brand gesetzt und gegen den Polizeiwagen geschleudert. Ein Brandsatz durchschlägt die Windschutzscheibe des Autos, ein anderer entzündet sich auf dem Dach. Der Wagen steht innerhalb von Sekunden in Flammen. Die Beifahrertür öffnet sich und ein

brennender Bulle schmeißt sich hinaus, schreit und wälzt sich auf der Straße, um die Flammen zu löschen. Die Fahrertür bleibt verschlossen. Einige Vermummte rennen an dem brennenden Bullenauto vorbei und sehen den brennenden Polizisten bewegungslos hinter seinem Steuer hängen.
Unbeachtet laufen sie weiter zur Hauptwache, suchen Schutz in einem Parkhaus und ziehen ihre Jacken, Handschuhe und Gesichtstücher aus. Sie schmeißen alles unter ein Auto und verstecken sich in einer Ecke des Parkhauses. Sie keuchen, atmen hastig.
Wie ein Lauffeuer verbreitet sich die Nachricht, dass ein Polizist in seinem Streifenwagen verbrannt sei. Jeder, der nur entfernt so aussah, als könnte er mit dieser Sache etwas zu tun haben, wird sofort verhaftet.
Überall Chaos. Die Stadt ist voll mit ausgerasteten Bullen. Vor unserem Haus in der Bockenheimer Landstraße sehe ich, dass sich drei Wagen des Überfallkommandos sammeln und Polizisten ins Haus stürmen. Sie rennen in den dritten Stock, sprengen die Tür auf und stehen in unserer Wohnung.

Wie im Schock sitze ich plötzlich senkrecht in meinem Bett und bin nass geschwitzt. Es ist ruhig, ich springe auf und renne durch die Wohnung. Niemand ist da. Zurück in meinem Zimmer, ziehe ich mich an, greife meine Geldbörse und laufe die drei Stockwerke hinunter. Dann stehe ich auf der Straße, die wie ausgestorben scheint. Keine Autos, keine Leute, kein Großaufgebot von Bullen weit und breit. Nichts rührt sich. Kein Wind, der durch die Bäume streicht. Alles nur ein schlechter Traum?
Beruhigt ziehe ich mir, wieder in der Wohnung, die Kopfhörer auf, aus denen das Lied »When I was young …« von Eric Burdon zu hören ist.

Lizenzausgabe für die Edition Büchergilde
Lektorat: Katrin Seeliger

Schrift Sabon und Thesis Sans bold
Satz Dörlemann Satz, Lemförde
Druck und Bindung Ebner & Spiegel, Ulm
Printed in Germany 2003. ISBN 3-936428-16-6